オスカー・ワイルドの曖昧性

デカダンスとキリスト教的要素

鈴木ふさ子　著

開文社出版

オスカー・ワイルドの曖昧性
――デカダンスとキリスト教的要素〈目次〉

はじめに　1

第Ⅰ部　デカダンとしてのワイルド　27

第一章　華麗なる毒殺者――「ペン、鉛筆と毒薬」　29

第二章　頽廃と官能と罪の宝石箱――『ドリアン・グレイの肖像』・『サロメ』　63

一　白き手のドリアン

二　宝石になったサロメ

第Ⅱ部　三島由紀夫との比較を通して　107

第三章　ワイルドのデカダンス――『サロメ』と平岡公威の作品　109

第四章　それぞれの美学の相違――『ドリアン・グレイの肖像』と「孔雀」　141

第Ⅲ部　ワイルドとキリスト教的要素　167
第五章　美の使徒の苦悩――初期の詩、童話、「社会主義下の人間の魂」　169
第六章　主人公たちを死に至らしめたもの――『ドリアン・グレイの肖像』・『サロメ』　210
一　バジルと肖像画の役割
二　ユダヤの王女の死
第七章　〈エロスの花園〉から〈悲哀の世界〉へ――『獄中記』を中心に　249
おわりに　291
註　296
あとがき　319
参考文献一覧　339
掲載図版出典一覧　341
索引　346

はじめに

1

オスカー・ワイルド（Oscar Fingal O'Flahertie Wills Wilde, 1854-1900）は、イギリスの十九世紀末を代表する作家である。ワイルドは一八九〇年に、唯美主義者の悲劇を描いた唯一の長編小説『ドリアン・グレイの肖像』（*The Picture of Dorian Gray*）を雑誌『リッピンコッツ・マンスリー・マガジン』（*Lippincott's Monthly Magazine*）に発表している。ワイルドの伝記を書いたリチャード・エルマンがこの時代を「ドリアンの時代」と名づけ[1]、翌年にフランスで発表された一幕物の悲劇『サロメ』（*Salomé*）によってイギリス世紀末文学は頂点に達したと言われる。ワイルド自身、獄中で綴った『獄中記』（*De Profundis*, 1905; 完全版 1949, さらなる完全版 1962）の中で、こう語っている。

私は自分の時代の芸術と文化の象徴的人物であった。

I was a man who stood in symbolic relations to the art and culture of my age.[2]

ワイルドは、芸術においてだけでなく、文化においても、時代の象徴であった。それは、彼の作品だけでなく、彼の主義主張、生き方そのものが、世紀末という時代を反映していたからである。それでは、ワイルドの生きた時代とは、どのような時代であったのだろうか。十九世紀という時代についてワイルドは、次のように書いている。

十九世紀はただ二人の人物、ダーウィンとルナンの著作ゆえに歴史の転換点なのだ。一人は〈自然の書〉の批評家、もう一人は〈神の書〉の批評家である。このことを認識しなければ、世界の進歩における最も重要な一時代の意味を見落とすことになる。

The nineteenth century is a turning point in history, simply on account of the work of two men, Darwin and Renan, the one the critic of the Book of Nature, the other the critic of the books of God. Not to recognise this is to miss the meaning of one of the most important eras in the progress of the world.（1058）

このワイルドの言葉は、正鵠を射ていると言えるだろう。ワイルドの生きた十九世紀末は、ダーウィンが『種の起源』（*On the Origin of Species*, 1859）で進化論を提唱したことによって万物の創造主であると考えられていた神が否定され、キリスト教への信仰が根底から揺らいだ混乱の時期であった。すでにダーウィン以前から唯物論、合理主義、実証主義、現実主義によってキリストの復活、数々の奇跡に対して人々は懐疑的になっていた。一八三五年にはシュトラウス（David Friedrich Strauss）が『イエス伝』（*Das Leben Jesu*, 1835-36）の中でキリストの神秘性、超自然性への批判からキリストを人間とみなしている。だが、精神の拠所を失った中で「キリストの脱神話化」を図り[3]、積極的な価値を付与された新たなキリスト像を摸索する姿勢が盛んになったのは、『進化論』が発表された十九世紀後半からである。神格化されたキリストを魅力的な〈人間イエス〉として捉え直したフランスの宗教史家エルネスト・ルナン（Ernest Renan）の『イエス伝』（*Vie de Jésus*, 1863）は、この時代を象徴する代表的な書である。つまり、〈神の死〉がダーウィンによって決定的になり、〈人間イエス〉の力によって人類の統合を回復しようとする動きが活発となったのである。

ワイルドの生きた時代の文化を俯瞰すると、宗教と芸術の関係が密であることに気がつく。神の不在が囁かれた危機的状況の中で、芸術家や文化人が扱ったキリスト教の主題は大別して二つある。一つは、従来のキリスト教に対する批判であり、もう一つはキリストを人間として解釈し、その魅力を引き出すことで失われた信仰に代わるものを取り戻そうというルナンに見られるような考えである。たとえば、マシュー・アーノルド（Matthew Arnold）は『文化と無秩序』（*Culture and Anarchy*,

1869）の中で〈ヘレニズム〉と〈ヘブライズム〉という概念を用いて不安な時代に生きる人々に警鐘を鳴らした。アーノルドは、元来ユダヤ教的宗教思想を示す言葉だった〈ヘブライズム〉を、神の意志の前に自由な人間性を隷属させ、自己克服を主眼とするヨーロッパの文化史の大きな思潮を象徴する言葉として用いた。それは同時に、形骸化された宗教の弊害による文化的混乱をもたらすものとして批判された。そして、古代ギリシア人の精神を示す〈ヘレニズム〉を人間性の自由な伸展を象徴する思想として用い、〈ヘブライズム〉を排斥し、〈ヘレニズム〉の必要性を主張した。また、人類学者フレイザー（Sir James George Frazer）は、宗教と呪術の起源と進化を研究した大著『金枝篇』（*The Golden Bough*, 1890; 改訂 1900; 増補 12 巻、1911-15; 補遺 1936）を通して「キリスト教はそれ以前に存在していた数多くの原始的な宗教性を洗練化させたものに他ならず、キリスト教の唯一の独創性は、イエス・キリストの人格に尽きる」ということを訴えた。[4] 異教的なものとキリスト教の融合の必要性が求められていた時代背景がこれらの例から垣間見える。

キリストを人間として解釈するという思想は、人間の潜在能力の可能性に結びつき、人間の価値を高め、個人主義の発展を促した。キリストにはしばしば偉大な人間像、あるいは異教の神が投影された。たとえば、ドイツでは多くの芸術家がキリスト像の中に「社会革命家」、「太陽神」、「ドイツの英雄」を見出していたという。[5]『イエス像の二千年』（*Jesus through the Centuries*, 1985）を書いたヤロスラフ・ペリカンは、十九世紀のキリスト像を「霊の詩人」と定義している。ペリカンは神的霊感に懐疑的な時代にあって神秘を美的感覚で感じ取るロマンティシズムの精神がイエスの人格の中に備わり、イエスを芸術家として解釈する傾向がコウルリッジなどロマン派を中心に見られたことを指摘している。さらに、ルナンの『イエス伝』をこのロマン派的なイエスの美的理解の流れを汲む代表的な作品であると評している。[6] こうした時代を背景に、偉大な個人の能力を発揮する芸術家はキリストに自己同一化し、芸術が宗教の役割を担うという風潮はヨーロッパ全体に見られるようになった。ニーチェは、神の代替物として超人ツァラトゥストラを掲げ、「非道徳的な芸術家としての神」を求めた。[7]

このように、十九世紀末は芸術と宗教が密接な関係を持っていた。その一方で、芸術が宗教と乖離し、〈芸術のための芸術〉という芸術の自立性が唱えられるようになったのもこの時代の大きな特徴である。芸術家が長い間付与されてきた道徳の啓発者としての役割を放棄したのは、産業革命後の功利主義的な時代思潮、この時代を支えるブルジョワジーへの抵抗を示すためであった。〈芸術のための芸術〉という思想は、既成概念に囚われることなく純粋に美を追求することに終始したため、唯美主義と同化された。そして、期待される役目を拒否したという性質上当然の結果として、しばしば不道徳であるという非難を受けた。本論で扱う〈デカダンス〉も〈芸術のための芸術〉あるいは唯美主義とほぼ同義語として否定的な意味を付される言葉である。[8]

〈デカダンス〉は、もともとローマ帝国の衰滅を意味する言葉だった。この言葉が十九世紀末の芸術思潮を表すようになったのは、十九世紀中期のフランスにおいて批評家がゴーティエ（Théophile Gautier）やボードレール（Charles Baudelaire）らの難解な詩風を評するのにローマ帝国末期の爛熟した文化から生まれた言語との類似を示すためこの名を借りたことに由来する。[9]

文体を表現するために用いられ始めた〈デカダンス〉という言葉は、やがてこの文体を持つ作家自身の生活や、特質を指すようになった。彼らは様々な事象を的確に表現するための言葉を求め、古今東西の書物を渉猟した。珍奇な事物や言葉を集め、微妙な表現の差異を見分ける言語感覚を磨き、それらを取捨選択するために美的感覚を養った。彼らの文体への執着が、極限まで押し進められた言語操作に付随する人工性、自己の内面に埋没することによる高踏的な態度など、その生活や特質を表したのは必然的なことのように思われる。デカダンと呼ばれた最初の人物はボードレールである。この近代詩に大きな足跡を残した詩人の死後一年を経た一八六八年に、再版された『悪の華』（*Les Fleurs du Mal*, 1857）の序の中でゴーティエが彼のことをデカダンと呼んだのである。[10] ボードレールに代表されるデカダンの流れを汲んだのが、マラルメ、ヴェルレーヌ、ランボーなどの象徴派詩人たちである。時代の安逸さに妥協することなく、精神的高潔さを保ちながら病的な感受性をもって芸術に心血を注ぎ、壮絶な苦悩の中で破滅したデカダンの生き方は、神という精神的支柱を喪失し、合理的で功利的な事物に価値が置かれるようになった時代に対する一つの抗議とみなされるようになった。こうしたデカダンの生活を作品化したものとして、一八八四年に発表されたユイスマンス（Joris-Karl Huysmans）の『さかしま』（*À Rebours*, 1884）がある。人工性を愛し、孤独の内に倒錯的な美的感覚を洗練させることに没頭する主人公デ・ゼッサントの生活を描いたこの小説は、文明の爛熟期にさしかかっていた時代精神と合致し、その後の世紀末小説の出発点となった。

イギリスに〈デカダンス〉の文学が最初にもたらされたのは、一八六一年にスウィンバーン

（Algernon Charles Swinburne）が『悪の華』を紹介した時とされる。しかしながら、ヴィクトリア時代の因習に縛られていたイギリスではボードレールは少数の理解者を得たに過ぎなかった。世紀末になってようやく、芸術の自律を唱える唯美主義者たちがデカダンに自分たちとの類似点を見出し、もてはやすようになった。また、ワイルドと並ぶイギリスにおけるデカダンの代表的人物、アーサー・シモンズ（Arthur Symons）は、ボードレールの影響が見られる『さかしま』を「デカダンスの聖務日課表」（"the breviary of the Decadence"）と呼んで絶賛した。[11] そして、一八九三年に「文学におけるデカダン運動」（"The Decadent Movement in Literature"）という評論の中でフランスにおける同時代のデカダンたちの文学を紹介するなど、イギリスに〈デカダンス〉を広めるのに貢献した。その他、イギリスのデカダンを代表する人物にアーネスト・ダウソン（Ernest Dowson）、オーブリー・ビアズリー（Aubrey Beardsley）ら九〇年代に活躍した芸術家がいる。彼らは一八九四年に創刊され、一八九七年に終刊した『イエロー・ブック』（*Yellow Book*）という頽廃味あふれる唯美主義者の代表的機関紙を象徴する存在として「黄色い九〇年代世代」（"Yellow Nineties"）と呼ばれた。

W・B・イエィツは、ワイルドを始めとするこれら世紀末の芸術家たちのことを「悲劇的な世代」（"the tragic generation"）と呼んだ。[12] 彼らの多くが破滅的な人生を送り、カトリックに改宗している。芸術を神のごとく崇めながらも、キリスト教的な呪縛からも逃れられない彼らは重い荷を背負って意気揚揚と荊の道を進まねばならない悲しい漂流者たちに似ていた。私は彼らの胸中で宗教と芸術がどのように交錯していたのかという問題に惹かれる。ワイルドがこの時代の象徴的人物であると自称する中にも、キリスト教とデカダンスという問題を重ねずにはいられない。

2

この漠とした問題をどのように論じるか、その方向性の手掛かりを与えてくれたのが、T・S・エリオットのデカダンスとキリスト教に関する見解であった。

〈デカダンス〉はその特質上、不道徳、病的、神への冒瀆と負の評価を与えられてきた。たとえば、マックス・ノルダウ（Max Nordau）は、『退化』（*Entartung*, 1893）の中で〈デカダンス〉を世紀末における熱病的不安、滅亡への恐怖、卑怯な諦めから生じる力なき絶望であり、人間を退行させる病理とみなした。ノルダウは、この〈病理〉の特徴として道徳観と善悪の区別の欠如を挙げ、ボードレールやワイルド、ニーチェ、ヴェルレーヌを始めとするデカダンの代表的人物を批判している。

ノルダウに代表されるデカダンス批判は当時ほど顕著な形ではないにせよ、長い間根強い影響力を持っていた。そうした中で、不安に満ちた時代の病を感じ、人類の統合性の象徴としての役割を芸術に持たせ、芸術を神の位置まで引き上げようと試みたデカダンたちがその主義主張と裏腹に抱いていた、宗教を蹂躙することに対する心の葛藤や苦しみの中にこそ真の宗教性が見られるという指摘もなされるようになってきた。キリスト教と〈デカダンス〉の関係が捉え直されるようになってきたのである。その代表的な例として、エリオットのボードレール解釈が挙げられる。

エリオットは、「ボードレール」（"Baudelaire," 1930）と題する評論の中で、ボードレールが本質的にはキリスト教信奉者であるという考えに賛成した上で、この詩人の「悪魔主義」について次のように書いている。

悪魔主義自体は、それが見せかけでないかぎり、キリスト教に裏口から入る試みであった。純粋な冒瀆、単に言葉の上だけではない、熱心で純粋な冒瀆は、部分的な信仰から生まれるものであり、信仰に少しの揺らぎもないキリスト教徒にこのようなことができないのと同じように、完全な無神論者にとっても不可能なことである。

Satanism itself, so far as not merely an affectation, was an attempt to get into Christianity by the back door. Genuine blasphemy, genuine in spirit and not purely verbal, is the product of partial belief, and is as impossible to the complete atheist as to the perfect Christian.[13]

エリオットはボードレールの反社会的で自堕落な生活の裏側に、真剣で壮絶な魂の苦悩が潜んでおり、その苦しみにこそ純粋な宗教性に通じるものがあると考えたのである。ノルダウによれば、〈悪魔主義〉はデカダンスの一つの徴候である。ノルダウは〈悪魔主義〉の特徴について、醜悪な事物や犯罪、苦痛を好んで愛する傾向が見られること、その傾向が宗教に向いた場合には悪魔を崇拝することなどを指摘している。[14] だが、ボードレールの苦悩は、皮相的な〈悪魔主義〉では到達できないものであり、エリオットはこうした捨て身の苦しみを潜り抜けることで、ボードレールがキリスト教の必要性を主張したと解釈した。この評論が書かれた一九三〇年代には、ボードレールを真面目なカトリック信者として捉える傾向がすでに見られた。エリオットの新しさは、ボードレールをキリスト教信者とみなすと同時に、〈悪魔主義〉というデカダンな経験によって独自にキリスト教を模索していくボードレールの信仰こそ、宗教性に根ざした本物の信仰であるとして、この詩人の芸術と宗教性を絶賛している点にある。以上のようなエリオットのボードレール観に私はこの時代のキリスト教と芸術の関係を論じる糸口を見た思いがし、感銘を受けた。

しかしながら、このようにボードレールを積極的に評価したエリオットが、十九世紀末の唯美主義者たちに好意的でなかったことはよく知られている。エリオットはこの評論以外のエッセイ「われらの時代におけるボードレール」("Baudelaire in Our Time," 1936) でもボードレールに触れている。このエッセイは、一九二五年に出版されたアーサー・シモンズ訳のボードレールの詩と散文詩についての批評であるが、シモンズの訳がいかにも十九世紀末的であり、ボードレールの宗教の捉え方も十九世紀末的であると批判している。そして、この流派の悪しき例として、ワイルドを引き合いに出している。

問題にすべきは、世紀末作家たちの宗教に対する態度、つまり〈邪悪〉、あるいは〈悪徳〉、あるいは〈罪〉という宗教があると考える幼稚な態度である。それは、おめかしをして大人ぶる子供のお遊びに過ぎない……ワイルドは、その生涯の経験全体を通じて〈ひよっこ〉、つまり子役のままだった。

What is wrong is the childish attitude of the 'nineties toward religion, the belief — which is no more than the game of children dressing up and playing at being grown-ups — that there is a religion of Evil, or Vice, or Sin.... Wilde, through the whole of the experiences of his life, remained a little Eyas, a child actor.[15]

エリオットはこれに続いて、ボードレールの宗教は孤高を保って唯一真実であると断言し、十九世紀末的な宗教性とボードレールの宗教性との間に格段の差をつけるのである。貴族の美青年アルフレッド・ダグラス（Alfred Douglas）との同性愛を発端に起こったいわゆる〈ワイルド事件〉を含むワイルドの全ての経験を、この批評家はボードレールの深い宗教性を生み出す〈悪〉や〈罪〉を表面的に真似て悪ぶっているだけの幼稚な役者と評して一言の下に撥ねつけている。さらに、「アーノルドとペイター」（"Arnold and Pater"）の中で、ワイルドの『獄中記』を、教義に則ってキリスト教を信仰するというステップを省き、宗教から生まれる情熱だけを得ればいいというアーノルドから受け継いだ安易な考えの産物として批判しており、獄中のワイルドの涙にさえ、浅薄な宗教性しか見ないのである。[16]

エリオットが十九世紀末の唯美主義者たちに批判的だったのは、彼らが宗教の代替物として芸術を捉えていたこととも関係がある。エリオットは、宗教という人間の全体を支える根源的なものがあって初めて芸術が花開く土台が生まれるのであり、それが転倒したところで芸術も宗教もその力を発揮できるはずがないと考えた。彼にとっては、唯美主義という理論自体が砂上の楼閣の如く脆弱なものでしかなかったのである。エリオットは、芸術至上主義の有効性について、「〈芸術至上主義〉という理論は（それを理論と呼べるのなら）、自分の仕事に没頭せよという芸術家への勧告として用いられる限りは有効である」（"The theory (if it can be called a theory) of 'art for art's sake' is still valid in so far as it can be taken as an exhortation to the artist to stick to his job."）と述べている。[17] エリオットが、芸術の中で芸術を最高のものとして扱おうとする十九世紀末の唯美主義たちよりも、フロベールやヘンリー・ジェイムズこそ、芸術至上主義者と呼ぶにふさわしいと考えたのは、彼らがあくまで実人生に立脚して、現実世界から拾い集めてきたものを、想像力によって作品に昇華したからである。つまり、彼らの芸術家としての技量は芸術家であることに徹した結果手に入れたものだからである。ここから、エリオットが容認する芸術至上主義とは、芸術家という仕事をまっとうするという性質のものだということがわかる。[18]

このように、唯美主義に対して批判的なエリオットであるが、ワイルドの作品について詳しく論じたことはほとんどない。ワイルドの作品で最高のものはせいぜい『意向集』（*Intentions*, 1891）であると言い、『ドリアン・グレイの肖像』については「ガラクタ」と片づけてしまう。批判するにせよ、アーノルドやウォルター・ペイター（Walter Pater）については論じる価値があるが、ワイルドにはその価値すらないということなのだろう。このように一見さりげないワイルドの作品に対する片言隻句は、あからさまな軽侮の念を示すのに著しい効果を発揮している。二十世紀前半の英米の文学思潮に絶大な影響力を誇った批評家に無視されたワイルドは、宗教性を欠いた軽佻浮薄なデカダン作家として不当な扱いを受けてきたように思われるからである。果たしてエリオットの評価は妥当なのだろうか。本書ではこのことを念頭に置きながら、デカダンとしてのワイルドという既存のイメージの裏にある宗教性を探っていく。

3

しかしながら、ワイルドにはエリオットの目を欺いたかもしれないもの、あるいは批判材料になったもの、いわば正体を摑みにくいという特質がある。この特質こそ、本書の表題に掲げた彼の〈曖昧性〉である。その〈曖昧性〉がどのようなものであったか、概観してみよう。

ワイルドがこの時代の象徴的人物であったことは、まず彼が世間の注目を集めるのに長けていたことと関係があるだろう。ワイルドはその時代の欲しているものに非常に敏感であり、その波に乗って自己を売り出していくことに才能を発揮した。ワイルドは、オックスフォード大学でジョン・ラスキンとペイターに師事し、この二人の教授から大きな影響を受けている。ラスキンからは芸術は社会の役に立つべきであるという芸術観の影響を受けた。その一方で、ペイターの説く唯美主義思想の影響を受けたことはよく知られている。ワイルドの中では、二人の思想を折衷した唯美主義が生まれたようだ。つまり、芸術が社会にとって必要なのは、美しい世の中が平和をもたらしてくれるからであり、美はその意味で大切なものであるという、単純明快な唯美主義である。彼は初の詩集を出して間もない一八八二年に唯美主義の使徒として講演を行うためにアメリカ合衆国を訪れた。講演の題目は、「イギリスの芸術復興」("The English Renaissance of Art")、「住宅装飾」("House Decoration")といったもので、イギリスの唯美主義についてペイターやイギリスの詩人で工芸美術家ウィリアム・モリスらの考えを交えて語ったものだった。自己宣伝のために着用したビロードの上着や半ズボン、派手なネクタイという、いわゆる〈唯美的衣装〉("aesthetic costume")のイメージと、ワイルドとおぼしき唯美主義者を揶揄するオペラ『ペイシェンス』(*Patience*, 1881)のヒットにより、すでに本国イギリスはおろかアメリカでも有名になっていたワイルドは、この講演の成功により唯美主義者としての地位を確立したと言えよう。

十九世紀末になると、新聞印紙税が廃止され、大衆紙発行のブームが起こり、ジャーナリズムが隆盛を極めるようになった。また、近代資本主義経済の確立に伴い、それまでは特権階級しか享受できなかった芸術も〈商品〉として大量消費されるようになってきた。このような時代背景の中、文学においては娯楽のために読まれる大衆小説が人気を博し、ジャーナリズムも商品価値のある作品を奨励するようになった。ワイルドはこうした時代の波を利用して、唯美主義という商品を、自らをその思想の具現者として商品化することによってアメリカに輸出したのである。

帰国後のワイルドは、一時フランスに渡り、多くの文人たちと交わり、フランスの象徴主義やデカダンスの影響を受けた。この頃から、服装も奇抜なものからダンディ風の洗練したものに変わっていき、彼の文学の傾向も暗いものを含むようになってきた。ワイルドをしてイギリス世紀末文学の代表者とさせた『サロメ』は、当時のフランスで非常に流行していた〈ファム・ファタール〉(*femme fatale*) の典型である聖書の登場人物サロメのエピソードを劇化したものである。この戯曲の原稿はフランス語で書かれ、フランスの小説家ピエール・ルイス (Pierre Louÿs) がワイルドの書いたフランス語の手直しをしている。発表当時ワイルドの『サロメ』はフランスの作家たちが描いたサロメ像を模倣したものであるとの批判を受けた。[19] その他、フランス文学の影響は、『ドリアン・グレイの肖像』の第十一章に、『さかしま』の影響が色濃く見られるといった形でも表れている。

このように、ワイルドはイギリスの唯美主義を経てフランスのデカダンス、象徴主義といった文学思潮を消化し、唯美主義者、デカダン、ダンディとして振る舞った。彼の自己演出は、ヴィクトリア時代の価値観に安住する者には衝撃を与えることで印象を強め、当時の閉鎖的な芸術からの自由を求める人々には避難所を供給することで支持を得ることができた。[20]

ところが、こうしたワイルドの器用とさえ言える自己演出は彼の実体を見失わせる原因にもなった。イギリスにおける象徴派運動の先駆者であり、ワイルドと同様にイギリスのデカダンスの代弁者であったアーサー・シモンズは、優れたワイルド論「ポーズをとる芸術家――オスカー・ワイルド」(“An

"Artist in Attitudes: Oscar Wilde") を書いている。その中でシモンズは、ワイルドについて「彼の知性は劇的であり、その全体像は一つの個性というよりは一つのポーズだった」("His intellect was dramatic, and the whole man was not so much a personality as an attitude.")[21]と、ワイルドを〈ポーズ〉だけの芸術家であったと評している。次の引用から明らかなように、シモンズはこの短評の中で、ワイルドのことを、魂をガラスの球のように宙に投げては捕らえる曲芸師にたとえ、ワイルドが様々な作家のスタイルを取り入れたことを批判している。

> この魂を扱うショー・マンは、自分が実体を持つものを次々に空中に投げて曲芸をしていることに必ずしも気がついていなかった。というのも、彼にとってそれらは曲芸師が次から次へと空中に放っては捕らえる色のついたガラス球に過ぎなかったからだ……
>
> 　これらの魂の中にはフロベールの流儀に倣うものもあったし、ペイターの流儀に倣うもの、ボードレール、ユイスマンス、ド・クインシー、スウィンバーンを知っていたものもあった。

> [T]his showman of souls was not always aware that he was juggling with real things, for to him they were no more than the coloured glass balls which the juggler keeps in the air, catching them one after another....
>
> Among these souls there was one after the fashion of Flaubert, another after the fashion of Pater, others that had known Baudelaire, and Huysmans, and De Quincey, and Swinburne.[22]

シモンズの目には、ワイルドは多くの文学者の影響を受けているように見えるが、実のところ真の影響は誰からも受けず、その表面だけを掬って次から次へとポーズとして取り入れていっただけの、実体を持たぬ人物として映ったようだ。この短評は、ワイルドが没してわずか一年後に書かれているが、当時はまだ生々しく記憶に残っていたにちがいない〈ワイルド事件〉さえ、シモンズは、芸術も実人生も面白半分に扱った曲芸師に対する、現実世界からの復讐として捉え、芸術家としても、一人の人間としても、真実味のないワイルドを批判しているのである。

シモンズが指摘したワイルドの実体の希薄さは、これまでも問題にされてきた彼の特徴であるが、この摑み所のない印象はワイルドが作為的に実体を隠してきた結果なのではないだろうか。いわば、ワイルドは仮面を、それも多くの種類の仮面をつけかえて、素顔を人目にさらすことを拒んだのだ。このことは近年研究が進んできたアイルランド人としてのワイルドを考えた場合にも当てはまる。

イエィツによれば、ワイルドはアングロ－サクソン人のアイルランド人に対する偏見に耐え得る武器として、イギリス人以上にイギリス人らしく振る舞おうとしたということだが[23]、イギリス人としての仮面もまたワイルドが自らのアイルランド性を隠すためにつけていたものと考えられる。しかも、ワイルドは大陸に出かけてフランスの社交界でその名を売り、コスモポリタンという仮面までつけている。

仮面が完璧に近ければ近いほど、多ければ多いほど仮面の存在に目を奪われて、素顔の存在の有無さえ怪しく感じられるのであるが、作品を読むとワイルドの素顔が見え隠れしているように思われる。たとえば、ワイルドは、熱烈な読者に宛てた手紙の中で『ドリアン・グレイの肖像』の三人の主要な登場人物を自分自身と照らし合わせて、興味深い分析をしている。

バジル・ホールワードは私が自分自身だと考える人物であり、ヘンリー卿は世間が私だと考える人物、ドリアンはおそらく他の時代ということになるだろうが——私がなりたいと願う人物である。

Basil Hallward is what I think I am: Lord Henry what the world thinks me: Dorian what I would like to be—in other ages, perhaps.[24]

美青年ドリアンを快楽主義へと駆り立てる年上の貴族ヘンリー・ウォットンは、その機智に富んだ話しぶりといい、芸術観といい、作者ワイルドを彷彿とさせる存在である。しかし、彼に言わせれば、それは世間が考える自分なのだという。服装は洗練されておらず、ユーモアのかけらもない実直なバジルはワイルドから最も遠い存在のように見受けられる。だが、美青年ドリアンが快楽主義によって精神の美を台無しにした事実を決して認めようとしないバジルは最も審美眼の鋭い美的感覚の持ち主であり、真の芸術家と考えることもできる。すると、自分を真に代弁するのはバジルだというワイルドの自己分析にも納得がいく。何よりも「芸術家としての批評家」（"The Critic as Artist," 1890）に見られる次の言葉が、ワイルドの〈仮面〉と〈真実〉についての鍵を握っているように思われる。

人は素顔でいる時に自分のことをほとんど語らない。仮面を与えれば、真実を話すだろう。

Man is least himself when he talks in his own person. Give him a mask, and he will tell you the truth. (1045)

この言葉に従えば〈仮面の告白〉という逆説が成り立つことになり、ワイルドにも実体が存在することになる。このように、いくらワイルドという人物、あるいはその作品が矛盾に満ちていたとしても、常に仮面と素顔という、いわば嘘と実に分けられるわけではない。相反するものを同時に抱え込むという曖昧な部分もあるだろう。一例として、ジャーナリズム隆盛時代の波に乗って成功したかに見えるワイルドが、社会主義に関するエッセイ「社会主義下の人間の魂」（"The Soul of Man under Socialism," 1891）の中で、本物の芸術はジャーナリズムに支配されるべきではないと書いていることが挙げられる。成功して世間に認められたいという野心も偽らざるワイルドの本音であろうが、ワイルドには真摯な芸術家としての意外な一面も見られるのである。

4

しかしながら、ワイルドの〈仮面〉の奥の素顔を透視する人間もいる。「批評といふものが本質的に自己を選択する能力だと考へると、批評こそ創造だと言ひ出したワイルドは、彼自身の運命を創造した人間のやうに思はれる」と言ったのは、[25] わが国の三島由紀夫（一九二五〜七〇）である。本書では、ワイルドのデカダンスとキリスト教の要素を炙り出すために三島のワイルド観を援用する。デカダンとしてのワイルドに魅了され、文学の道に分け入った三島におけるワイルドの影響を考察することで、私自身がワイルドについて改めて考える機会を与えられたからである。いわば、三島という慧眼の持ち主を通してワイルドを読み直すことによって、この作家の中であざなえる縄のように緊密に結びついた二つの要素が解きほぐされたような思いがしたのである。三島がワイルドの正体を鋭く見抜く裏には、その共感から生じる理解があるように思われる。

三島はワイルドとの絆の深さを、昭和二十五（一九五〇）年四月に『改造文芸』に発表した「オスカア・ワイルド論」の中で次のように表現している。

> 私はあらゆる作家と作品に、肉慾以外のもので結びつくことを肯んじない。この肉慾は端的に対象を求める心情である場合もあり、同類のみが知る慰藉である場合もある。さらにまた、深い憎悪に似たそれである場合もある。

愕くべきことには、ワイルドはそのすべてであり、そのおのおのであった。（二十七・二八四）

「対象を求める」とか、「同類のみが知る慰藉」、あるいは「深い憎悪」という感覚は、共感などという生易しい言葉では物足りない。まさに、「肉慾」で結びついた関係という言葉が言い得て妙である。すると、三島とワイルドの間には理屈を超えた根源的で生理的な結びつきがあるのであって、三島は、エリオットも知り得ぬ、ワイルドの秘密の顔を知っているかもしれないのである。

三島は「美について」（昭和二十四［一九四九］年）という、常日ごろ美について考えていることを断片的に綴ったノートの中で、「ボオドレエル。ワイルドとの本質的類似」（二十七・二一八）とした上で、ワイルドは美を神と対置させ、ボードレールは美と神を対決させたと指摘している。「対置させる」と「対決させる」という言葉のニュアンスから、三島がボードレールの方に神と美の相克に対する深い思いを見ていたと感じられなくもないが、それは類似という前提から生じる比較の問題であろう。エリオットはボードレールに真の宗教性を見出したが、ワイルドには皮相的なものしか感じなかった。このように、両者の相違を強調したエリオットと三島のワイルド観が異なることは自明である。エリオットと三島の眼識は鋭く、一つのものを同じような観点で見ており、指摘している点も近いが、結論は異なる。これは、両者のワイルドへの共感の差から生じるものではないかと思われる。

三島は〈同類〉であるがゆえにワイルドとの相違点に敏感だったように思われる。『サロメ』に描かれている世紀末世界に憧れた三島は、ワイルドが時として見せるキリスト教的要素を批判した。たとえば、三島はワイルドの童話の中にもその生き方にも中世的主題を見出している。三島の目には、ワイルドの快楽追求は受難劇のように、つまり、キリスト信仰への収斂のための義務のごとく映った。三島はワイルドのキリスト教に対する思いの中に人間中心主義と感傷を見出し、共感を示すことがなかった。三島が愛した、流血や官能、近親相姦、倦怠という純粋な〈悪〉の世界が、信仰に通じるものだったことを嗅ぎ取った三島は裏切りを受けたも同然だったからである。たしかに、ワイルド論を書いた昭和二十五（一九五〇）年頃から、三島はワイルドに対して距離を置くようになる。しかし、少年時代に『サロメ』を通して経験した悪との最初の邂逅の慄きと陶酔感は容易に忘れられるものではなかった。

キリスト教的な背景を持たぬ三島にとってワイルドの作品の醸し出す血と倦怠の世界はその純粋な意味において悪の魅力があった。エリオットには浅薄にしか映らなかったワイルドの宗教性は、〈悪〉に魅了された東洋人には大きな煩雑物だったのではないだろうか。

ワイルドは仮面をいくつも用意している上、その素顔も非常に曖昧である。彼の中に共存する矛盾した要素は時に同じ意味を持ったり、対立したりする。受け取る人物によって解釈も様々である。ましてやデカダンスとキリスト教的要素という、芸術家として、あるいは個人としてのワイルドの根本的な精神の柱となっている思想について考察することは一筋縄ではいかないだろう。それにもかかわらず、ワイルドがその作品の中で語り、しばしばテーマに掲げているキリストが、彼に象徴されるデカダンスとどのような関係を持っているのか、という曖昧な部分について考えることは、ワイルドが象徴する世紀末という時代を知る上でも、世紀末文学に影響を受けた日本の作家を研究する上でも必要であると思われる。

5

現在では多くの研究者がワイルドの中に共存する矛盾をワイルドの特質として認めているが、ワイルドの自己矛盾について先鞭をつけた研究に、ジョージ・ウッドコックの *The Paradox of Oscar Wilde* がある。[26] ウッドコックは、この著書の中でワイルドの中の異教的要素とキリスト教的要素、おどけた唯美主義者と創造的な批評家の顔など、ワイルドの二面性が表裏一体の関係にあることを指摘している。また、ワイルドの美と信仰に関する矛盾についてはヒラリー・フレイザーが、その著書 *Beauty and Belief* の中で、ワイルドの作品のいくつかに見られる特徴として、キリスト教的なものとヘレニズム的なものが反目しながらも調和の形をとっていることを挙げている。[27]〈ヘレニズム〉と〈ヘブライズム〉の融合の中にワイルドの特質を見るフレイザーの見解は、宗教性とデカダンスという一見矛盾するような要素を共存させるワイルドを解釈する上で恩恵に浴することが多かった。

その他、ワイルドのキリスト教的要素については、一九六二年にG・ウィルソン・ナイトが *The Christian Renaissance* で初めて大々的に扱った。[28] 七〇年代にはフィリップ・K・コーエンが *The Moral*

Vision of Oscar Wilde でワイルドの作品から道徳的要素を読み取り、[29] デカダンとして不道徳なイメージを持っていたワイルドに道徳性、宗教性があることを実証し、ワイルドの再評価を促した。また、八〇年代にはジョン・アルバートの論考 "The Christ of Oscar Wilde" があり、短いながらもワイルドの作品、生涯におけるキリスト教的要素を素直な目で捉えている。[30] 九〇年代に入ってからは、ガイ・ウィロビーの *Art and Christhood*、[31] シュシャールの "Wilde's Dark Angel and the Spell of Decadent Catholicism"、[32] エリス・ハンソンの *Decadence and Catholicism* がある。[33] ウィロビーは、ワイルドの芸術と宗教性の分かち難い関係を個々の作品に即して論じており、シュシャールは、ワイルドが死に際してカトリックに改宗したことは、生涯を貫く願望の表れであったと指摘している。ハンソンは、ボードレール、ユイスマンス、ワイルド、ジョン・グレイ（John Gray）におけるデカダンスとカトリシズムの関係についてそれぞれ章を設けて論じている。ハンソンは、ワイルドがカトリック信仰に惹かれたのは、その美的特質ゆえであり、彼の罪さえも完璧な美を作るために仕組まれたものと捉えている。

これらの先行研究が示すように、ワイルドの二面性、曖昧性という要素は注目され、研究されてきた。彼のキリスト教的要素、道徳性に関する研究についても、数こそ少ないが、ここ四十年の間にそれぞれの時代に示唆に富む研究がなされてきた。それによって、デカダンに付随する〈負〉のイメージに固定されたワイルド観に変化が見られるようになった。また、ワイルドの没後百年を迎えた数年前から、ワイルドの同性愛の咎による罪が、偏見に満ちた時代の産物のようにみなされ、今日の自由な気風を先取りした人物としてワイルドを見直そうという傾向が出てきた。そうした風潮の中でワイルド再評価の気運が高まり、多くの新しい研究が発表され、新たなワイルド像が摸索されている。

以上のことを踏まえ、本書では、ワイルドにおけるキリスト教とデカダンスの要素をその作品に投影された彼の心理を分析しながら読み解いていく。第I部（第一章・第二章）では、ワイルドの作品におけるデカダンスの要素を考察する。第II部（第三章・第四章）では、三島由紀夫のワイルド観を通してワイルドのデカダンスとキリスト教的要素を浮かび上がらせる。第III部（第五章・第六章・第七章）では、三島によって炙り出されたワイルドのキリスト教的要素が表れている作品を初期から晩年まで考察する。

再版に寄せて

この度、初版から八年の時を経て本書『オスカー・ワイルドの曖昧性―デカダンスとキリスト教的要素』が装いを新たに再販する運びとなり、大変嬉しく光栄に思います。

再版にあたって久しぶりに「あとがき」を読み返しました。そこには希望に満ちた当時の自分自身がいて、懐かしい気持ちでいっぱいになりました。同時に自分自身に顔向けできないような疚しさのようなものも感じました。本書の初版が出てから間もなく、個人的にとても悲しい出来事が起こり、研究に目を向けられない日々が続きました。支えてくれる人を失い、ひとりになった私の心は、暗闇の中の漂流船のように頼りなく波間を漂っていました。そんな私の心を慰め、導いてくれたものは、あるフィギュアスケーターの演技でした。一編の詩を眼前に描き出すような繊細な演技はもとより、薄さ数ミリのエッジを自在に操り、髪をなびかせ、銀盤を滑り抜けて行く、ギリシア神話の美少年のようなその姿が私の心を強く捉えました。まさに彼自身がひとつの芸術作品のように私には思えたのでしょう。文学とスケートという一見まるで異なる分野でありながら、私の中では文学作品と向き合う時と彼のスケートを見る時との間にはほとんど径庭がありませんでした。むしろワイルドがその作品や生き方を通じて示してくれた美の力というのは、こういうものなのではないだろうかと思える瞬間も少なからずありました。つまり、私の心は彼の演技を目にする度にワイルドにより現実的な形で寄り添っていたのかもしれないのです。

この八年間に失ったものも得たものも、様々な出会いも、別れもいろいろとありましたが、再版を機に気持ちを新たにして文学や芸術に取り組んでいきたいと思います。

最後に、この場を借りて、本書の再版に際し、応援して下さった方々、力を貸して下さったすべての方々に感謝申し上げます。また、この本の誕生に携わって下さった方々ひとりひとりの顔を懐かしく思い浮かべながら、改めて感謝の意を表します。さらに、この本を手にとって下さっている顔の見えない読者のみなさんひとりひとりにもお礼を申し上げたい気持ちです。そして、初版当時と変わらず、忍耐強く私の要望を聞いて下さり、今回の再版を快諾して下さった開文社社長の安居洋一さんに心よりお礼を申し上げたいと思います。

二〇一三年二月

鈴木ふさ子

本書を手にするジョニー・ウィアー選手（トリノ五輪・バンクーバー五輪フィギュアスケート　アメリカ代表）著者はウィアー選手とのインタビューの機会に恵まれ、その高い美意識に感銘を受けてきた。

第Ⅰ部　デカダンとしてのワイルド

第一章　華麗なる毒殺者――「ペン、鉛筆と毒薬」

1

オスカー・ワイルドは、一八八九年一月に、審美批評家、そして稀代の毒殺者でもあったトマス・グリフィス・ウェンライト（Thomas Griffiths Wainewright, 1794-1847）に関する短い評伝「ペン、鉛筆と毒薬」（"Pen, Pencil and Poison,"）を雑誌『フォートナイトリー・レビュー』（*The Fortnightly Review*）に掲載した。この作品は、一八九二年にワイルドの最高傑作の一つとされる『意向集』に収められたが、発表当時はほとんど議論の対象にされなかった。[1] 同性愛の咎でワイルドが牢獄に送られてから、この作品が注目されるようになってきたと言ってよい。以来、ウェンライトの犯罪と芸術の関係を通して導かれた「一つの強烈な個性が罪悪から創り出される」（"an intense personality being created out of sin." 1007）とか「ある人物が毒殺者であるという事実は彼の文章にとって全く不利なことではない」（"The fact of a man being a poisoner is nothing against his prose." 1007）といった結論は作者ワイルドの道徳性の欠如や芸術至上主義が顕現したものとして捉えられてきた。[2] このことは、一八八九年を境にワイルドの作品にデカダンスの要素が表れ始めたことを示しているのではないだろうか。

一八八〇年代の前半には〈唯美的衣装〉によって、一躍有名になったワイルドであるが、一八八九年頃のワイルドは、童話集『幸福な王子とその他の童話』（*The Happy Prince and Other Tales*, 1888）以外に代表作のない時代遅れの唯美主義の使徒として人の記憶に残っているだけであった。[3] だが、ワイルドにとって、「ペン、鉛筆と毒薬」を発表したこの時期は、「嘘の衰退」（"The Decay of Lying," 1889）、「芸術家としての批評家」といった芸術論、『ドリアン・グレイの肖像』、『サロメ』など、彼をイギリスのデカダンの代表たらしめた作品を書き、『ウーマンズ・ワールド』（*The Woman's World*）の編集長の職を辞して筆耕硯田を実現させた九〇年代への過渡期として大変重要な時期だったのである。

このように、一八八〇年代末がワイルドにとって一つの節目であったと考える時、この時期のワイルドの服装に変化が見られたという指摘は注目に値するだろう。[4] たしかに、八〇年代前半と後半のワイルドのポートレート写真を比較してみると、ビロードのニッカ・ボッカ・スーツや毛皮といった奇抜な服装から洗練された物柔らかなものへと衣服の好みが変わり、長髪は短く切られ、ポマードで固められるといった変化が見られる。このことは、ワイルドの内面の変化と関係しているものと思われる。一八八〇年代の前半から、フランスの文人と親しく交際していたワイルドは、ヨーロッパの、特にフランスの文学や芸術理論に精通し、その影響に強くさらされることで、軽薄で単純な唯美主義の

図 1 〈唯美的衣裳〉を着用したワイルド（1882 年）
唯美主義を伝道するためにアメリカ合衆国各地を訪れた際の一枚。長い髪に、甲の浅い靴に、ニー・ブリーチ、ビロードの上着に派手な色のタイを身につけたワイルドはしばしばカリカチュアに描かれた。

図 2　黒と白を基調にしたシックな装いに転じたワイルド（1889 年）
髪の毛を短く切り、ポケットチーフを用いるなど、洗練された雰囲気を漂わせている。

使徒というイメージから脱却し、深みのある暗いデカダンへと変化を遂げたのであろう。こうしたワイルドの変化は、ウェンライトを描く上でどのような影を落としたのだろうか。

2

ウェンライトはデカダンスを体現したような人物である。ワイルドより約半世紀早い一七九四年にこの世に生を享けたウェンライトは、詩人であり、画家、美術批評家、古物蒐集家、散文作家、美しい物を愛好する人、ディレッタントであるのみでなく、異常な才能を有する偽造者であり、近親者を遺産や保険金目当てに次々と殺害した毒殺魔であった。やがて、為替偽造の罪に問われて一八三七年、四十三歳の時にタスマニアに流刑され、その十年後に獄死した。このように、殺人者としての卓絶した技量を持つ冷酷な犯罪者の顔と優雅な教養人という二つの顔を併せ持つ特異な人物像は伝説と化し、[5]しばしば文学作品のモデルにもされてきた。[6]

ワイルドが彼についての評伝を書いた理由は、過渡期にあって新たな理想像を摸索していた最中、この実在した人物が芸術と罪の問題についてワイルドに示唆を与えたためと考えられる。たとえば、リチャード・エルマンは、ワイルドが生涯を通じて心酔していたボードレール像がウェンライトに投影されていると指摘している。[7]倒錯した倫理観の持ち主であったことや、愛猫家であったこと、人工楽園の幻想の中で死んでいったことなど細かい部分も含めてウェンライトには、デカダンと呼ばれた

図 3　ウェンライトの自画像（1840 年代）「卑劣な狡猾さと復讐心が表れた受刑者の顔」

最初の芸術家ボードレールを彷彿とさせる面がある。さらに、「ペン、鉛筆と毒薬」からの次の引用ではゴーティエとの共通点が指摘され、ウェンライトの気質や好みがフランスのデカダンたちに近いことが示されている。

彼［ウェンライト］は緑色を偏愛したが、緑色に対するこの偏愛は個人においては常に精妙な芸術的気質の徴候であり、また国民においては、道徳の頽廃ではないにせよ、その弛緩を表わすものと言われている。彼はボードレールのように猫を偏愛し、ゴーティエとともに、いまもフィレンツェやルーヴル美術館で見られる両性具有のあの「甘美な大理石の怪物」に魅了された。

He [Wainewright] had that curious love of green, which in individuals is always the sign of a subtle artistic temperament, and in nations is said to denote a laxity, if not a decadence of morals. Like Baudelaire he was extremely fond of cats, and with Gautier, he was fascinated by that "sweet marble monster," of both sexes that we can still see at Florence and in the Louvre. (996)

ウェンライトが緑色を偏愛したのはなぜだろう。マックス・ノルダウは、『退化』の中で、〈デカダンス〉の一つの徴候として色彩への鋭敏な反応や執着を挙げている。そして、ウェンライトの緑色に対する妄執を、ワイルドをデカダンとして定義する際の一例として紹介している。[8] 実際、ワイルド自身、〈緑〉と〈デカダンス〉を結びつけていたことが、ボードレールの『悪の華』の装丁についての次の一節から窺える。

我々のこの時代をその諸々の倦怠と罪において実現したいなら、二十年間の恥ずべき年月をかけずとも、たった一時間でそれ以上生きたことにしてくれる本はないだろうか？　あなたの手元に、金箔を被せた睡蓮の花を散らし、固い象牙でならした青味がかった薄緑色の皮革で装丁された小さな書物がある。ゴーティエが愛した本、ボードレールの傑作だ。

[I]f we...desire to realise our own age in all its weariness and sin, are there not books that can make us live more in one single hour than life can make us live in a score of shameful years? Close to your hand lies a little volume, bound in some Nile-green skin that has been powdered with gilded nenuphars and smoothed with hard ivory. It is the book that Gautier loved, it is Baudelaire's masterpiece. (1037)

ワイルドはこの後に続いて、『悪の華』を読めば、ボードレールの思想を感得することができ、実体験をせずにデカダンとしてのボードレールの罪や快楽を自分のものとすることが可能だと書いている。同じような例は、『ドリアン・グレイの肖像』の中にも見られる。ドリアン・グレイがバジルを殺害した後に繰るゴーティエの『七宝とカメオ』(*Émaux et camées*, 1852; 決定版 1872) の装丁も「淡い黄緑色の皮の、金箔押しの格子模様がついた、石榴の点在した」（“of citron-green leather, with a design of gilt trellis-work and dotted pomegranates” 126）ものであった。しかも、この本はドリアンと同性愛の関係があったと仄めかされる人物から贈られたものである。ワイルドの装丁に対する並々ならぬ思い入れは、一八八八年十一月に『ペル・メル・ガゼット』（*Pall Mall Gazette*）に掲載された「装丁の美しさ」（“The Beauties of Bookbinding”）というエッセイに明らかである。ワイルドによれば、美しい装丁には「独特の倫理的価値、独特の精神的効果がある」（“It[a beautiful binding] has its ethical value, its spiritual effect.”）という。

緑色の皮で装丁されたボードレールとゴーティエの書物に込められた〈緑色〉と〈デカダンス〉の関連、そしてウェンライトが「道徳の弛緩を示す」緑色を愛していたことを考え合わせると、「ペン、鉛筆と毒薬」の副題「緑の研究」（“A Study in Green”）には、〈デカダンスの研究〉という意味が暗に示されていると考えられるだろう。ワイルドにとってデカダンスの伝道書は緑色でなければならなかったのだ。

〈デカダンスの研究〉という意味の副題を持つ「ペン、鉛筆と毒薬」が、『さかしま』の影響を受けていることは注目すべき点だろう。一八八四年五月にコンスタンス（Constance Lloyd）と結婚したワイルドは、新婚旅行先のパリでユイスマンスの『さかしま』を読んだ。ワイルドはパリ滞在中のインタビューで、『さかしま』が七〇年代の自分にとってペイターの『ルネッサンス』（*The Renaissance: Studies in Art and Poetry*, 1873）が持っているのと同等の重要性を八〇年代の自分に対して持っていると

図4　ヴィクトリア時代のインテリア
ロンドンはケンジントンに現存するヴィクトリア時代のリビング・ルームの暖炉。東洋的な陶磁器と古代ギリシアの置き物など時空を超えた品々が渾然たる融合を示している。

語った。[10]

事実、デカダンの亀鑑であった『さかしま』の主人公デ・ゼッサントの生活が、ドリアン・グレイの美的生活を描く上で影響を与えたことはこれまで多くの批評家が指摘してきたところである。ここで見逃してはならないのが、ドリアン以前の作中人物、つまりウェンライトにすでにデ・ゼッサントの影が見えるということである。

生きた大亀の甲羅に金と宝石で装飾を施すデ・ゼッサントほど極端ではないにせよ、ウェンライトも装飾品に拘泥した。彼の家には時代や空間を問わず、美的触覚に訴える品々が飾られていた。たとえば、書斎には「古いローマの墓から掘り出した粗末なランプ」("a rude lamp from some old Roman tomb" 996) があるかと思えば、「風変わりな縫い取り模様が施された小粒のダイヤとルビーをちりばめ、固い銀を被せたカバーつきの『聖務日課表』」("a book of Hours, cased in a cover of solid silver gilt, wrought with quaint devices and studded with small brilliants and rubies" 996) が置かれるという風である。

しかしながら、重要なことは、ウェンライトがデ・ゼッサントと同じように調度品に凝ったということではない。両者が何のために好事家のような生活を送ったのかということである。この問題は、ワイルドがこの時期に確立した〈芸術家としての批評家〉という概念と深い関わりを持っていると考えられるからである。ウェンライトは、デ・ゼッサントと同様に、装飾品と蒐集した蔵書や美術品に埋もれて、絵画やギリシアの宝石、カメオ細工を拡大鏡で丹念に調べ、「芸術作品によって生まれる複雑な印象」(the complex impressions produced by a work of art” 997)を基準に美術批評を行い、「芸術的気質」(“the artistic temperament” 997)を磨き上げていった。そのことは、次の引用に示されている。

「ウェンライトは」「芸術」がまず訴えかけてくるのは知性でもなければ感情でもなく、もっぱら芸術的気質である、という偉大な真理を決して忘れることがなかった。そしてこの気質、彼の呼ぶところの、この「鑑識眼」が、傑作にしばしば接することを通じて無意識のうちに導かれ完璧にさ

図5　19世紀のシェル・カメオ
(フレーム：エナメルと金、モチーフ：バッカンテ)
ヘレニズム時代にほぼ技術の完成をみたカメオは、ギリシア神話の神々をモチーフにすることが多かった。カメオの蒐集家として知られるナポレオンが妻のジョセフィーヌに身につけることを奨励するまでカメオは男性の装飾品であった。デカダンたちが長い歴史と異教の香り漂うこの優美な宝石に魅了されたことは想像に難くない。

れて、最後には正しい判断の一形式となることを一度ならず指摘している。

> [Wainewright] never lost sight of the great truth that Art's first appeal is neither to the intellect nor to the emotions, but purely to the artistic temperament, and he more than once points out that this temperament, this "taste," as he calls it, being unconsciously guided and made perfect by frequent contact with the best work, becomes in the end a form of right judgment. (997)

同じことは、ワイルドがこの翌年に発表した、芸術における批評家の役割をギルバートとアーネストの対話を通して解明していく芸術論「芸術家としての批評家」でギルバートの口を借りて再び繰り返される。

> 気質は批評家に真っ先に求められるものである——その気質は美に対して、また美から与えられる種々様々な印象に絶妙に反応する……しかし純化され完璧にされるためには、この感覚はある形の美しい環境を必要とする。それなしでは飢えるか、鈍重になるかしてしまう。

> Temperament is the primary requisite for the critic — a temperament exquisitely susceptible to beauty, and to the various impressions that beauty gives us.... But to be purified and made perfect, this sense requires some

form of exquisite environment. Without this it starves, or is dulled. (1049)

こうしたワイルドの考えは、ウェンライトが美しい物を蒐集し、環境を美化していったのは「芸術的気質」を伸ばすためだったという「ペン、鉛筆と毒薬」の見解と合致する。

ワイルドはさらに、「観照的生活、行うのではなく存在すること、それもただ存在するのではなく、何者かになることを目的とする生活——それこそ批評精神が我々に与え得るもの」(“the contemplative life, the life that has for its aim not *doing* but *being*, and not *being* merely, but *becoming* — that is what the critical spirit can give us.” 1041) だと定義した。「芸術家としての批評家」の第一部の副題が「何もしないことの重要性に関する覚書」(“With some remarks upon the importance of doing nothing”) となっていることからも、何もせずに観照の生活をする批評家の重要性を認識させることがこの論文の目的であることがわかる。「活動力の欠如」はデカダンスの基本的特徴である。[11] ワイルドの定義する観照生活がデカダンスの特徴を示し、次のウェンライトの態度と符合することは注目に値する。

この若いダンディは、何かを行うというよりはむしろ、ひとかどの者であろうとした。人生そのものが一つの芸術であり、人生を表現しようとする芸術と同じように人生がそれ自体のスタイルの様式を持っていることを認識したのだった。

This young dandy sought to be somebody, rather than to do something. He recognized that Life itself is an art, and has its modes of style no less than the arts that seek to express it. (995)

ウェンライトは、「行う」ことより「存在する」ことを重視し、審美批評家として自分の人生を一つの芸術作品として創造することによって「ひとかどの者であろうとした」。この場合、重要になってくるのが彼の人生を方向づける〈羅針盤〉の存在である。審美批評は、ウェンライトの人生における指針となる美意識をより正確に、より微妙に精錬していく羅針盤の役割を果たしたのである。

ワイルドにとって、美を感受する芸術的気質は生涯を通じて必要不可欠なものであり、こうした考えは八〇年代の初期にすでに見られる。たとえば、イギリスにおける十九世紀の芸術運動を、十五世紀の文芸復興のイギリス版にたとえて、キーツやペイター、ラファエル前派から世紀末の唯美主義の系譜について語った一八八二年一月九日の講演「イギリスの芸術復興」の中でも、以下のように説いている。

芸術の奥義は教えることができません。それらはただ現れるのです。全ての美しい物を研究し、崇拝することによって美的印象を受けとめようと鍛錬した人に対して現れるのです。

[T]he truth of art cannot be taught: they are revealed only, revealed to natures which have made themselves receptive of all beautiful impressions by the study and worship of all beautiful things.[12]

さらにワイルドは、人間を二種類――「行動」する人間と「思考」する人間――に分けている。「思考」型の人間をペイターの『ルネッサンス』の「結論」に酷似した「この炎の色をした世界の情熱によって常に燃え、人生をその目的ではなく、その脈搏のために興味深いものだとする人物」（"who must burn always with one of the passions of this fiery-coloured world, who find life interesting...for its pulsations and not for its purpose"）と定義しており、[13] そうした情熱は美に捧げられるべきであり、それは装飾芸術より生まれると言っている。一方、「行動」型の人間についても、労働者の無味乾燥な生活にこそ美が必要であり、美に触れることで肉体の疲労が軽減されるという考えを示している。

こうした分類に従えば、ウェンライトのような人物は「思考」型の人間に入ることは明白であり、この型の人間が審美批評家の雛型と考えられる。だが、八〇年代初期と八九年とではワイルドの定義する〈批評家〉の意味が異なる。八〇年代初期の時点におけるワイルドの批評家に関する見解は、「人々にあらゆる芸術作品に近づくべき精神、芸術作品に与えるべき愛、芸術から引き出すべき教訓を教えることによって芸術のために社会的な目標をも作ることが批評家の役目である」（"it is for the critic to create for art the social aim, too, by teaching the people the spirit in which they are to approach all artistic work, the love they are to give it, the lesson they are to draw from it."）というもので、[14] ワイルドの〈批評家〉に関する見解の独自性はまだ見られない。また、この時期のワイルドは「芸術はそれ自体の完成以外の欲求を決して持ち得ない」(“Art can never have any other claim but her own perfection.”) という美の自立性を訴えているものの、[15] それはペイターの模倣の域を脱していない。つまり、〈批評家〉に対する見解にも美に関する見解にも独自のものがなく、ウェンライトや「芸術家としての批評家」に示される自己の人生を創造する芸術家として審美批評家を捉える理論はまだ確立されていないのである。

他にも相違点が挙げられる。「ペン、鉛筆と毒薬」では、入獄したウェンライトを取り囲む囚人たちの荒んだ生活ぶりによって彼の美意識が磨耗してしまうという件が、唯美主義の実践者と貧しい生活者との間の越え難い隔たりを示しているのに対し、合衆国を巡業していた時のワイルドは、美はあらゆる階級の人物にとって必要で、理解され得るものであると語って憚らない楽観的かつ単純な唯美主義者であった。彼は同じ時期の「住宅装飾」や「芸術と職人」(“Art and the Handicraftsman”) などの講演でも職人を芸術家と同じ位置に持ち上げ、あらゆる人、あらゆる物に美の必要性があると説いている。こうしたユートピア的な理想に満ちた唯美主義は後に書かれた「社会主義下の人間の魂」に重複する部分があるが、装飾芸術の重視や職人と芸術家を同一視するという考えは八〇年代初期のワイルドに特有のものである。同時に、ラファエル前派やモリスを前面に出して唯美主義を唱える手法も後の芸術論では見られないこの時期の特徴である。

ワイルドは、キーツに始まるイギリスの唯美主義とボードレールやユイスマンスに代表されるフランスのデカダンスという二つの並行する流れの基底となる美学の影響を受けている。フランスの批評家ジャン・ピエロが、「自国文学からの影響を補足する形で、十九世紀フランス文学の影響」を受けたワイルドにとって、一八九〇年からの十年間は「第二の知的形成期」であると指摘しているように、[16]初期のワイルドがキーツ、ラスキン、ペイターなどから摂取して形成しつつあった美学は、フランスのデカダンたちの影響によって〈悪〉や〈罪〉と結びつくようになったと考えられるのではないか。

「ペン、鉛筆と毒薬」が、ワイルドの転換期に書かれた作品であるということは非常に興味深い。この短い評伝の三分の二以上を占めるウェンライトの芸術批評の紹介は冗漫で、一見不要に思える。ただ読者に衝撃を与える目的でこの作品を書いたのなら、こうした紹介は不要だったろう。しかし、ワイルドにとってウェンライトは審美批評家でなければならなかった。ウェンライトの罪は「窮乏から生じた」("the result of starvation" 1006) 犯罪であってはならず、美的修練の末「罪から生じた」("the result of sin" 1006) 犯罪でなければならなかった。デカダンとしての芸術を形成しようとしていたワイルドが欲していたものは、〈美〉と〈罪〉の結合を示すウェンライトのような神話だったからである。

吉田健一が「芸術家としての批評家」をワイルドが「自己と自己の思想について語った」作品であると断言しているように、この芸術論はワイルドの精髄を結集したものである。[17] かつては職人を芸術家とみなしたワイルドが批評家を芸術家と呼んだ背景には、ウェンライトが持っていたような〈悪〉や〈罪〉をも芸術の糧とする美の基準が加わったこと、つまり、デカダン的な要素が付加されたことが指摘できるだろう。そして、「芸術家としての批評家」との類似点を考える時、我々は、ウェンライトに関する評伝がワイルドの芸術論の寓話であることに気づかされるのである。

ウェンライトをワイルドの芸術理論の具象化として捉えるなら、「ペン、鉛筆と毒薬」をワイルド伝として読むことも可能であろう。[18] ワイルドは、ウェンライトがペン・ネームをいくつも持っていたことに着目し、その件について極めて暗示的な解釈を施している。

ジェイナス・ウェザーコック、エゴメ・ボンモ、ファン・ヴィンクヴームスなどが、ウェンライトが自分のまじめさを隠蔽するか、軽薄さを露呈するために選んだグロテスクな仮面のうちのいくつかであった。仮面は素顔よりも多くを語るものである。これらの変装が彼の個性を強烈なものにした。信じられないほど短い間に彼は頭角を表わしたらしい。

Janus Weathercock, Egomet Bonmot, and Van Vinkvooms, were some of the grotesque masks under which he choose to hide his seriousness or to reveal his levity. A mask tells us more than a face. These disguises intensified his personality. In an incredibly short time he seems to have made his mark. (995)

ワイルドは、本名のオスカー・ワイルドの他に、獄中では「C.3.3」と呼ばれ、出獄後フランスの亡命先では、「セバスチャン・メルモス」(Sebastian Melmoth) という偽名を使っていた。もちろん、

「ペン、鉛筆と毒薬」を執筆時のワイルドは自分が将来他の呼称を持つことなど思いもよらなかっただろう。ワイルドは多くの仮面を持ち、それらを巧みに使い分け、素顔を曝け出さない人物であった。トマス・グリフィス・ウェンライトという人物もまたワイルドが手にした仮面の一つなのではないか。

オックスフォード大学時代には日本の陶磁器などで部屋を飾り、合衆国の講演では日常生活を美化することを唱えたワイルドは、チャールズ・リケッツ (Charles Ricketts) やチャールズ・シャノン (Charles Shannon) など画家、装丁家たちと親交があり、彼らに本の装丁を依頼したこともあった。このように、ウェンライトの唯美的生活はワイルドが実践し、目標とした生活と重ね合わせることができる。また、唯美主義からダンディに移行しつつあった当時のワイルドと同様に、ウェンライトも「ダンディとしてロンドン中を驚かせようと」("to startle the town as a dandy" 995) していたという共通点が見られる。こうした粋な服装がダンディズムという精神の表象である以上、ワイルドのファッションの変化は内面の変化を表わしていると言ってよいだろう。それがウェンライトにどのように投影されているかを考えてみよう。

本題に入る前に、ダンディズムについてもう少し詳しく触れておく必要があるだろう。ダンディズムは、イギリス史上摂政時代と呼ばれる十九世紀初頭、摂政皇太子に引き立てられ、社交界で知らぬ者のない洒落者として名を馳せたボー・ブランメル（洒落者ブランメル）ことジョージ・ブライアン・ブランメル (George Bryan Brummel) に始まった。ブランメルのダンディとしての生き方は多くの芸術家に影響を与えた。もちろん小説や戯曲のモデルにされるなど、[19]一つの社会現象や風俗の象徴として捉えられもするが、むしろブランメルはその衣裳や立居振舞に表象された精神性ゆえに文学においで存在意義を有すると言った方がいいだろう。

ダンディはしばしば服装の洗練にばかりこだわる気取り屋とみなされるきらいがあるが、本物のお洒落は苦行僧にも似たストイシズムから生まれることを忘れてはならない。完璧な着こなしには、ネクタイの結び方に対する妥協のなさ、過酷な体型維持など様々な厳しい戒律が付随するからである。また、ブランメルは平民であったにもかかわらず、たとえ相手が貴族であろうと冷ややかな態度を崩さず、物事に動じない冷静無比な態度によって相対する人物を威圧した。鋭い美意識に裏打ちされたお洒落と尊大な態度との相乗効果で彼は偶然出会った皇太子の目にとまり、異例の出世を果たすことになる。だが、こうしたブランメルの階級差を無視した尊大な態度はやがて皇太子の不興を買い、ブランメルをして勝ち目のない賭博に大金をつぎ込ませることになる。借金を作り、国外退去せざるを

図 6　ダンディの始祖ボー・ブランメル
ブランメルは黒と白を基調にした今日の紳士服の概念を確立したことで知られる。また、精神面ではその衣裳や立居振舞に表れたストイシズム、破滅を怖れぬ生き方によってボードレールを始め、フランスのデカダンたちに影響を与えた。

得なくなったブランメルは紆余曲折の末、養老院で惨めな最期を迎える。彼が栄華の極みまで上りつめたのはその誇り高さゆえであり、破滅へと転落したのもその誇り高さゆえであった。こうしたブランメルの誇りの高さにその精神性を見出し、感銘を受けたのは、十九世紀中期のフランスの文人たちである。小説家バルベー・ドールヴィリー（Barbey d'Aurevilly）やボードレールはブランメルの生き方に憧憬の念を抱き、ダンディズムとして理論化していった。ドールヴィリーは一八四五年に「ダンディズム、ならびにジョージ・ブランメルについて」（"Du Dandysme et de George Brummel"）と題してブランメルの生涯を紹介した。このエッセイは後にダンディの教義となった。ボードレールも一八六三年に連載を開始した『現代生活の画家』（*Le Peintre de la vie moderne*）でダンディズムを論じ、ダンディズムを卑俗なブルジョワが闊歩する十九世紀後半の時代風潮に対置させようとした。

このように、功利的な中産階級から隔絶しようとする芸術家たちの精神的高貴から生じたフランスのダンディズムを「気質のダンディズム」（"dandyism of the temperament"）と定義する研究者もいる。[20] 彼らはダンディの外見的華麗さは、絵画や音楽といった芸術的な形式を通して表わすべき自我の表象に依拠すると考えていた。彼らは、ありとあらゆる感覚の中で煉獄を経験することによって、魂の平安に到達するに足る痛ましいほどの努力をしたのである。彼らはいわば、「魂のダンディたち」（"dandies of the spirit"）であり、自意識過剰で、ひどく高級でやかましい眼識で芸術と人生の双方を選び取っていった。彼らの物憂い活力は美的感覚を拠り所にして人生を一つの芸術作品のように創造することに向けられた。ボードレールはダンディズムを次のように定義している。

ダンディズムはデカダンスの只中にあるヒロイズムの最後の一閃だ。消えかかった星の末期のように、熱気のない、憂愁に満ちた輝きである。[21]

朝日の健康で爽やかな明るさにも、灼熱の太陽にも似つかわしくないダンディズムは、終末に冷たく輝く閃光なのであって、頽廃の中にこそふさわしいものである。

ボードレールやゴーティエなどフランスのデカダンなダンディたちの影響を受け、これを逆輸入する形でダンディを目指したのが、ワイルド、アーサー・シモンズ、マックス・ビアボウム（Max Beerbohm）らイギリス世紀末の文人たちであった。ホルブルック・ジャクソンは、彼らのダンディズムを「新しいダンディズム」（"the new dandyism"）と定義した。[22] この〈新しいダンディズム〉は、ダンディズムの源泉であるブランメルの哲学をたどり、ドールヴィリーの書物やボードレール、ゴーティエ、後にはユイスマンスの特性をたどることでフランスの〈気質のダンディズム〉を摂取した、いわば二つのダンディズムの合成であると言えよう。史実のウェンライトは、摂政期のダンディということになるが、「ペン、鉛筆と毒薬」に描かれたウェンライトはワイルドが被ったボードレールやユイスマンスらの影響を受けている。ウェンライトのダンディズムも、破滅を内包する精神の表象だったのかもしれない。そのことはワイルドが次のように記述していることから窺える。

初期のエッセイ群の風変わりな一節の中で、ウェンライトは自分の蒐集を完全にしようとして大英博物館からいくつかのマルク・アントニオの像を盗むという誘惑に抗えなかったがために「死刑の宣告を受け、ホースモンガー監獄に横たわっている」自分を空想したことがあった。

In a fanciful passage in one of his early essays he had fancied himself "lying in Horsemonger Gaol under sentence of death," for having been unable to resist the temptation of stealing some Marc Antonios from the British Museum in order to complete his collection.（1005）

実際、ウェンライトは抗しがたい誘惑によって運命を破滅へ導いていくという衝動的な面を持っていた。保険金目当ての殺人ではないかという疑いを抱いていた保険会社が別の正当な理由をつけて保険金の支払いを拒否した時、「奇妙な勇気をもって、この毒殺者は帝国生命保険会社を相手どって大法官法廷に提訴するという行動を起こした」（"with curious courage the poisoner entered an action in the Court of Chancery against the Imperial...." 1004）のである。その上、彼は逃亡先のフランスからイギリスへ「ある不思議な気違いじみた魅力に動かされて戻って来た」（"Some strange mad fascination brought him back." 1004）という。ウェンライトは愛する女の後を追ったのである。

ウェンライトはイギリスへ戻ることで自分の人生が危険にさらされることを承知していた。それでも彼は戻った。何を不思議がることがあるだろう？その女はとても美しいという評判だった。しかも、彼女は彼を愛していなかった。

He knew...that by returning to England he was imperilling his life. Yet he returned. Should one wonder? It was said that the woman was very beautiful. Besides, she did not love him. (1005)

こうした一連のウェンライトの行動は「私は誘惑だけには抵抗できない」("I can resist everything except temptation." 388) と豪語した作者の運命に奇妙なほどの一致を見せる。この時期ワイルドは破滅の運命をたどることを予感し始めていたのではないか。

ワイルドは、「ペン、鉛筆と毒薬」の半年後、一八八九年七月に「W・H・氏の肖像」("The Portrait of Mr. W. H.")を書いている。シェイクスピアの『ソネット』(*Sonnets*, 1609) の献辞の相手とされるW・H・氏は誰かという文学上の謎に奇抜なアイディアを提示した「W・H・氏の肖像」は、二つの意味でデカダンスの様相を呈している。一つは、嘘実の転倒である。もう一つは、同性愛である。前者は、虚構、すなわち芸術が真実をも変える力を持っているというワイルド独特の逆説であり、「ペン、鉛筆と毒薬」と同じ時期に発表された「嘘の衰退」に見られる「真実以上に美を愛さない人々は芸術の奥義を決して知ることはない」("those who do not love Beauty more than Truth never know the inmost shrine of Art" 990) という考えに通じるものと思われる。

「人は真実だとわかっていることのためには死なない。真実であってほしいことのために死ぬのだ」(“No man dies for what he knows to be true. Men die for what they want to be true.” 1201) という芸術への殉教を暗示するこの一節は、「私」がシリルやアースキンの死を通して到達した〈真理〉である。この作品の冒頭で「私」とアースキンは、トマス・チャタトン(Thomas Chatterton)について議論をしている。中世の詩だという触れ込みで多くの詩を偽作した挙句、十七歳で自殺し、ロマン派の憧憬の対象となったチャタトンの作品の芸術的価値について「私」は次のような結論を述べる。

　全ての芸術はある程度までは演技の一形式、自由を妨げる事故や実人生の制限を越えた想像力の段階で自身の個性を発展させる試みなのだから、芸術家を偽作のために非難するの

図 7　ヘンリー・ウォリス『チャタトン』1856 年　ロンドン、テイト・ギャラリー
筆一本で身を立てようとロンドンにやって来たチャタトンは飢えと貧困に苦しみ、失意の中、下宿先の屋根裏で毒をあおって自殺した。死後、その詩才は認められ、夭折した誇り高き少年詩人はロマン派の憧憬の対象となった。

は倫理的問題と唯美的問題を混同していることになる。

[A]ll Art being to a certain degree a mode of acting, an attempt to realise one's own personality on some imaginative plane out of reach of the trammelling accidents and limitations of real life, to censure an artist for a forgery was to confuse an ethical with an aesthetical problem.（1150）

芸術は個性の発展であり、その過程で経験した罪が芸術の糧になった場合、犯した罪によって芸術の価値が劣ることはない。チャタトンをモデルにしたとも言われるシリルが、[23] 自らの命を賭けてまで事実だと訴えたW・H・氏の正体をめぐる虚説は、想像力によって美化された虚構を重視するワイルドの芸術観の象徴である。

こうしたワイルドの芸術に対する姿勢は、十九世紀後半に起こってきた自然主義に対するワイルドの批判でもあった。事実、ワイルドは「嘘の衰退」の中で明らかにフランスの自然主義作家ゾラやモーパッサンを意識して現実をありのままに書くことがいかに芸術性を欠くかを力説している。この対話編は、シリルが自然を満喫しようと誘う場面から始まるが、ヴィヴィアンは、自然は醜いという理由で拒否する。ノルダウは、この自然の拒否を理由に「嘘の衰退」にデカダンスの徴候が見られると指摘している。[24] ワイルドは、イギリスの霧はターナーが描いてから初めて認識されたという例に基づき、〈自然〉が〈芸術〉を模倣するという理論を打ち出し、芸術の優位性を訴えた。

さらに、ワイルドは「嘘の衰退」の中で実人生（自然）が小説（芸術）の中で描かれた人生をたどる場合があることを、多数の事例を挙げて説明している。ワイルドは、現実の人間が芸術作品に予知された人生を歩むという嘘と真実の逆転を本気で信じていたと思われる。「嘘の衰退」の中の「文学は常に人生を予想する。文学は人生を模写するのではなく、その目的に即して人生を形成するものなのだ」（"Literature always anticipates life. It does not copy it, but moulds it to its purpose." 983）という考えは、「ペン、鉛筆と毒薬」にすでに予告され、「W・H・氏の肖像」など、その後の彼の作品の中で繰り返し描かれた。「ペン、鉛筆と毒薬」は、現実の人生を拒否し、自らの人生を創造するという執筆時のワイルドが芸術理論として掲げていたデカダンスの一側面の投影であると同時に、ワイルドの破滅を先取りしているという点で二重の嘘と真実の逆転を示している。

ワイルドを破滅に導いたのは、ダグラスとの恋愛であった。当時は犯罪であった同性愛という禁忌を犯しながら、それを否定するために裁判を起こすという大胆不敵な行為やフランスへ逃亡せずに没落の運命を従容として受け入れるといった説明し難いワイルドの行為の数々をホーフマンスタールは「不運な事件」などではなく、犯罪と罰を受けることへの「宿命的な憧憬」の結果であったと解釈している。[25] ホーフマンスタールが指摘するほど意図的だったかどうかは疑問だが、確かにワイルドは自分の宿命を予感していたように思われる。獄中で自分の人生がすでに「幸福な王子」（"The Happy Prince," 1888）や『ドリアン・グレイの肖像』などの作品に予告されていたと語るワイルドは、自己の破滅の予感という精神的作用によって変化を遂げたのではないだろうか。

ワイルドが同性愛の道へ入っていったのは一八八四年五月に結婚して以降のことである。最近では、ワイルドの死後も彼の息子たちの面倒を見た、十五歳年下のロバート・ロス（Robert Ross）と一八八六年に関係を初めて結んだという説が定説となっている。[26] 特に八〇年代の後半から九〇年に書かれた作品に同性愛的描写が散見されるのは、このこととは無縁でないだろう。

たとえば、「幸福な王子」のツバメと王子の関係に同性愛の関係を見出すことは容易である。また、ウェンライトが古代の宝石に刻まれた青年像を飽かず観察するという描写や、両性具有の像をこよなく愛したという部分に同性愛の暗示を読み取ることができる。「W・H・氏の肖像」においても、アースキンとシリルとの間にはバジルとドリアンに見られるような同性愛的な雰囲気が漂っている。その上、問題となっているシェイクスピアと少年俳優との関係も同性愛的観点から捉えられている。ワイルド自身、一八八九年七月、つまり「W・H・氏の肖像」が発表された直後にロス宛てに送った手紙でそのことを仄めかしている。

親愛なるボビー、君の電報（もちろんそれは君以外のものであるはずがない）がちょうど届いたところだ。感謝の気持ちでいっぱいだ。あのような電報を送ってくれるなんて君はなんて優しいのだろう。たしかにあの物語は、半分君のものだ。あれは君がいなければ書かれなかっただろう……

手紙を送っておくれ。ウィリー・ヒューズが世に出てしまったからには、ぼくらはまた別の秘密を持たねばならない。

Dear Bobbie, Your telegram (of course it was *yours*) has just arrived. So many thanks for it: it was really sweet of you to send it, for indeed the story ["The Portrait of Mr. W. H."] is half yours, and but for you would not have been written....

Write to me a letter. Now that Willie Hughes has been revealed to the world, we must have another secret.[27]

「W・H・氏の肖像」によってワイルドに纏わる同性愛の噂に信憑性が出たため、ワイルドの友人で『フォートナイトリー・レビュー』の編集長であったフランク・ハリス（Frank Harris）は、この作品はワイルドに甚大な被害を与えたと評している。[28] 一八八九年にはすでにワイルドと美青年たちとの交遊は人目につくようになっていたのである。[29]

フェミニズムの批評家エレーン・ショーウォルターは、ワイルドの同性愛の捉え方は、同性愛的欲望を美的経験として正当化するものであり、女性が哲学的な美の障害であるという考えが根本にあるとしている。[30] ショーウォルターによれば、女性は生理的に愚鈍であるがゆえ男性の方がより美的感覚に優れているとワイルドは考えていたという。ワイルドは後に裁判の答弁でダグラスが書いた詩の題名「その名を語れぬ愛」（"Love that dare not speak its name"）、つまり〈同性愛〉について「ダヴィデとヨナタンの間にあるような年長の男性の若者に対する偉大な愛情、プラトンがその哲学の基本にしたところの愛、ミケランジェロとシェイクスピアのソネットに見出せる愛」（"a great affection of an elder for a younger man as there was between David and Jonathan, such as Plato made the very basis of his philosophy, and such as you find in the sonnets of Michelangelo and Shakespeare"）と答えた。[31] たしかに、ワイルドの作品を概観してみると、芸術論は男性同士の対話であり、聞き手が話し手に感化されていくという古代ギリシアの知的な年長の男性と若者の知的親交を模していると言える。ワイルドは〈美〉の体現や理解において男性が優位であることを理由に同性愛の正当性を公的に主張しているようなふしがある。

芸術的気質を伸展させ、様々な美の感覚を味わうワイルドにとって、古代ギリシアの彫刻を思わせる美青年たちとの恋は芸術的気質の洗練の結果得られる美的感覚の一つだった。しかし、同性愛にのめり込んでいくほどに、潜在的な罪の意識と恐怖は言い知れぬ破滅の予感としてワイルドに暗い影を落とすようになったのではないだろうか。「ペン、鉛筆と毒薬」の執筆とワイルドの変化が同時期であることは、偶然ではないだろう。

ウェンライトは美的鍛錬を通じて冷徹な唯美主義者となった。彼は義妹を毒殺した罪を彼女の足首が太かったという美的判断によって冷然と正当化するのである。善悪よりも美が行動の基準となることを、ワイルドは自身の芸術理論として「芸術家としての批評家」の中で次のように説明している。

美学は倫理学よりも優位にある。美学はより精神的な領域に属するのだ。ある事物の美しさを識別することが我々の到達できる最高の地点なのだ。個人の発展においては、色彩の感覚さえ、善悪の感覚よりも大切なのである。

Aesthetics are higher than ethics. They belong to a more spiritual sphere. To discern the beauty of a thing is the finest point to which we can arrive. Even a colour-sense is more important, in the development of the individual, than a sense of right and wrong.（1058）

このように、宗教よりも芸術を重んじるという思想は、人の気持ちを高め、善に導くという従来の芸術の存在意義を覆すものであった。しかし、こうした価値観の転倒は大きな歴史の転換点に立った時、しばしば起こる現象ではないだろうか。十九世紀末は、神の存在が否定され、キリスト教への信仰が揺らいだ危機的な時代であった。そうした中で、芸術は宗教と分離し、芸術を完成することと自体が芸術の目的となる芸術の自立性が唱えられたのである。事実、同じ時代をドイツに生きたニーチェも『悲劇の誕生』（*Die Geburt der Tragödie*, 1872）に付した「自己批評の試み」（"Versuch einer Selbstkritik," 1886）の中で「人間の真に形而上学的な活動は芸術であって——道徳ではない」と述べ、「世界の存在は美的現象としてのみ是認される」[32] とワイルドと同じような見解を述べている。ワイルドはウェンライトの所業が芸術に与えた効用を次のように説明している。

彼の犯罪は自身の芸術にある重要な効果を与えたように思われる。彼の犯罪はそのスタイルに強烈な個性を与えたが、これは彼の初期の作品には欠けていた性質だった……一つの強烈な個性が罪悪から創り出されるところが想像できるのだ。

His crimes seem to have had an important effect upon his art. They gave a strong personality to his style, a quality that his early work certainly lacked.... One can fancy an intense personality being created out of sin. (1007)

個性の強化を促す上で犯罪が役立ったというワイルドの見解を、ノルダウは「不道徳性、罪、犯罪をあからさまに賞揚している」として批判した。[33] しかし、それはいささか短絡的な解釈のように思われる。ここで再びニーチェの言葉がワイルドの言わんとすることを代弁してくれる。『ツァラトゥストラはこう言った』（*Also sprach Zarathustra*, 1883-91）でキリスト教の神の死を宣告したニーチェは、あらゆる現象の背後には「非道徳的な芸術家としての神」が存在すると語る。それは「善においても悪においても、まったく変わらない自分のたのしみを認め、そこに自分の自主性を自覚しようとする神」である。[34] 畢竟、倫理観に阻害されず、真の自己に到達するための手段が芸術ということになる。ワイルドも「芸術を通じて、芸術を通じてのみ、我々は自己の完成を実現できるのだ」（"It is through Art, and through Art only, that we can realise our perfection." 1038）と言っている。

たしかに、ワイルドが「ペン、鉛筆と毒薬」を執筆したのを境に、後代に残る傑作を次々に発表した九〇年代に突入し、デカダンの代表者へと華麗に転身していったことを考える時、やはり彼の罪は個性を強化させるのに伴わざるを得なかったと思われる。

4

ワイルドの描くウェンライト像には、ボードレールやデ・ゼッサントといったフランスのデカダンスの影響が見られる。また、ワイルドの全てが注ぎ込まれた「芸術家としての批評家」を具象化している点、「嘘の衰退」、「W・H・氏の肖像」に繰り返される、実人生が芸術を模倣するという芸術理論を先取りしている点、ワイルド自身を投影している点からも、当時のワイルドが目指していた人物像がウェンライトであったことが窺える。罪を知ったワイルドがその罪を逆手にとって自己の完成を遂げていくためには、ウェンライトのような理想像が必要だったものと思われる。アーサー・シモンズは、一八九一年六月四日の『スピーカー』(*The Speaker*)に寄稿した『意向集』に関する書評の中で、「ペン、鉛筆と毒薬」は主題に本質的な面白味がないと批判し、ウェンライトについても単に殺人者というだけでは興味が湧かないと評している。[35] この時期のワイルドにとって芸術と罪の問題が関心事で、それを見事に調和させたウェンライトがどれだけ魅力的だったか、ワイルドと同じくイギリスのデカダンスの代表的存在であるシモンズでさえ、看破できなかった。多くの人は唯美的衣装で有名だった軽薄なワイルドが、今度は殺人者の逸話を借りて逆説を披露したのだと考え、「ペン、鉛筆と毒薬」を軽視した。しかし、ワイルドはこの回想録を通して、道徳という宗教的概念の外に向かい、若い頃から理想としてきた「自己の個性を強化した人物」、ニーチェの言うところの「超人」のようなものに本格的に近づこうとしていたのではないか。

崩壊を予感しながら、輝こうとするウェンライトやワイルドの負のエネルギーを人はデカダンスと呼ぶ。ウェンライトに投影されたワイルドの理想の生活は〈倒錯〉、〈人工性〉、〈エゴイズム〉、〈好奇心〉、〈非活動的〉とデカダンスの基本的条件を全て満たしている。一八九二年に風習喜劇を書くに至るまでのワイルドの作品はこうした頽廃の雰囲気に支配されている。このことは、ワイルドがウェンライトの仮面を被ることでひとまずデカダンスという世界に自分の居場所を見出し、創作活動に励んだことの証である。ワイルドのデカダンスは、ウェンライトを抜きにしては語れない。しかし同時に、それは仮面の一つに過ぎないということを我々は忘れてはならないだろう。

第二章　頽廃と官能と罪の宝石箱――『ドリアン・グレイの肖像』・『サロメ』

一　白き手のドリアン

1

エルマンは、その膨大な伝記『オスカー・ワイルド』の第七章、「ドリアンの時代」の冒頭で次のように書いている。

九〇年代は一八八九年に始まり、一八九五年に終わった。少なくとも、ワイルドの九〇年代はそうであった。そして、ワイルドがいなかったら、九〇年代はその特徴を見出すことができなかっただろう。

The Nineties began in 1889 and ended in 1895. At least the Wildean Nineties did so, and without Wilde the decade could not have found its character.[1]

このエルマンの言葉によれば、ワイルドの〈九〇年代〉は一八八九年の「ペン、鉛筆と毒薬」に始まり、ワイルドがクイーンズベリー裁判で有罪になり、社会から抹殺された一八九五年に幕を閉じたことになる。その九〇年代を最も華やかに彩った作品が、『ドリアン・グレイの肖像』と『サロメ』である。[2]

『ドリアン・グレイの肖像』は、一八九〇年に雑誌に発表された。ウェンライトという理想像を掲げ、すでに自己の芸術理論を確立していたワイルドは、自らの芸術観の集大成を長編小説という初めての試みで世に出したが、発表と同時に凄まじい非難を浴びる結果となった。たとえば、一八九〇年六月三十日付の『デイリー・クロニクル』（*The Daily Chronicle*）の書評は、『ドリアン・グレイの肖像』を、「不潔」で、「フランスのデカダンたちの癩病にかかったような文学から生まれた物語である」と評した。[3] ワイルドは『デイリー・クロニクル』だけでなく、『セント・ジェイムズ・ガゼット』（*St. James's Gazette*）、『スコッツ・オブザーヴァー』（*Scots Observer*）など、自分の作品を酷評した雑誌の編集者宛てに『ドリアン・グレイの肖像』を弁護する手紙を書き送った。すると、その抗議の手紙に対して、雑誌が応答するという雑誌上での論争が起こった。[4]
こうしたジャーナリズムとワイルドの間の論争は、批評家レジェニア・ガニエが指摘するように、出版業界の隆盛といった文化史的背景から考えれば、ジャーナリズムとワイルドの互いの自己宣伝によって惹起された面がある。[5] つまり、大衆の道徳を保護する紳士の役割を宣伝するジャーナリズムと、芸術家としてより高い次元の道徳を唱える精妙なダンディとしての自己を宣伝するワイルドとの争いの結果、デカダンとしてのワイルドが人々に定着したという側面である。
パトロンという制度が失われたこの時代、自力で道を切り拓いて芸術を創造しなければならなかったワイルドが大衆を意識したことは、明らかである。仮面を次々に取り替えて転身したワイルドの生き方そのものが、大衆向けの売り物として自己をプロデュースしていった軌跡と捉えることができる。ウェンライトの仮面のもと、新しい自己を創造し、世間に向けてそのイメージを宣伝し始めたワイルドは、これら二つの作品でデカダンスの要素をどのように表現したのだろうか。まずは、『ドリアン・グレイの肖像』について考えてみることにする。

2

ドリアンは自分に究極の理想美を見出し、崇拝するバジルによってそれまで知らなかった「自己の美に虚栄心を持つこと」（"to be vain of my good looks"）[6] を知り、堕落の一歩を踏み出した。そのドリ

図 8　モンテスキュー伯爵の肖像（1910年頃）
美貌のダンディで多くの趣味の持ち主として知られるロベール・ド・モンテスキュー伯爵は、『さかしま』のデ・ゼッサントのモデルであり、『ドリアン・グレイの肖像』のヘンリー卿のモデルでもある。

アンに進むべき道を説いたのは、ヘンリー卿である。対象になる人物にどのような影響を与え、どのような変化が見られるか、それを眺めて面白がるヘンリー卿にとって、友人のバジルが夢中になっている美貌の青年は格好の実験材料だった。彼はドリアンに肉の喜びを堪能し、全ての感覚を味わい尽くすことを奨励した。

若いうちに、自分の若さを堪能したまえ。退屈な人たちの言うことを聞いたり、どうにもならない欠点を直そうとしたり、無知な人々、ありきたりの人々、俗悪な人々に人生を捧げて黄金期を無駄にするのはやめたまえ。これらは、我々の時代の病的な目的、偽りの理想だ。生きたまえ！君の中にある素晴らしい人生を生きたまえ。君には何も欠けているところはない。常に新しい感覚を探し求めたまえ。何も恐れることはない……新しい快楽主義——それが我々の世紀が欲するものだ。君はその目に見える象徴となり得るのだ。

[R]ealize your youth while you have it. Don't squander the gold of your days, listening to the tedious, trying to improve the hopeless failure, or giving away your life to the ignorant, the common, and the vulgar. These are the sickly aims, the false ideals, of our age. Live! Live the wonderful life that is in you! Let nothing be lost upon you. Be always searching for new sensations. Be afraid of nothing.... A new Hedonism — that is what our century wants. You might be its visible symbol. (23)

こうしてヘンリー卿によって〈新しい快楽主義〉を巧みに吹き込まれ、気持ちの昂ったドリアンは、刺激を求めて街を歩いた。ドリアンは、その途中、好奇心の赴くままに入った芝居小屋で女優シビル・ヴェインに出会い、恋に落ちる。この恋の破綻とそれによる彼女の自殺は、その後のドリアンの運命を決定づけてしまうほど、この小説の中で重要な意味を持つが、このエピソードがワイルドの芸術論と関連していることは注目に値するだろう。

そもそもドリアンがこの美少女に惹かれたのは、彼女が持つ素晴らしい演技の才能ゆえであり、ヘンリー卿の感化に負うところの多い恋愛であったと言える。女の演技の才能を育てようなどという発想は、ドリアンのものではなく、他人の人生を一つの芸術として観察の対象にしたがるヘンリー卿の考えに近いからである。また、この時のドリアンには、ヘンリー卿を越えたいという焦りがあり、自らの嗜好の高さを誇示したいという欲求も手伝って、シビルに近づいたふしがある。だからこそ、彼を愛したために木偶の棒のような演技しかできなくなったシビルへの恋心も急速に醒めてしまったのだろう。

しかし、一方のシビルは恋をしたことで、芝居という虚構の世界よりも実人生に優位を感じるようになった。まだ恋愛の恍惚感を知らなかった頃には、演じていたジュリエットの喜びや悲しみが彼女にとっての現実だった。だが、恋を知った途端、それまでの世界は色褪せてしまった。シビルはドリアンに、「あなたを知る前は、演技することが私の人生における唯一の現実だった」("before I knew you, acting was the one reality of my life." 69)と語り、ジュリエットをうまく演じられなくなった理由を、ドリアンとの恋愛によって「全ての芸術は現実の模倣に過ぎない」("all art is but a reflection" 70)と悟ったからだと説明している。[7]

こうしたシビルの変化は、第一章で触れた「嘘の衰退」や「芸術家としての批評家」に表れるワイルドの芸術理念の逆説として捉えることができるだろう。つまり、ドリアンに出会う前のシビルは「芸術が人生を模倣するのではなく、人生が芸術を模倣する」("Life imitates Art far more than Art imitates Life.")という芸術理論を実践していた。[8] しかし、現実の愛を知ったいま、彼女にとって、それまで真実だったジュリエットの愛が現実の模倣に過ぎなくなった。実人生が芸術に侵入した途端、芸術は現実性を失ってしまったのだ。芸術理論を体現する女優シビルに恋していたドリアンにとって、これが裏切りに映ったとしても無理はない。

シビルの死は、ドリアンの肖像画の変化という、もう一つの悲劇を生んだ。肖像画は、ドリアンがシビルを捨てたことを罪と判断し、この時初めて変化を示したのである。それは芸術に過度の優位性を置くことに対する警告と受け取ることができるだろう。だが、ヘンリー卿はドリアンにシビルの死は芸術的で美意識に訴えかけてくるものだと諭し、そのような美しい経験ができたことを誇りに思うように説得する。ヘンリー卿によれば、十七年の短い生涯の幕を自らの手で下ろしたシビルは、一つの美を完成したことになる。シビルは男に捨てられた惨めな場末の三流女優としてこれからの人生を生きるよりも、潔い死を選び取ることで完璧な悲劇を作り上げた。その美しい悲劇に関わっているという喜びは、悔恨や良心に優るものだ。ヘンリー卿は、シビルの死を芸術として客体化することをドリアンに教えた。シビルの訃報を受けてドリアンを慰めにやって来たバジルに、ドリアンは平然とした態度をとる。「自分の人生の見物人になることは人生の苦しみから逃れることだ」(“To become the spectator of one's own life...is to escape the suffering of life.” 87)とバジルに語るドリアンの言葉から、ドリアンが、自分の人生の傍観者になることで恋人の死を乗り越え、苦しみから逃れる方法を学んだことがわかる。

3

シビルの死後ドリアンは急速に変化していく。その変化に見出されるのが、第一章で論じてきたウェンライトとの類似点である。たとえば、次に引用するドリアンのダンディぶりは、ウェンライトを思わせる。

彼にとって、〈人生〉は、芸術の中で最初の、最も素晴らしい芸術であり、他の全ての芸術はそのための一つの準備に過ぎないように思われた。〈流行〉は、真に気まぐれな物が一瞬で広まることであり、〈ダンディズム〉は、その独自の方法で美の絶対的な近代性を主張する試みである。もちろん、それらは彼にとって魅力はあった。彼の服の着こなし、時々彼が凝った特殊なスタイルは、メイフェアの舞踏会やペル・メル・クラブの窓辺に立つ若い洒落者に著しい影響を与えた。彼らは、ドリアンがすることは何でも真似した。ドリアンにとっては冗談半分に過ぎない、優雅なお洒落が醸し出す何気ない魅力を再現しようとした。

[T]o him Life itself was the first, the greatest, of the arts, and for it all the other arts seemed to be but a preparation. Fashion, by which what is really fantastic becomes for a moment universal, and Dandyism, which, in its own way, is an attempt to assert the absolute modernity of the beauty, had, of course, their fascination for him. His mode of dressing, and the particular styles that from time to time he affected, had their marked influence on the young exquisites of the Mayfair balls and Pall Mall club windows, who copied him in everything that he did, and tried to reproduce the accidental charm of his graceful, though to him only half-serious, fopperies. (100)

引用に見られるドリアンの人生に対する姿勢は、「人生はそれ自体が一つの芸術である」（"Life itself is an art" 995）と認識していたウェンライトの考えと同じであり、その表現方法が、〈ダンディズム〉である点も共通している。二人は両親を幼い頃に亡くし、ウェンライトは伯父に、ドリアンは祖父に育てられた。兄弟もなく、孤独な幼年期、少年期を送った。彼らは家族には恵まれなかったが、人を惹きつける類まれな美貌の持ち主だった。ワイルドによれば、ウェンライトはジュリアン・ソレルを思わせる美男子であったから、恵まれた容貌を趣味のいい衣装で包み、洗練された身のこなしをすれば、それだけで一幅の絵のようだったろう。

しかしながら、二人は外見を美しく飾り立てるだけでは満足できず、内面を芸術化することを求めた。次の『ドリアン・グレイの肖像』からの引用には、お洒落のお手本にとどまっているだけでは飽き足らないドリアンの心境が表れている。

図 9　ジョン・グレイ
ドリアン・グレイのモデルと言われる。詩人であり、劇作家であり、後にカトリックの司祭となったグレイは、1889 年にワイルドと懇意になり、1892 年にダグラスが現れるまでワイルドの恋人だったと言われる。

　心の奥で、彼「ドリアン」は宝石のつけ方やネクタイの結び方、ステッキの持ち方について相談される〈お洒落の判定家〉以上のものになりたいと望んでいた。彼は理性化された哲学と秩序立った原理を持つ新しい生き方を入念に作りたがり、感覚を高尚にすることでその最高の実現を見出そうとしたのである。

[I]n his [Dorian's] inmost heart he desired to be something more than a mere *arbiter elegantiarum*, to be consulted on the wearing of a jewel, or the knotting of a necktie, or the conduct of a cane. He sought to elaborate some new scheme of life that would have its reasoned philosophy and its ordered principles, and find in the spiritualizing of the senses its highest realization. (101)

ドリアンが求めた新しい生き方とは、感覚を高めることで実現する観念的な内面世界である。ネクタイやステッキにも様々な柄や微妙な色合い、木目、肌触りがあるように、感覚にも人知未踏のものがあるかもしれない。その微妙な差異まで感じられるようになるために、ドリアンは、感覚を鍛錬しようと考えた。その精妙な感覚が選び取っていく哲学や原理によって構築されるものが内面の美学であり、ドリアンの生きる指針となるべきものである。

ドリアンの急激な変化には、もう一つの大きな要因があった。シビルの検死の結果を伝える新聞と一緒にヘンリー卿が届けさせた一冊の〈奇妙な本〉である。その本の内容は次のように説明されている。

それは、彼がいままで読んだ中で最も奇妙な本であった。彼にとっては、素晴らしい衣服を着て、精妙なフルートの音に合わせて世界の罪が物言わぬ影の中で彼の前を通り過ぎていくように思えた……

それは筋のない、登場人物が一人だけの、実際、ある若いパリジャンの単なる心理学的研究だった。彼は十九世紀以外のあらゆる世紀に属する、くさぐさの情熱と思想の様式を、十九世紀に実現すること、いわば、世界中の精神が経験した様々な思想の様式を、人が愚劣にも美徳と呼んできたそれらの自制を、賢人がいまだに罪と呼ぶ自然な反抗心と同様に、その人工性ゆえに愛しながら、自身の中に要約しようとして人生を費やしたのである。

It was the strangest book that he had ever read. It seemed to him that in exquisite raiment, and to the delicate sound of flutes, the sins of the world were passing in dumb show before him....

It was a novel without a plot, and with only one character, being, indeed, simply a psychological study of a certain young Parisian, who spent his life trying to realize in the nineteenth century all the passions and modes of thought that belonged to every century except his own, and to sum up, as it were, in himself the various moods through which the world-spirit had ever passed, loving for their mere artificiality those renunciations that men have unwisely called virtue, as much as those natural rebellions that wise men still call sin. (97)

引用に見られる、ドリアンを魅了した小説は、ワイルドの想像上のもので、特定することはできない。[9] だが、よく知られているように、この小説の内容に関する説明は、特に筋がなく、田舎に隠遁して人工的に自然を模した家の中で、様々な感覚を味わって暮らすというパリの貴族、デ・ゼッサントの生活の一部始終が綴られた『さかしま』を想起させる。しかも、その文体は「生彩に富みながら、曖昧な」、「宝石を散りばめたような、奇妙な文体」(97)であり、その表現形式は「フランスの象徴派の秀逸な芸術家の作品」(97-98)の特徴を持つ、「技巧的で精緻な」(97)ものであり、ペイターの唯美主義的な美文体とフランスの象徴派に影響を受けたユイスマンスの表現形式の特徴を併せ持っていたことがわかる。

七〇年代のワイルドに影響を与えた『ルネッサンス』と八〇年代のワイルドに影響を与えた『さかしま』は、九〇年代のワイルド——イギリスの唯美主義とフランスのデカダンスの精髄を合体させた芸術家——が形成されていく上で大きな役割を果たしたと考えられる。ワイルドが、ドリアンのその後の人生を支配することになるこの〈奇妙な本〉に、自らに影響を与えた本の特徴を持たせたのは、ドリアンに自分が理想とする芸術的人生を歩ませようとしたためではないだろうか。[10] この点においても、ドリアンはワイルドにとってウェンライトと同じ役割を果たしていると言えよう。この本はドリアンに甚大な影響を与えた。

数年間というもの、ドリアン・グレイはこの本の影響から脱することができなかった。あるいは、脱しようとしなかったと言った方が正確だろう。

For years, Dorian Gray could not free himself from the influence of this book. Or perhaps it would be more accurate to say that he never sought to free himself from it. (98)

この本を知ってからのドリアンは、ヘンリー卿が唱える〈新快楽主義〉の実践に試行錯誤することがなくなった。単なるダンディでは飽き足らず、自己の内面に人工的な一つの世界を構築しようとしていたドリアンは、この〈奇妙な本〉の主人公の人生を踏襲することで、理想の自己を実現したのである。小説の筋から見れば、唐突な印象さえ与える『ドリアン・グレイの肖像』の第十一章は、詳細な具体例を紹介することによって、そうしたドリアンの変化の軌跡を描写している特殊な章である。第十一章におけるドリアンの変化をたどることで、ドリアンのデカダンスがどのようなものかが明らかになるだろう。

たとえば、ドリアンは自分の性質とは相容れないような思考様式さえも取り入れ、その影響力に身を委ね、知的好奇心を満足させると、それらをあっさり放棄するということを繰り返した。「カトリック教会の儀式」(102)に魅了されたこともあったし、「神秘主義」、「道徳律廃棄論」(103)など、様々な思想を取り込むが、どの思想様式にも真に傾倒することがなかった。ドリアンにとって一つの思想や信条にとどまることは、知的発展を阻止することを意味したからである。

次にドリアンは、感覚を味わうことに専念した。まず、香りに興味を持ち、香りが人間の精神状況に及ぼす影響力を調べるために、多様な動植物の香料を焚いた。[11] 音楽にも興味を示し、ショパンやベートーヴェンに気分が乗らない時には、インドやアフリカなど各地の民族音楽の野蛮なリズムや奇妙な音色を楽しんだ。世界各地の部族から、珍しい楽器を集めて弾いた時期もあった。それらに飽きると、ワーグナーの『タンホイザー』(*Tannhäuser*, 1845)に恍惚と聞き入った。[12] 刺繍や織物の他、聖餐式の祭服に凝ったこともあった。このように、美しい品々に五感を委ねるためドリアンは種々の趣味に没頭したが、彼が生涯離れることがなかったのが、宝石の研究であった。

彼は、しばしば宝石箱から自分で蒐集した様々な宝石を出し入れして日がな一日を過ごしたものだった。それらの宝石には、ランプの光を当てると、赤い色に変わるオリーヴ・グリーンの金緑石、銀色の針金のような光を放つ金緑玉、薄黄緑色のペリドット、薔薇色あるいはワインのように黄味がかったトパーズ、四つの揺らめく光線を放つ星のついた燃えるような緋色の紅玉、炎のように赤い肉桂石、橙色とすみれ色のスピネル、ルビーとサファイヤの層が交互に表れる紫水晶などがあった。彼は太陽石の赤味がかった黄金色やムーンストーンの真珠のような白さ、乳白色のオパールの断続的に光る虹色を愛した。彼はアムステルダムから、超特大の、色味も豊かな三つのエメラルドを手に入れて来たし、あらゆる鑑定家の羨望の的となっていた〈由緒ある〉トルコ石を持っていた。

He would often spend a whole day settling and resettling in their cases the various stones that he had collected, such as the olive-green chrysoberyl that turns red by lamplight, the cymophane with its wire-like line of silver, the pistachio-coloured peridot, rose-pink and wine-yellow topazes, carbuncles of fiery scarlet with tremulous four-rayed stars, flame-red cinnamon-stones, orange and violet spinels, and amethysts with their alternate layers of ruby and sapphire. He loved the red gold of the sunstone, and the moonstone's pearly whiteness, and the broken rainbow of the milky opal. He procured from Amsterdam three emeralds of extraordinary size and richness of colour, and had a turquoise *de la vieille roche* that was the envy of all the connoisseurs. (105)

こうした宝石の研究は『さかしま』にも描かれている。[13] 宝石が醸し出す新たな感覚と美的影響力は、美の感覚を基準に人生を形成していこうとする唯美主義者にとっては、大いなる魅力を持っていたようだ。ノルダウがデカダンや唯美主義者の徴候の一例として「色彩への執着」を挙げているように、色彩語の多用は世紀末文学の特性である。宝石の持つ微妙な

図10　19世紀末の指輪（1880年頃 パリあるいは西ドイツ）西ドイツ、フォルツハイム美術館
古代ギリシア風の装飾が施されている。石は紫水晶。

図 11 『柘榴の家』の表紙
一部の文化人のために書かれたと評されたこの童話集は、その表紙からして装飾性の高い、頽廃味溢れるものであった。デザインと装丁はリケッツとシャノンによる。

色合いは、彼らの色彩感覚を刺激したことだろう。また、『ルネッサンス』の「結論」の中の有名な一節、「この硬質な、宝石のような光を常に燃やし、この恍惚感を維持することが人生における成功なのである」(“To burn always with this hard, gem-like flame, to maintain this ecstasy, is success in life.”)というペイターの言葉が示すように[14]、宝石の永続的な煌きは、彼らの生き方に示唆を与えることさえあった。

美しい宝石を蒐集し、その美に陶酔するというデカダン文学の特徴的な場面は、この時期のワイルドの作品に共通しており、『ドリアン・グレイの肖像』だけでなく、「ペン、鉛筆と毒薬」、その直前に書かれた童話「若い王」(“The Young King,” 1888)にも見られる。この童話の中で、十六歳の王は、月光に宝石を映し、長い間それに見入って忘我の境地に達するという奇行を常としていた。最初の童話集『幸福な王子とその他の童話』に比して、「若い王」を含む第二作目の童話集『石榴の家』(*A House of Pomegranates*, 1891)が出版当時、「子供向きでもなければ、大衆向きでもなく、微妙な魅力を鑑賞することができる数少ない文化人のために書かれた」という評価を受けたのは[15]、「苦痛を鎮めてくれる薬を、病を癒やしてくれるようなものを美の中に探し求めようとして」(“seeking to find in beauty an anodyne from pain, a sort of restoration from sickness" 225) 美を渇望し、それを貪る王に象徴される頽廃的な雰囲気がこの童話の基調となっていたためであろう。

若い王の美に対する心情は、ドリアンのものと同じである。ドリアンにとっても、これらの宝石は「忘却の手段」(109) であり、そのお陰で「あまりにも大き過ぎてほとんど耐え難いように思われる恐怖から、しばらくの間は逃れることができた」("he could escape, for a season, from the fear that seemed to him at times to be almost too great to be borne" 109) のである。自分の老いと罪が刻印されていく肖像画の秘密を人に知られるかもしれないという恐怖にドリアンは度々襲われた。ドリアンは、宝石に纏わる逸話を渉猟した。それらの逸話は残酷であると同時に、神秘的でもあった。罪と苦悩を抱くドリアンは、人類の欲望や血、涙を吸い取ってなおも冷たく輝き続ける宝石に、魂の慰安を覚えたにちがいない。

また、ドリアンは、ウェンライトと同様に、「人生が芸術を模倣する」というワイルド自身の芸術論を具現している。ドリアンにとって、〈奇妙な本〉の主人公が、最初から自分自身の人生を先取りしていたことは、次の引用から明らかである。

> ロマンティックで科学的な気質がその内側で奇妙に混合された主人公である素晴らしい若いパリジャンは、彼にとって前もって示された自己の一つの型になった。そして、実際、この本全体が、彼にとって自分が生きる以前に書かれた彼自身の人生の物語に等しいように思われた。

The hero, the wonderful young Parisian, in whom the romantic and the scientific temperaments were so strangely blended, became to him a kind of prefiguring type of himself. And, indeed, the whole book seemed to him to contain the story of his own life, written before he had lived it. (98)

ドリアンは、肖像画によって自己の美に覚醒するという最初の変化を遂げてから、一ヶ月後にシビルの死を経験し、この〈奇妙な本〉に出会った。『ドリアン・グレイの肖像』では、第十章までは、二十歳過ぎのドリアンが経験した一ヶ月間の出来事を中心に書かれている。そして、第十二章の冒頭では、ドリアンは三十八歳になっており、十八年近い月日が経過したことがわかる。つまり、第十一章で書かれている生活にドリアンの半生が凝縮されているのである。シビルの事件では、微細な変化しか示さなかった肖像画は、〈奇妙な本〉の影響を受けた生活を続けるうちに、目を背けたくなるほどの醜悪さを増していった。ドリアンの魂は、この〈奇妙な本〉の及ぼす影響のもと、十八年の時間をかけて堕落し、穢れていったのである。その結果、ドリアンは邪悪と美を結びつけて考えるようになる。

ドリアン・グレイは一冊の本によって毒されたのである。彼は邪悪さを、自己の美の概念を実現することのできる一つの方法としてみなす瞬間があった。

Dorian Gray had been poisoned by a book. There were moments when he looked on evil simply as a mode through which he could realize his conception of the beautiful. (114-115)

つまり、ドリアンがこの〈奇妙な本〉によって学習したことは、〈悪〉が〈美〉を実現するための糧となることであった。これは、まさに「ペン、鉛筆と毒薬」でワイルドが主張した思想であった。無邪気だったドリアンは、感覚を研ぎ澄まし、美的感覚を洗練させることで、デカダンの理想像であったウェンライトと同化していったのである。

ワイルドはウェンライトの容貌について「彼の豊かな縮れ毛、涼しい目、素晴らしく白い手は他の人々とは違うという危険でしかも魅力的な特徴を彼に与えた」("his rich curly hair, fine eyes, and exquisite white hands gave him the dangerous and delightful distinction of being different from others." 995)と書いている。彼の白魚のような手が、ストリキニーネの透明な結晶体を人知れずグラスに落とす時、その手の美しさは一段と冴えるはずである。彼の罪がその優雅な手に反映して、美を生み出すのである。

自己の美への覚醒、ヘンリー卿の誘惑、〈奇妙な本〉の影響、それらがなければ、純粋無垢だったドリアンにはウェンライトのような危険な魅力は備わらなかっただろう。しかし、ドリアンは放蕩の限りを尽くし、堕落し、遂には、友人の画家バジルを殺害する。

バジルを殺害したその翌朝、ドリアンは「遊びか勉強で疲れきった少年のよう」("like a boy who

had been tired out with play, or study" 125）に「安らかに」（125）眠っており、「彼の夜は快楽のイメージにも、苦痛のイメージにも悩まされなかった」（"His night had been untroubled by any images of pleasure or of pain." 125）のである。目覚めたドリアンは罪の記憶を紛らわせようと本を探し、不道徳を示す緑色の装丁を施したゴーティエの詩集『七宝とカメオ』を偶然に手にする。そして、その中のラスネール（Pierre François Lacenaire）に関する詩に目を留めると、「自分の細い白い指」（"his own white taper fingers" 127）に視線を移す。ラスネールは、実在した有名な殺人鬼であると同時に凡庸な詩とシャンソンを作る二流の芸術家であった。詩の中で詠われているのは、断頭台の露と消えた彼の切断されて香油に浸された片手である。淫欲と酒と血潮に汚れたその手は、雅やかな風情を湛えている。

柔媚《にゆうび》でしかも残忍な
この手の形《かたち》を打眺めると、
何ともいへぬ苛烈な雅致、
グラディアトールの雅致がある。
罪障ふかい貴族主義よ、
この手の肉のふくらみは
鉋《かんな》や槌《つち》で荒れてはゐない、
何しろ道具は匕首《あひくち》だつた。

律儀な仕事の聖なる胼胝《たこ》よ、
その刻印は探しても徒爾《あだ》。
真の殺し屋、似而非《えせ》の詩人、
此奴《こやつ》はどん底のマンフレッド。[16]

ラスネールの手は、労働を知らない。生活の苦悩を知らない彼の世界は、様々な淫蕩の経験を通して味わう感覚の世界であった。その結果、彼は詩を書き、殺人のための殺人を犯した。理由なき殺人、理由なき罪は、純化された一つの悪となり、その完成された悪は、〈芸術のための芸術〉によって生み出される美と同じ美しさを有していた。

足首が太かったという理由だけで義妹を毒殺したウェンライト、肖像画の秘密を知って悔悛するように祈った友人バジルを刺殺したドリアン。二人の手が白く、美しいのは、彼らがラスネールのように生活とは無縁の、自分の内なる世界から沸き起こってくる殺意に支配されている

図12　ラスネールの肖像（1835年）死の直前に獄中で書かれた『回顧録』初版の口絵
ブルジョワから下層階級へと自ら身を落とし、悪に手を染めたラスネールは、死刑の宣告を冷然と受けとめ、世間に冷笑を浴びせながら断頭台の露と消えていった。典型的な白き手の殺人者である。

からである。彼らは、人生を築き上げていくのではなく、自分の人生を外側から眺め、一つの芸術作品のように扱うのである。ノルダウがデカダンスの特徴として挙げた〈非活動的〉という要素は[17]、白き手の殺人者たちに共通している。ワイルドは『ドリアン・グレイの肖像』の〈非活動的〉側面を危惧していた。そのことは、次に引用する、ワイルドがこの小説を執筆中の一八九〇年初頭に詩人で小説家のアリューセン夫人（Mrs Allhusen）に宛てて書いた手紙の一節に明らかである。

私はちょうど初の長編小説［『ドリアン・グレイの肖像』］を書き終えたところで、疲れきっています。私はこの物語が自分自身の生活のようなもの――全てが会話で人物の動きがない――になることを怖れています。私は動きを描くことができません。だから、私の登場人物たちは椅子に座っておしゃべりをしているのです。

I have just finished my first long story [*The Picture of Dorian Gray*], and am tired out. I am afraid it is rather like my own life — all conversation and no action. I can't describe action: my people sit in chairs and chatter.[18]

ワイルドが自らを評しているように、彼は〈動き〉を描くことはできなかったようだ。「芸術家としての批評家」、「嘘の衰退」などの芸術論では二人の登場人物が、終始芸術と人生について語り、後に発表した喜劇の傑作も、会話中心の動きのない劇である。ワイルドは、〈非活動的〉であることの底に潜むデカダンスの危険性を危惧していたのではないか。デカダンスの特徴として〈非活動的〉が挙げられるのは、活動の欠如が自己に集中し過ぎるという危険性を孕んでいるからであろう。流れのない水が、澱み、濁り、やがては腐敗していくように、動きがなければ、活力は倦み、濃化して負のエネルギーとなって自己に向かう以外なくなり、やがて自己は朽ち衰えていく。たとえば、「W・H・氏の肖像」のアースキン、シリル、「私」の三人は、日がな一日を議論に費やし、活動らしい活動はしないが、やがて議論は現実から遊離して死を誘発するような事件に発展してしまう。さらに、ウェンライトやドリアンは意図的に活動をせずに、自己の内面を芸術化することに専心した。彼らの白い貴族的な手は、〈非活動的〉であるがゆえに純化されていった美的な罪の象徴であり、デカダンの象徴であると言えるだろう。

4

ところが、バジル殺害を境にドリアンはウェンライトと異なっていく。殺人を犯して平然としているかと思えば、抑え難い恐怖心を癒すために阿片窟に出かけるという、感情の両端を往復するようになる。[19] だが、傍目からは、ドリアンが完璧に見えたことは、ヘンリー卿がドリアンの送ってきた〈非活動的〉人生を絶賛していることからも窺い知れる。

君はいま、完全無欠だ……私は君が何一つして来なかったことを嬉しく思う。彫刻を彫ったり、絵を描いたり、君自身の外側に何一つ作り出さなかったことをね。人生が君の芸術だった。君は自分自身を音楽にした。君の日々はソネットなのだ。

You are quite flawless now.... I am so glad that you have never done anything, never carved a statue, or painted a picture, or produced anything outside of yourself! Life has been your art. You have set yourself to music. Your days are your sonnets.（165）

ヘンリー卿は、ドリアンが殺人を犯したことに気がついておらず、ただ自分の実験の成功を、ドリアンの表面的な美貌でしか感じることができない。ドリアンは、これに対して「僕は今後も同じような生き方をするつもりはない」（"I am not going to have the same life." 165）と断言し、「君はかつて一冊の本で僕を毒してしまった。そのことは許さない。ハリー、あの本を誰にも貸さないと約束してくれ。あれは有害だ」（"you poisoned me with a book once. I should not forgive that. Harry, promise me that you will never lend that book to any one. It does harm." 166）と、〈奇妙な本〉を貸した恨みを吐露している。この時が二人の最後の会話であったことを考えると、この言葉には重みが感じられる。

傲然と美的判断による殺人を肯定したウェンライトと異なり、ドリアンは、「自分自身を汚してきた」（"he had tarnished himself" 167）こと、「心を腐敗でいっぱいにし、自分の夢に恐怖を与え、他人に邪悪な影響を与え、そうすることに恐ろしい喜びを経験した」（"[he had] filled his mind with corruption and given horror to his fancy...that he had been an evil influence to others, and had experienced a terrible joy in being so...." 167）ことを自覚し、自己変革を決心する。しかし、善行を行っても、肖像画は醜悪さを増すばかりであった。ドリアンは、自分を苦しめてきたのは、肖像画に象徴される自分自身の「忌わしい魂の生活」（169）であり、魂の美醜の判断者としての「良心」（169）であったことに気がつく。ドリアンは〈良心〉を抹殺するため、画布にナイフを突き刺すのだが、それは彼自身の死を意味するのであった。

これまで見てきたことから、ワイルドが清浄無垢な美青年ドリアンに自分にとって新たな武器となった〈デカダンス〉の要素を注ぎ込み、自分自身が目標としていたウェンライトを投影して一つの完璧な理想像を創造しようとしていたことが、窺い知れる。ワイルドが、後年、手紙の中でドリアンこそ自分がなりたい人物であると書いていることからも、[20] ドリアンにワイルドの理想が託されていたことは明らかである。しかし、同時にワイルドは、ドリアンを破滅させているのである。ワイルドは、編集者宛ての手紙の中で主人公の死を例に挙げ、『ドリアン・グレイの肖像』には、恐ろしいほどの道徳性——猥褻な者には見出すことができないだろうが、心が健康な全ての人には明らかな道徳性がある」（"there is a terrible moral in *Dorian Gray* — a moral which the prurient will not be able to find in it, but which will be revealed to all whose minds are healthy."）と書いている。[21] また、別の編集者には、この小説における〈良心〉の存在を次のように強調している。

ドリアン・グレイは、冷徹で、計算高く、良心に欠けた性格では決してありません。逆に彼は非常に衝動的で、滑稽なほどロマンティックで、その全生涯を通じて、彼の快楽を台無しにする誇張された良心の感覚と、かならずしも若さと楽しみだけが世の中の全てではないという警告に悩まされているのです。最後には、彼の所業につきまとう良心を取り除こうとして、絵を破壊するのですが、そのように良心を抹殺しようとする過程でドリアン・グレイは自滅するのです。

Dorian Gray has not got a cool, calculating, conscienceless character at all. On the contrary, he is extremely impulsive, absurdly romantic, and is haunted all through his life by an exaggerated sense of conscience which mars his pleasures for him and warns him that youth and enjoyment are not everything in the world. It is finally to get rid of the conscience that had dogged his steps from year to year that he destroys the picture; and thus in his attempt to kill conscience Dorian Gray kills himself.[22]

こうした手紙の内容を、ガニエのように自己弁護、自己宣伝と捉えることもできる。しかし、ワイルドが訴えている〈良心〉や〈道徳性〉の存在を欺瞞として全面的に否定することはできないのではないか。

実際、ワイルドは、自分を攻撃した編集者だけでなく、ちょうど同じ頃に友人に宛てた結婚祝いの手紙にさえ、『ドリアン・グレイの肖像』が倫理的教訓を内在した真の芸術作品であると書いている。[23]こうしたワイルドの訴えには、これまで論じてきたデカダンの仮面を被って、同性愛という自分自身の罪を乗り越えようとする狡猾な作家の顔と同時に、〈良心〉を捨てきれず、「白薔薇のような少年時代」("rose-white boyhood" 167)に象徴される「穢れのない純粋さ」("the unstained purity" 167)に美を感じる初々しい少年のような感性を持つ作家の顔が共存しているように思われる。同じことは、次に論じる『サロメ』において、より明瞭に表れている。

二　宝石になったサロメ

1

聖書では、母親の言いなりになる無個性な少女として描かれていたサロメが芸術の対象として最も隆盛を極めたのは、十九世紀末であった。この時代、サロメは妖気漂うファム・ファタールとして、フランスの象徴派を中心に多くの文学者、画家、作曲家に霊感を与えた。この新たなサロメ像が、現在に至るまで最も多くの大衆を魅了してやまない大輪の花となったのは、ワイルドの一幕物の悲

図13　アンリ・ルオー『サロメ』1870年
ニューヨーク、メトロポリタン美術館

エルマンによれば、ワイルドは『サロメ』執筆にあたり、ルーベンスやレオナルド、デューラー、ギルランダイオらのサロメを見た。しかし、どの絵にも満足せず、ルオーのサロメについては、「ただのジプシー娘に過ぎない」と酷評した。

劇『サロメ』においてである。フランスの文士たちと交流を持ち、『ドリアン・グレイの肖像』によってデカダンとしての自己を印象づけた観のあるワイルドが、このテーマに取り組んだことは、至極自然のことと言えよう。『ドリアン・グレイの肖像』が増補改定され単行本として出版されて数ヶ月後に『サロメ』は執筆されている。創作年代が近く、両作品ともにイギリス世紀末文学の最高峰と並び称されているが、『サロメ』では、ワイルドの芸術論が登場人物たちの会話を通して語られることもない。さらに、女性を主人公にすることによって、同性愛的な情調が漂う「W・H・氏の肖像」や『ドリアン・グレイの肖像』では描かれることのなかった〈性愛〉がこの戯曲の主題となっていることは注目に値する。

『サロメ』は、出版当時からフランスの象徴派のサロメ像を継ぎ接ぎしたものと評されたが、ワイルドが象徴派の作品から影響を受け、それらの作品からインスピレーションを得たことや、この戯曲がフランス語で書かれていることからも、『サロメ』に象徴派のパロディという側面があることは否めない。しかし、ワイルドは単に形式を模しただけではない。絵画や文学作品から数え切れないほどのサロメ像を吸収し、その上で独自のサロメ像を創造しようと長い間、「イスラエルの王女サロメの聖ヨハネへの報いられぬ恋のテーマを書こう」と構想を温めていた。[24]

ワイルドが参照したとされる、マラルメの「エロディアード」("Hérodiade," 1866）やフロベールの「エロディアス」("Hérodias," 1877）には〈愛〉ゆえの殺人というテーマは出てこない。ハインリヒ・ハイネの『アッタ・トロール』(*Atta Troll*, 1841）においてもこのテーマは傍観者の推測として語られるに過ぎない。ワイルドの批評家ベンツは、サロメの愛にワイルドの独自性を見出しているし、[25]ワイルドの『サロメ』は、愛が全てを凌駕することを訴えた寓話であると指摘する批評家もいる。[26]ワイルド自身も手紙の中で自作のサロメを「あの悲劇的な情熱の娘」("[t]hat tragic daughter of passion"）と呼んでおり、自らのサロメ像が愛の虜になって死んだことを強調している。[27]『サロメ』において男女間の愛が正面から扱われていることは、この時期のワイルドの作品において例外であるだけでなく、他の作家の手になるサロメにおいても例外であった。ここでは、作品の独自性を示す〈性愛〉という観点からこの作品に表れるデカダンスの要素を探ってみたい。

2

この戯曲の舞台設定自体が一つのデカダンスの世界を構築していることは注目に値するだろう。たとえば、ベツレヘムで幼児を大量虐殺させたと言われるヘロデ大王を父に持つこの王が支配する宮廷は、その権力を誇示するかのように、近隣諸国の客人を招き、乱痴気騒ぎで賑わっている。しかも、そこでは王の絶対的権力のもと、背徳的行為が横行しているのである。ヘロデは先王だった兄の后ヘロディアスと姦通し、兄を処刑して王位を継承した。そして、今度は連れ子のサロメに近親相姦的な感情を寄せていることが、次のサロメの台詞から明らかになる。

なぜ王は、しじゅう震えている瞼から覗くモグラのような目で私のことを見つめるのだろう？私の母の夫があのように私を見つめるのはおかしなことだ。それが何を意味するのか、私にはわからない。いいえ、本当はわかっているのだけれど。

Why does the Tetrarch look at me all the while with his mole's eyes under his shaking eyelids? It is strange that the husband of my mother looks at me like that. I know not what it means. In truth, yes I know it.（555）

引用はサロメが、宴会場から抜け出して来た時の台詞であり、サロメが王の欲情に満ちた視線に耐えられなくなって逃げ出して来たことが伝わってくる。実母ヘロディアスも「アッシリアの隊長たち」（557）や「エジプトの若者たち」（557）など、多くの男に身を任せる淫乱な女であることがヨカナーンの言葉から明らかになる。王と后が競うように官能に耽る宮廷は、愛欲の罪に彩られている。同時に、救世主の出現の予感に怯え、いままさに終末を迎えようとしている爛熟した宮廷の空気は、ヘロディアスの小姓が繰り返す「何か恐ろしいことが起こるだろう」("something terrible will happen." 555) という言葉との相乗効果で、言い知れぬ不安感をこの戯曲の底流に配することに成功している。

また、世紀末文学では、明るい太陽の下よりも漆黒の闇と冷たい月の光に支配される夜の世界が舞台となる場合が多いが、『サロメ』も例外ではない。月の様子は、この宮廷の様々な事象を映し出す。冒頭の若いシリア人の有名な台詞「今宵のサロメ姫は何と美しいのだろう!」("How beautiful is the Princess Salomé to-night!") に続いて、ヘロディアスの小姓が、「月は何と奇妙に見えるのだろう！墓から蘇る女のよう。死んだ女のようだ。死んだものを探している女のようではないか」("How strange the moon seems! She is like a woman rising from a tomb. She is like a dead woman. You would fancy she was looking for dead things." 552) と月の様子を物語ることによって、美しいサロメと死人を漁る女のような月が二重写しになり、美と死、美と悪は合体する。

こうした頽廃的な舞台設定の中で、サロメの愛の物語は始まる。サロメの脇目もふらぬ愛は、預言者ヨカナーンの声を耳にして抑え切れない興味に突き動かされた時から始まる。〈好奇心〉は、デカダンスの基本条件であるが、サロメの愛は、母親に呪詛の言葉を投げつける、顔も見たことのない預言者に対する好奇心によって始まった。ヘロデが禁止しているにもかかわらず、サロメは自分に恋心を抱いている若いシリア人を思いのままに操り、ヨカナーンに接近するという望みを叶える。さらに、ヨカナーンを一瞥した瞬間から、サロメはこの預言者の官能を刺激する肉体美に惹かれるが、その賛美の方法は非常に唯美主義的であると同時に即物的である。その白い肌を見れば、言葉を尽くしてその白さを褒め称え、髪の黒さに惹かれれば、あらゆる比喩を使ってその黒さを喩え、その肌や髪に触れようとするのである。次の引用が示すように、唇の場合も同じである。

私が望んでいるのはお前の唇だよ、ヨカナーン。お前の唇は象牙の塔に巻かれた赤い帯のよう。象牙のナイフで切られた石榴のよう。ツロの庭で花開く、薔薇よりも赤い石榴の花だってそれほど赤くはない。王のお召しを知らせ、敵を恐れさせるトランペットの赤い響きだってそれほど赤くはない。お前の唇は酒槽で葡萄を踏む者たちの足よりも赤い。お前の唇は寺院に通い、司祭に餌を与えられている鳩の足よりも赤い。ライオンを殺し、金の虎を見た森からやって来た者の足よりも赤い。お前の唇は漁師が夕暮れの海で見つけ、王様たちのために保存されている珊瑚の枝のよう！ モアブ人がモアブの山で見つけ、王様たちが彼らから奪う辰砂のよう。辰砂で描かれ、珊瑚で縁取りしたペルシア王のボウタイのよう。お前の唇ほど赤いものはこの世にはない。お前の唇に接吻させておくれ。

It is thy mouth that I desire, Jokanaan. Thy mouth is like a band of scarlet on a tower of ivory. It is like a pomegranate cut with a knife of ivory. The pomegranate-flowers that blossom in the garden of Tyre, and are redder than roses, are not so red. The red blasts of trumpets, that herald the approach of kings, and make afraid the enemy, are not so red. Thy mouth is redder than the feet of those who tread the wine-press. Thy mouth is redder than the feet of the doves who haunt the temples and are fed by the priests. It is redder than the feet of him who cometh from a forest where he hath slain a lion, and seen gilded tigers. Thy mouth is like a branch of coral that fishers have found in the twilight of the sea, the coral that they keep for the kings...! It is like the vermilion that the Moabites find in the mines of Moab, the vermilion that the kings take from them. It is like the bow of the King of the Persians, that is painted with vermilion, and is tipped with coral. There is nothing in the world so red as thy mouth.... Let me kiss thy mouth.（559）

引用に見られる赤色に関する執拗なほどの比喩表現の多用は、ノルダウの定義による色への執着というデカダンの症状を表わしている。また、接吻をせがむ言葉には、美しい物をわがものにしたいという唯美主義的欲望と、視覚の次は触覚といった、五感全てで対象を味わおうとする凄まじいまでの好奇心が表れており、精神的な要素が入る余地はない。

　この欲求はすぐに「お前の唇に接吻するよ」（"I will kiss thy mouth" 560）という強固な意志に変わる。接吻は本来お互いの意思の疎通から成り立つはずの行為であるが、サロメの場合は、相手の意思を全く無視した一方的なものであり、〈性愛のための性愛〉という性の自己目的化の徴候を見せている。拒絶されれば一層激しく求める、あまりに淫らなサロメのヨナカーンへの求愛に若いシリア人は絶望し、自殺してしまう。この若いシリア人と同性愛的な思慕で繋がっていたとされるヘロディアスの小姓は、彼の死に深い悲しみを抱くが、サロメは自分のために流された血を一顧だにしない。サロメの心を占めるのは、ヨカナーンの唇だけである。

このように、自分の願望以外の事物は眼中にないサロメの愛は、デカダンスの基本条件である〈エゴティズム〉の傾向を示している。サロメの〈エゴ・マニア〉的な態度は、嫌悪感を抱いていたはずの王に対しても貫かれている。彼女はヘロデの下心を知りながら、若いシリア人の時と同様に自分の目的を果たすためだけにそれを利用する。最高の政治的権力者であるヘロデも性愛の魅力の前では降伏するしかないのである。

『サロメ』は、ヘロデの政治的権力、ヨカナーンの宗教的な畏怖の力、サロメの性的魅力という三種類の権力の鬩ぎ合いを描いた戯曲との指摘があるが、[28] ヘロデがヨカナーンを恐れるのは、彼が「神を見たことがある男」(“a man who has seen God.” 563) だからである。つまり、宗教的畏怖の念に起因しているのである。王は、ヨカナーンを殺せば、自分に禍がふりかかるのではないかと考えている。その一方で、彼を解放すれば、その宗教的権力が自分の政治的権力に取って代わるかもしれないという不安もあり、幽閉という形で預言者を生かしておく打開策を採っている。「彼［王］がテラスにいらっしゃることはない。預言者をひどく恐れておいでだから」(“He[the Tetrarch] never comes on the terrace. He is too much afraid of the prophet.” 561) という第一の兵士の台詞から、王がこれまでヨカナーンを恐れるあまり、古井戸の側のテラスに近づこうとしなかったことがわかる。だが、この夜、ヘロデはサロメを追ってテラスにやって来たのである。王はすぐに自殺した若いシリア人の血に滑るが、それはまさに宗教的畏怖が性愛の力に負けるという「不吉な前兆」(561) を示していると言えよう。

その時、月は「あらゆる場所で恋人たちを探す、狂った女」(“a mad woman who is seeking everywhere for lovers” 561)のようであり、「素っ裸」(“quite naked” 561)という様相を呈している。ヘロデの好色な欲望とヨカナーンに出会って愛欲の化身となったサロメの欲望が絡み合い、妖し気な光を湛える月に映し出されたかのようである。

テラスで宴会の続きを始めたヘロデは、死人を蘇らせる救世主の話を耳にする。常に破滅への恐怖と隣り合わせの王の不安は、この夜最高潮に達し、傍目から見ても「陰鬱な様子」(“a somber look” 567)であった。ヘロデは、この恐怖から逃れるために、より享楽的な刺激を求めてサロメに踊るように命じる。快楽主義的である反面、自分の悪業に倦み疲れ、それを埋めるためにまた快楽を求める複雑な心理状態のヘロデとは対照的に、サロメはただ自分の目的を達するための手段として、七つのヴェールの舞を踊る。この舞踊にすっかり機嫌をよくしたヘロデに、サロメはヨカナーンの首を要求する。この預言者を憎む母親に唆されたためではないかと訝るヘロデに向かって、サロメは「お母様の言うことなど聞いておりません。銀の皿に載せたヨカナーンの首を所望するのは、私自身の快楽のためです」(“I do not heed my mother. It is for mine own pleasure that I ask the head of Jokanaan in a silver charger.” 570)と断言する。聖書では、サロメは母親の操り人形に過ぎなかったが、ワイルドのサロメは自分の意志で行動しているのである。この言葉ほど自らの愛欲のために行動するワイルドのサロメの性格を端的に表わしている言葉はないだろう。

3

ヨカナーンを殺害することに躊躇するヘロデは、夥しい数の高価な宝石や珍しい生き物を挙げ連ね、男の生首の代わりに別のものを所望するように仕向けようとする。ここで語られる宝石の数々は、「ペン、鉛筆と毒薬」、「若い王」、『ドリアン・グレイの肖像』に出てくるもの以上に種類が豊富であり、その色彩に関する比喩も宝石の数と同じだけなされていて、デカダンス文学の特徴を明瞭に表わしている。しかし、サロメは宝石には目もくれず、ひたすらに預言者の首を欲する。感覚の洗練や宝石の美しさに没頭していたディレッタント風なデカダンたちとは異なり、サロメは愛欲に対しての美的感覚、好奇心のみに固執する。

宝石に関して言えば、サロメの場合は、彼女自身が宝石と一体化し、その宝石のような美で男たちを篭絡したと考えることもできるのではないだろうか。ワイルドは、サロメの踊りについて「七つのヴェールの踊り」("the dance of the seven veils" 570) と書いているだけで、裸足で踊ったこと、七つのヴェールを纏っていたこと、香水をつけていたことのみが情報として記されている。ワイルドの『サロメ』に、実際よりもデカダンで悪魔的な印象を付加したと言われるビアズリーの挿絵では、サロメは宝石をほとんど身につけていない。しかし、この世紀末の鬼才画家の挿絵は本文から逸脱しており、ワイルド自身は子供みたいな絵だと不服を唱えたと言われている。[29] むしろ、ワイルドはモロー (Gustave Moreau) の描いたサロメ像を思い浮かべていたようである。[30] 絵はもちろんのこと、彼が愛読した『さかしま』にもサロメの絵についての言及があり、次に引用するその描写は世紀末の女性像の官能美を集約していると言えよう。

瞑想的な、荘重な、ほとんど厳粛な顔をして、彼女はみだらな舞踊をはじめ、老いたるヘロデの眠れる官能を呼びさます。乳房は波打ち、渦巻く首飾りと擦れ合って乳首が勃起する。汗ばむ肌の上に留めたダイヤモンドはきらきら輝き、腕環も、腰帯も、指環も、それぞれに火花を散らす。真珠を縫いつけ、金銀の薄片で飾った、豪奢な衣装の上に羽織った黄金細工の鎖帷子《くさりかたびら》は、それぞれの網目が一個の宝石で出来ており、燃えあがって火蛇のように交錯し、艶消しの肌、庚申薔薇色の膚の上に、あたかも洋紅色の紋と曙色の斑点をおび、鋼色の唐草模様と孔雀色の虎斑《とらふ》をおびた、眩ゆい鞘羽類の昆虫のごとくうようよと蝟集する。[31]

引用のサロメを始め、世紀末に好まれた女性像であるシバの女王、セミラミス、ヘレネ、クレオパトラ、サランボーは画家や詩人によって宝石や貴金属で過剰に飾り立てられている。[32] ある批評家は、彼女たちの生気に満ちたみずみずしい肉体を覆う無機質な宝石は、女性の人工化を促すと指摘している。[33] つまり、過剰な装飾は、女性の官能性を一つの装飾物として視覚的に増長させる効果はあるが、生き物として女性に感ずる自然のエロスを、覆い隠してしまうのである。このため、女性は生殖の目的ではなく、性愛の対象そのものと化す。女体の人工化は、その「不毛性と生に対する敵対性」

図 14　モロー『出現』1876 年　パリ、ルーヴル美術館蔵
ワイルドが最も気に入っていたサロメは、モローの描いたものだった。

というデカダンスの象徴的表現なのである。[34] 世紀末のサロメ像の頂点に立つワイルドのサロメの踊りも、様々な宝石で燦然と輝き、世紀末の人工的なエロスの魅力に満ちていたのではないだろうか。サロメはその性的な魅力を武器に、ヘロデという政治的権力者と宗教界で影響力を持つヨカナーンを意のままにしたのである。

ヨカナーンの切断された首をかき抱き、「ああ、お前の唇に接吻したよ、ヨカナーン。接吻したよ」(“Ah! I have kissed thy mouth, Jokanaan. I have kissed thy mouth.” 575) と咽び、血まみれの接吻に陶酔するワイルドのサロメは愛欲に溺れた、官能的な世紀末のファム・ファタールとしてのイメージを決定的にしている。美しいものと忌わしいものの結びつき——処女の持つ強烈な愛欲と残酷性、絢爛と輝く美しい王女と血腥い罪、淫蕩の血に燃える若い娘の生の躍動と物言わぬ聖人の生首の冷たさ——は、その対照が鮮やかであればあるほど、刺激に満ちた性的倒錯の度を増していく。いまやサロメはデカダンの条件を全て備えた一つの芸術作品となった。

図 15　ビアズリー『クライマックス』1894 年

4

ワイルドは、『ドリアン・グレイの肖像』において、絶えず良心に邪魔され、完璧なデカダンになれずに破滅したドリアンを描いた。これは、ワイルドがデカダンの理想像を登場人物に投影することに限界を感じていた証左ではないだろうか。しかし、象徴派の愛好するファム・ファタールの姿を借りて性愛を描いたこの作品で、ワイルドは罪の意識を全く欠いた、純粋な快楽の化身であるサロメを創造することに成功した。しかし、この美と罪の結合体が処刑されてしまうのはなぜだろうか。

ヨカナーンの生首に接吻し、愛の告白を続けるサロメの姿を見たヘロデは、ヘロディアスに「彼女はぞっとする、そなたの娘、彼女は全くぞっとする」("She is monstrous, thy daughter, she is altogether monstrous." 574)と洩らす。自らも近親相姦、殺人の罪を犯しているヘロデであるが、女の性の獰猛さをまざまざと見せつけられ、「私は恐ろしくなってきた」("I begin to be afraid." 574)と初めて恐れを口にするのである。義父の欲情に満ちた視線から逃れて来たサロメが、ヨカナーンの肉体美に急速に耽溺していき、腐敗した宮廷の空気を具象化するヘロデを震撼させるのは、甚だ示唆的である。

松明も消え、星も月も姿を消した漆黒の闇の中でサロメのエクスタシーの声だけが聞える。月光がさっとサロメを照らし出した瞬間、この光景を振り向きざまに見たヘロデは、「あの女を殺せ！」("Kill that woman!" 575)と命じる。もはや、ヘロデにとってサロメは欲情をそそる小娘ではなく、獣性の命じるがままに獲物を貪る女でしかない。兵士たちは突進して行き、盾でサロメを押し潰す。

ここには、過激なデカダンに対するワイルドの感情が露わになっているように思われる。ドリアンの場合と同様に、良心を欠いた純粋な罪を芸術として描くことに憧れる一方、そうしたものに美を見出すことができないという、美意識の問題がサロメの処刑にも影を落としているのではないか。また、歯止めのきかない快楽主義、自己目的化した性への恐怖心もあったと思われる。この時、サロメを抹殺してしまいたかったのは、誰よりもまず作者であるワイルドだったのではないだろうか。

この作品を執筆する直前にダグラスに出会い、この美青年にのめり込んでいたワイルドは、「芸術を明らかにし、芸術家を隠蔽することが芸術の目的である」("To reveal art and conceal the artist is art's aim" 3）という『ドリアン・グレイの肖像』の「序」の言葉通り、自己を隠匿するため、これまでのデカダン風の作品では扱わなかった男女間の愛をテーマに据えてデカダンスに取り組もうとしたように思われる。しかし、サロメの性愛は、生殖などを含む自然な女性の性ではなく、エクスタシーだけを求める自己目的化された性であった。この中性的なエロスは、同性愛にも通じるものである。ワイルドにとってサロメの性愛は自己と全く無縁のものではなかったのではないか。ワイルドは、快楽主義が結局は自分を死に至らしめることをサロメの運命に見ていたかのようである。

ワイルドは獄中で、自分が快楽だけを求めて生きてきたことに悔いはないが、人生の暗い部分をも見るべきだったと書き、「こうしたことは全て、私の芸術の中に兆候を見せ、あらかじめ示されていた」("all this is foreshadowed and prefigured in my art" 922）と記している。そして、「その大部分が『ドリアン・グレイ』の金の布に走る紫の糸のような運命の調べの中に隠されている」(“a great deal of it is hidden away in the note of Doom that like a purple thread runs through the gold cloth of *Dorian Gray*” 922) のであり、「それは『サロメ』を一編の音楽のようにし、一編の詩としてまとめあげてくれる、繰り返される主旋律のリフレインの一つである」(“it is one of the refrains whose recurring *motifs* make *Salome* so like a piece of music and bind it together as a ballad” 922) と書いている。ドリアンとサロメの死には、デカダンとして快楽を極限まで押し進めることに対するワイルド自身の不安感、危機感が表わされていると言えるのではないか。

第Ⅱ部　三島由紀夫との比較を通して

第三章　ワイルドのデカダンス——『サロメ』と平岡公威の作品

1

ワイルドはわが国において少なからぬ文人に影響を及ぼしてきた。明治十六（一八八三）年に『ジャパン・パンチ』（*The Japan Punch*）三月号の記事によってその名を紹介されたのが日本におけるワイルド受容の始まりであるが、明治二十四（一八九一）年に増田藤之助による「美術の個人主義——ヲスカル・ワイルドの論文抄訳」と題した「社会主義下の人間の魂」の部分訳によって作品紹介がなされたのを皮切りに、ワイルドはまず西欧文芸思想の一つとして受容されていった。その後、文学そのものにも目が転じられるようになり、明治時代の後半には平田禿木、厨川白村、岩野泡鳴らによってワイルドの文学が紹介された。その中でも、マックス・ノルダウの『退化』に影響を受けたとされる安藤勝一郎が「デカダンの代表者」として紹介したことで、ワイルドの〈悪〉の部分が注目されるようになった。岩野泡鳴も、大正四（一九一五）年に発表した『悪魔主義の思想と文芸』の中でワイルドをボードレールなどともに〈悪魔主義者〉として紹介しており、デカダンや悪のイメージのワイルドが固定されていった。[1]

また、明治四十三（一九一〇）年には森鷗外が、『サロメ』をドイツ語版から翻訳したが、これは大正時代の〈サロメ・ブーム〉の先駆けとなった。大正二年に島村抱月が演出し、松井須磨子が演じた『サロメ』の妖艶なイメージと相俟って多くの文人が〈サロメ〉から霊感を受けた。たとえば、谷崎潤一郎の「麒麟」（明治四十三［一九一〇］年）、「法成寺物語」（大正四［一九一五］年）、泉鏡花の「天守物語」（大正六［一九一七］年）、横光利一の「淫月」（初収：大正十三［一九二四］年）、芥川龍之介の未定稿の戯曲『サロメ』（大正十二［一九二三］年）などにその影響が見られる。サロメの人気は、大衆演劇として末端まで広がった。この人気は自由を求める時代の気運と本能の趣くままに生きるサロメへの共感と、歌舞伎の演目でも人気を博していた怪奇趣味の影響に負うところが多かった。[2]同じく、『ドリアン・グレイの肖像』もよく読まれ、谷崎の「饒太郎」（大正三［一九一四］年）にはこの作品の影響が見られる。ワイルドから影響を受けた作家たちの多くが耽美派、芸術至上主義、悪魔主義と呼ばれたことは単なる偶然ではないだろう。新たな芸術理念を掲げる彼らはワイルドの作品に、〈美〉と〈悪〉が混在した芸術世界を求めていたと思われるからである。ワイルドの全集は大正九（一九二〇）年に天佑社より刊行されたが、当時シェイクスピア以外に日本で個人全集が出されていた英国作家はワイルドだけであった。[3]この事実からも当時のワイルドの人気ぶりが推察できよう。

昭和に入ると、一時の熱狂と言うべき〈ワイルド・ブーム〉は醒めていったが、[4]ワイルドの作品は脈々と読み継がれていった。日夏耿之介による宝石を散りばめたような美文体の翻訳はこの時代の金字塔と言えよう。このように、ワイルドの影響を受けた作家たちが文壇で活躍し、すでにワイルドのほとんどの作品を翻訳で読むことができるような状況、しかも、その翻訳も様々な訳者によって洗練度を増していくという状況でワイルドの作品を手にし、耽読したのが三島由紀夫である。

『定本三島由紀夫書誌』の蔵書目録によると、三島が所持していたワイルドの本は十七冊で、外国人作家の中ではゲーテに次いで二番目に多い所持数である。[5]この蔵書には、戯曲や小説にとどまらず、童話、芸術論、詩などが含まれており、雑記や手紙、書評の類を除いてワイルドのほとんどの作品が網羅されている。

また、三島の全作品を通じて、ワイルドの名前や作品名、アフォリズムを引用する頻度は高く、その作品からの引用もジャンルを問わず散見され、中学時代の書簡から遺作となった『豊饒の海』に至るまで、三島はほぼ三十年の間、折に触れ、ワイルドに言及している。さらに、三島とワイルドは、ナルシシズム、美への執着、過剰な自己宣伝、同性愛的傾向など気質的にも類似点が多く、比較文学的見地から研究もなされてきた。[6]

よく知られているように、『サロメ』は三島が「はじめて自分の目で選んで自分の所有物にした本」（二十七・二八四）である。三島は、その時のことを「ラディゲに憑かれて——私の読書遍歴」

図16　15歳（学習院中等科4年在学中）の三島由紀夫（昭和15［1940］年6月30日）
自ら「十五歳、十六歳の年は、気狂ひじみた熱情をもつて書いてをりました」(38.542) と恩師清水文雄宛の手紙に書いているように、この頃の三島は、ワイルドを始め、ラディゲ、リルケ、谷崎などを耽読し、創作活動に勤しんでいた。

（昭和三十一〔一九五六〕年）の中で次のように回想している。

十一、二歳のころであらうか、本屋で、岩波文庫のワイルドの「サロメ」を見た。ビアズレエの挿絵がいたく私を魅した。家へかへつて読んで、雷に搏たれたやうに感じた。これこそは正に大人の本であつた。悪は野放しにされ、官能と美は解放され、教訓臭はどこにもなかつたのである。（二十九・一四七）

この衝撃は、三島にとって生涯忘れ難いものだったようだ。三島が少年期から様々な外国人作家たちの作品を読破し、それらを消化して、世界の文豪と比肩する存在となったことはすでに多くの研究者が指摘している事実であり、彼が影響を受けた作家の名は枚挙に遑がない。その三島が最初に選び取った文学作品がワイルドの『サロメ』だったことは、三島の文学にとって大きな意味を持つ。そのデカダン的な要素が三島文学にはかりしれない役割を果したからである。三島のデカダンスに対する思い入れは並々ならぬものであった。三島は昭和四十三（一九六八）年六月、責任編集を一任された、同人誌『批評』の編集後記の中で、「少年時代の文学熱の出発点を、十九世紀末のデカダンス文学に置いてゐる関係上、いつか、デカダンスについて総括的な研究を試み、デカダンスなる文明現象の、各国の各時代の各文化の末期にあらはれたもろもろの様相」（三十五・一一七）を摸索したいと願いながら、実現できずにいる胸の内を明かしている。この時の『批評』の特集テーマは、三島自ら

図 17　ビアズリー『舞踊の代償』1894 年
『サロメ』との出会いは三島の生涯に大きな影を落とした。追悼公演として行われた『サロメ』の舞台では拡大したビアズリーの絵が背景に用いられたが、これも自決直前の三島の強い希望によるものであった。

の発案で「デカダンス」と題された。

三島に読んでもらうために数々のフランスのデカダン文学を翻訳したと語り、そのデカダンスへの偏愛ぶりをよく知る澁澤龍彦も、三島には「フランス語の文芸用語としてのデカダンスという言葉に、一種の固定観念に近い愛着をいだいているような面」があったと指摘している。[7] しかし、先の引用では三島自身のデカダンスの定義がいま一つ明らかになっていない。澁澤によれば、三島の混沌としたデカダンスの概念を最もよく表しているのは、「アメリカ的デカダンス——カポーテ著　河野一郎訳「遠い声　遠い部屋」」（昭和三十［一九五五］年）という書評の中の次の言葉であるという。

> デカダンスを十九世紀末の時代的必然性からだけとらへて、今では時代おくれの偏向だと考へてゐるのは文学史家の固定した考へ方でどんな時代とどんな国家にも、交替的に衰滅を欲求する文学的傾向はあらはれる。
>
> 　ただその欲求に、破壊精神の旺盛な活力はなく、衰滅する主体の豊潤な感覚的生活と、知的な誇りとによる、衰滅の自己肯定だけが在るときに、デカダンス芸術と呼ぶに価ひするのである。
>
> （二十八：四六九）

たしかに、「豊潤な感覚的生活」や「知的誇り」は、感覚を洗練させて美的生活を送るというデカダンの特徴である。三島は、ワイルドの「ペン、鉛筆と毒薬」のウェンライトを典型的なデカダンと

図18　『サロメ』の演技を指導する三島とサロメ役の岸田今日子（昭和35［1960］年4月）
岸田によれば、『サロメ』演出時の三島は真剣そのもので、冗談を言って明るく振る舞う平素と異なり、ふざける者がいれば、顔色を変えて怒りを露わにしたという。『サロメ』への思い入れの深さは相当なものだった。

し、彼の生活の芸術化について度々触れているし、[8]『ドリアン・グレイの肖像』の第十一章を往昔の暴君の伝記を読む際に、そのイメージの想起に役立てているとも書いており、ドリアンをデカダンの代表例として考えていたことが窺える。[9]これらのことから、三島の中ではデカダンスとワイルドの作品はたしかに一つの固定観念として結びついていたと考えられる。「衰滅の自己肯定」はデカダンたちが抱えていた不安や怖れと合致する。そして、それらが取りも直さず、三島文学に一貫して流れる「滅亡の美学」というテーマに通じることは注目に値する。[10]

三島文学の基幹となるデカダンスの出発点が『サロメ』ならば、その影響についてもっと論じられてもいいのではないだろうか。それにもかかわらず、ほとんどの研究者たちが、少年時代の三島が最初に手にとった文学作品であること、後年岸田今日子主演で舞台の演出を行ったこと、その十年後死の数日前まで舞台の再公演のために演出指導を熱心に行っていたことを指摘するにとどまっている。[11]『サロメ』を熱読していた少年期の作品について正面から取り組んだものは、先田進の「三島由紀夫とオスカー・ワイルド——習作期におけるワイルド受容について——」のみである。先田は、この論考の中で少年期の三島の創作活動における『サロメ』の影響を論じているが、[12]ワイルドのどのような部分が三島に訴える力を持っていたのか、彼の生涯にどの程度の影を投げたのか、という広い観点からこの問題を捉えるには至っていない。このことは、三島由紀夫の処女小説集『花ざかりの森』(昭和十九［一九四四］年)以前の作品に関する研究が手薄であることとも関係があるのかもしれないが[13]、いずれにせよ、これまであまり注目されることのなかった三島の少年期における『サロメ』の影響を考察することによって、ワイルドと三島の新たな側面が見出せるのではないかと思う。

そこで、ここでは、平成十三(二〇〇一)年の秋に発見され、十四歳の時の作として新聞などをその早熟ぶりで賑わせた、未発表の四幕物の戯曲「路程」を始め、これまで論じられることのなかった新資料を交えた平岡公威(三島由紀夫の本名)時代の作品に見られるワイルドの影響について考え、ワイルドとデカダンスの問題を深めたい。

2

『サロメ』の影響が初めて見られる三島の作品は、昭和十三(一九三八)年七月十五日号の学習院の学内文芸誌『輔仁会雑誌』に掲載された「暁鐘聖歌」である。この作品は『聖書』の「ルカによる福音書」第四章一〜十三節からの英文の抜粋を冒頭に掲げた短編小説で、イエスが悪魔の仕掛ける誘惑に打ち克つという場面を扱ったものである。影響関係としては、まず、聖書を題材にしている点、絢爛たる言葉を駆使した執拗な比喩表現、色彩語の多用といった表現方法、異国情緒あふれる生

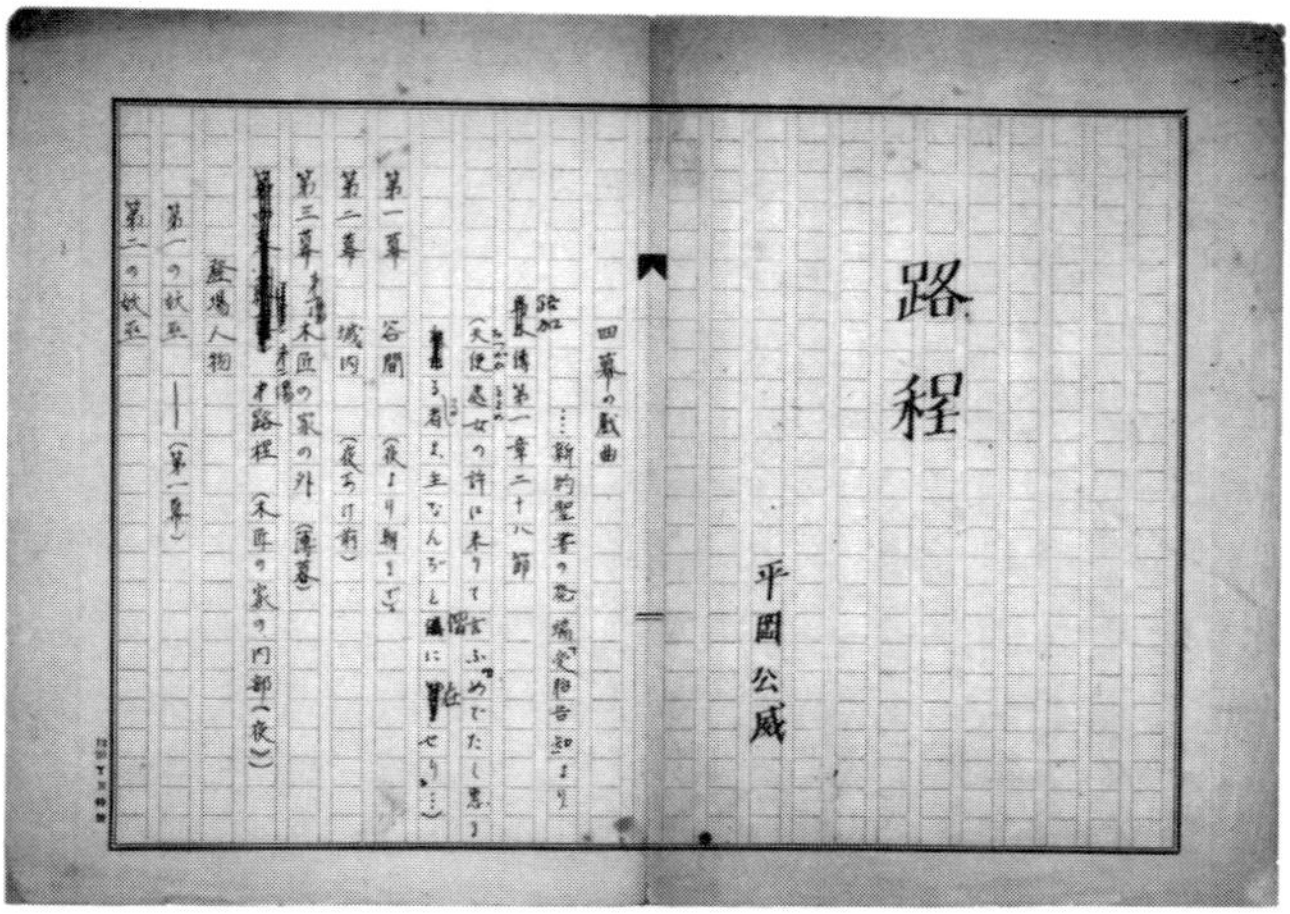

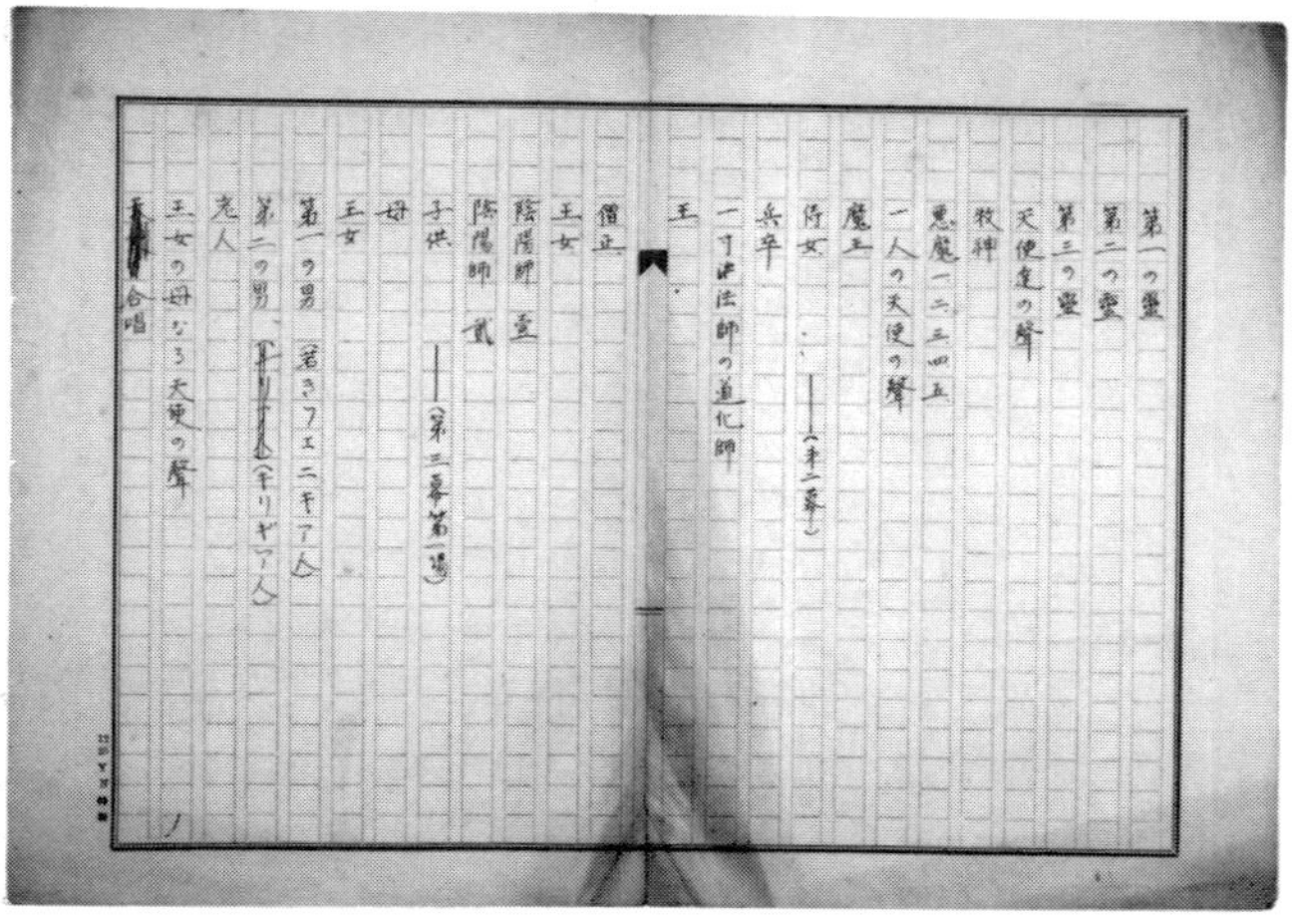

図 19　生前未発表の戯曲『路程』の手稿 (写真提供 三島由紀夫文学館)
登場人物の設定にも『サロメ』の影響が窺える。

物の描写などが挙げられる。しかしながら、この小品で最も注目に値するのは、文芸評論家の奥野健男がイエスよりも悪魔の方がはるかに生き生きと描かれていると指摘するように[14]、少年三島の興味が〈悪〉に傾いていることである。

その他、「詩五篇——森たち、第五の喇叭、独白、星座、九官鳥」にも表現上の技法や東方への憧憬など『サロメ』の影響が色濃く見られるが、こうした短編や詩で見られた表現上の『サロメ』の影響は、分量も多くなる戯曲（「路程」、「基督降誕記」、「東の博士たち」）を書くにあたって、ますます顕著になっていく。さらに、「暁鐘聖歌」で徴候を示した〈悪〉への傾倒が、次に取り上げる「路程」と「東の博士たち」でより明白に表れていることは注目に値する。

「路程」は、平成十三（二〇〇一）年秋に発見された時に、三島が十四歳の時に書いた戯曲として発表されたが、十四歳のいつ頃に書かれた作品なのか正確なことは明らかになっていない。だが、昭和十四（一九三九）年三月以前と推定することはできる。「これらの作品をおみせするについて」と題された、学習院時代の恩師、清水文雄宛ての手紙（昭和十六［一九四一］年九月十七日付）には、「「東の博士たち」はサロメの模倣ですが、これの母胎となった純道徳的な童話劇風の耶蘇劇「路程」があり……」（三十八：五四六）という記述が見られるからである。つまり、「東の博士たち」が掲載された『輔仁会雑誌』が昭和十四（一九三九）年三月一日号なので、「路程」はそれ以前に書かれたことになる。しかも、本人がこの作品は、サロメの模倣作である「東の博士たち」の母胎だと断言していることから、『サロメ』の影響があることは自明の理である。そうなると、「メィミィ」、「児童劇

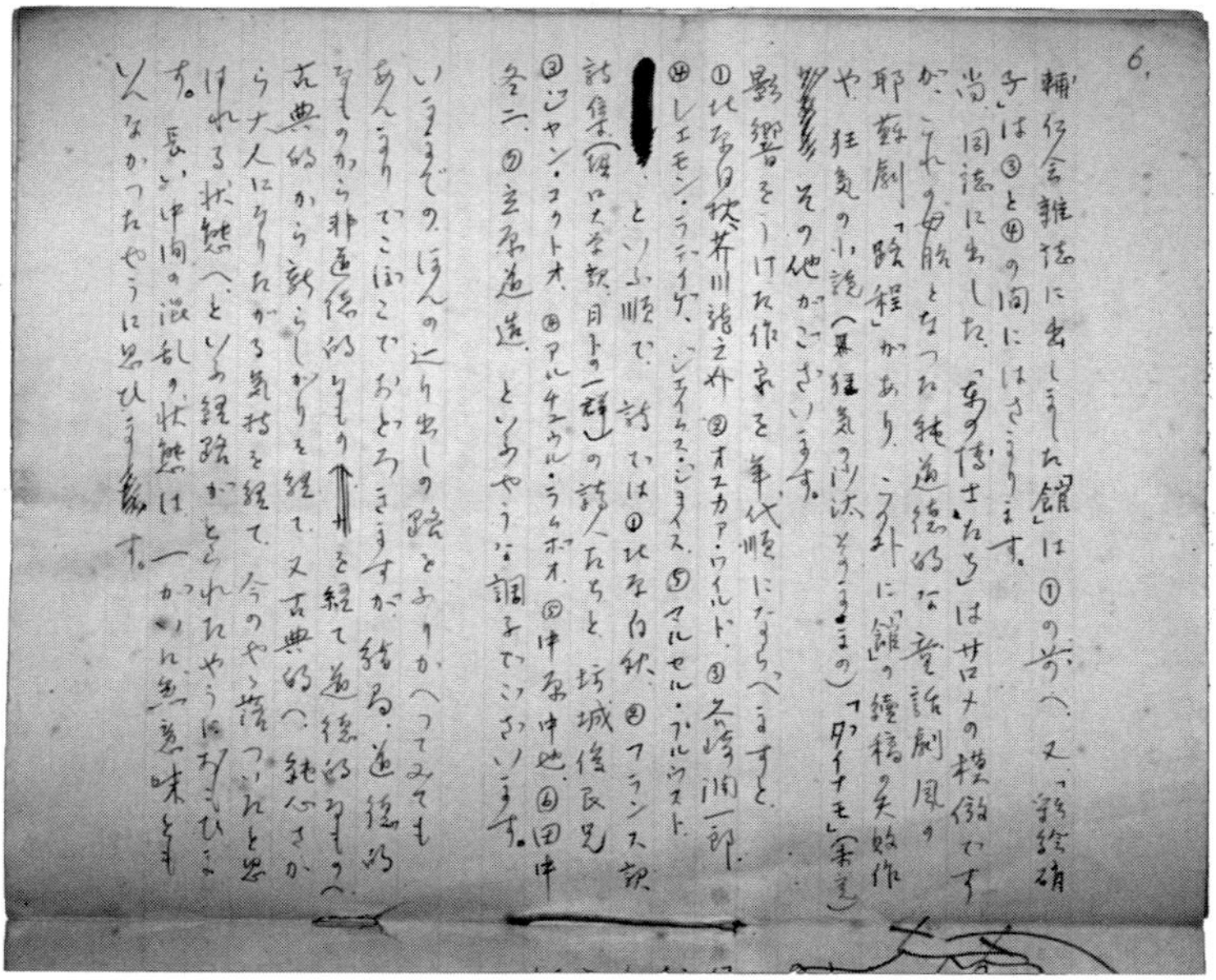
6.
輔仁会雑誌に出しました「館」は①の前へ、又「彩絵硝子」は③と④の間にはさまります。

当時同誌に出した「東の博士たち」はサロメの模倣ですが、これの母胎となつた純道徳的な童話劇風の耶蘇劇「路程」があり、この外に「館」の続稿の失敗作や狂気の小説（未狂気の沈潜そうつ(?)のもの）「ダイナモ」（未完）その他がございます。

影響をうけた作家を年代順にならべますと、①北原白秋 芥川龍之介 ②オスカア・ワイルド ③谷崎潤一郎 ④レエモン・ラディゲ、ジェイムス・ジョイス ⑤マルセル・プルウスト
[redacted]、といふ順で、詩では①北原白秋、②フランス訳詩集（堀口大学訳「月下の一群」）の詩人たちと、坊城俊民兄 ③ジャン・コクトオ、④アルチュウル・ランボオ ⑤中原中也、⑥田中冬二、⑦立原道造、といふやうな調子でございます。

いままでのほんの辿り出しの路をふりかへつてみてもあんまりでこぼこでおどろきますが、結局、道徳的なものから非道徳的なもの⇑を経て道徳的なものへ、古典的から新らしがりを経て、又古典的へ、純心さから大人になりたがる気持を経て、今のやゝ落ついたと思はれる状態へといふ経路がとられたやうにおもひます。長い中間の混乱の状態は一かう無意味とも思はなかつたやうに思ひます。

図 20　ノートに綴られた清水文雄宛の手紙「これらの作品をお見せするについて」の下書き
（写真提供 三島由紀夫文学館）

「路程」が『サロメ』の影響を受けた「東の博士たち」の母胎であると記してあり、影響を受けた外国の作家としてワイルドの名が一番に挙げられている。

コロンブスの卵」、「屍人と宝」といった生前未発表で執筆年が不明なものを除いて、「路程」は三島の最も早い時期に書かれた戯曲ということになる。つまり、『サド公爵夫人』（昭和四十［一九六五］年）など数々の名作を世に出した、世界の劇作家三島由紀夫は『サロメ』から始まったと言っても過言ではないのである。

「路程」は「ルカによる福音書」第一章二十八節の「受胎告知」から着想を得ている。第一幕は神の到来を予言する天使に従わず、不安に苛まれる魔王のいる谷間の場面を、第二幕は天使に従わない邪悪な王の城内での出来事を扱っている。王女は父王が母を殺害したと知って、天使に従う決心をする。第三幕は大天使によるマリアの受胎告知の場面であり、第四幕ではマリアとヨセフが大天使のお告げを受けて旅立ち、他の人々もそれに従って、幕引きとなる。

この戯曲は、第一幕の悪魔たちの場面、第二幕の悪辣な王の場面という〈悪〉の支配による世界と、穢れのないマリアが受胎を告知され、心ある者たちがそれを見守るキリスト教的な世界を描いた第三幕と第四幕の二つの部分に大別できるだろう。三島は、先に引用した恩師への手紙の中でこの戯曲を「純道徳的な童話劇風耶蘇劇」と称しているが、手稿の写しを見てみると、原稿用紙三十七枚分のうち、キリスト教的な〈善〉の世界を描いた第三幕と第四幕は十二枚分で、割合としては三分の一程度しかない。残りの三分の二は、〈悪〉が中心となった世界である。

たしかに、キリストの誕生を予感させる結末は三島自身が評するように道徳的と言えよう。しかし、マリアの描写は、画一的で新鮮味がない。ガブリエルのお告げも、少年の作とは思えないほど厳かであるが、個性がなく希薄な印象を与える。それに引き換え、〈悪〉の世界の描写は生彩に富んでいる。しかも、その〈悪〉の描写にこそ、『サロメ』の影響が如実に表れているのである。たとえば、この戯曲の始まりは、不気味な妖巫たちの会話から始まる。妖巫Ⅰが水晶の曇りを指摘すると、妖巫Ⅱは言う。

妖巫Ⅱ（闇の中より頭を擡げ）月が盈ちすぎたからだらうよ。暁の衣に身を包み、赤い更紗をかぶつた、御亭主のお日さんが、三日三晩、顔を見せなかつたからだらうよ。

妖巫Ⅰ　いゝえ、さうぢやあるまい。蝙蝠の目があんまり紅すぎるしゐもりの腹があんまり赤すぎる。さうぢやあるまい。わたしはそんな気がする。途方もない禍ひか、途方もない幸福の訪れだ。わたしはそんな気がするもの。空に、亀裂があらはれる。大きな仕事の始められる前兆だよ。（二十一・五五）

ここには、『サロメ』の冒頭で交わされる若いシリア人とエロディアスの侍童との会話の中で侍童が発する「あの月を御覧なさい。あの月はいかにも變な様子をしてゐます。墓穴《はかあな》の中から出て来た女のやうだ。あれは死んだ女に似てゐる。あれは死人を探し求めてでもゐるやうだ」[15]という台詞に類似している。両者を比較してみると、比喩や異国情緒を醸し出す表現上の影響は言うに及ばず、これから起きる不吉な出来事を、冒頭で、しかも〈月〉を用いて暗示する手法にも『サロメ』との類似点が見られる。三島は、次に論じる「東の博士たち」でも、〈月〉を星に変えてはいるものの、不吉な前兆として『サロメ』と酷似した方法で用いている。よく知られているように、〈月〉が頻繁に用いられるのは世紀末文学の特徴である。幸福よりも快楽を、道徳よりも美を、自然よりも人工を、昼よりも夜を好む世紀末世界には青空と太陽よりも暗闇と月がふさわしいからである。三島は、『サロメ』の月の背後に広がる世紀末世界、デカダンスの要素を看取し、それを自作に取り入れたのではないか。『サロメ』では、やがて起こる凶事を暗示することによって、中近東の生暖かい風に包まれ、派手な彩色を施した服を纏い、金銀の飾りを身につけた人々が集い、議論し、酒と香料の香りでむせかえるようなエロド王の宮廷と漆黒の闇に浮かぶ清澄さを湛えた銀色の月光のもとで始まる悲劇は定められたものとなり、観客はその宿命の到来を待ちわびるのである。そこでは、爛熟した世紀末を中近東世界に移したようなエキゾティシズム、装飾性、無節操が見られ、近親相姦、官能、扼殺という〈悪〉が繰り広げられる。その直前の静謐な夜の空気と妖し気な月の色。それこそ、三島が求めていたものであった。三島は災厄の到来を待ち焦がれる少年であった。次に引用する『十五歳詩集』に収められた「凶ごと」（昭和十五［一九四〇］年）という詩には、少年期の三島の暗い願望が映し出されている。

わたくしは夕な夕な

窓に立ち椿事を待つた、
凶変のだう悪な砂塵が
夜の虹のやうに町並の
むかうからおしよせてくるのを。

（中略）

わたしは凶ごとを待つてゐる
吉報は凶報だつた
けふも轢死人の額は黒く
わが血はどす赤く凍結した……。（三十七・四〇〇〜四〇一）

こうした倒錯的な願望を持つ少年にとって、『サロメ』を読み終わった瞬間は、〈悪〉が野放しにされ、官能と美が解放された、まさに望んでいた世界が具現された瞬間であった。三島が雷に打たれたような衝撃を受けたのも無理はない。三島は、〈悪〉と自己の文学の関係について次のように語っている。

私はいつもただ無邪気に、非常に感性的に悪魔といふものを夢見てゐた。自分は悪いことが何もできないのに、自分の中に悪いことに対する趣味があるといふことをいつも感じてゐた。そして私の芸術に対する関心といふやうなものはそこに始まつたので、自分には悪いことと美しいことがいつも結びついて考へられた。だから美といふものは何か人にはづかしい、隠すべきものであるやうに思はれた。

　私が小説を書く最初のころの動機も、自分から逃げまはらう、自分の中のさういふ恐ろしいものからのがれようといふことで文学を始めたやうに思はれる。（二十九：一七九〜一八〇）

　この〈悪〉と〈美〉の結びつきこそ、〈デカダンス〉である。これは、思春期を迎えた少年の性的傾向の表れでもあり、隠蔽しなければならないものだった。だが、三島の〈悪〉に対する趣味はその作品に密かに息づいている。「路程」の冒頭部の「途方もない禍ひか、途方もない幸福の訪れ」の予兆を考えた場合、イエスの誕生は幸福の訪れのはずであるが、「蝙蝠の腹が赤い」とか「ゐもりの腹が紅い」といった不気味な前兆は、禍にこそふさわしい。これも三島の願望が「衰滅」を暗示する〈禍〉に向いていたためと考えるのは穿った見方であろうか。

〈悪〉の描写で注目すべき点は、悪魔にとっては神の子の到来こそが凶事だという点である。天使たちの去った夜のことを思い出して、悪魔と魔王は何度も「まことに恐ろしい晩」だったと語り合う。下僕たちが天使とともに旅立ってしまったため、魔王は孤独で体が冷たくなるのであった。

魔王　おゝ儂の体を温めてくれ、孤独めが儂の体のまはりに、羽虫のやうにむらがつて来て、儂を死人のやうに冷やさうとする。
神と悪魔とは、全く別のものになつて了つた。儂の権力や威力は地に落ちるであらう。ああ！儂のまはりには、呪詛や、復讐が、黒々とあつまつて来る。儂の歩むべき道はとだえた。わしの胸に孤独の波がひた〳〵と打ち寄せて来る。（二十一・六三）

衰滅を目前にした魔王は三島の定義するデカダンの典型である。これから起きる不幸に対する恐怖感と心の乱れは、魔王の心を埋め尽くす。

魔王と同じ不安は、第二幕に登場する王にも見られる。王は、前の晩に天使の姿が現れて以来、「気分がすぐれない」（二十一・六七）と言う。王の憂鬱は、『サロメ』のエロドの顔色を見た兵卒たちがさかんに口にする「王さまは陰氣なお顔をしてをられる」（一九）という言葉と照応している。これは、第一幕と同様に、「凶ごと」を待つ少年時代の三島が、『サロメ』に充満する不吉な雰囲気を、自分の作品に取り込もうとした痕跡と思われる。この第二幕は、本来の道徳的結末にとっては、天使に同行した王女の一つのエピソードに過ぎないが、それにもかかわらず、原稿用紙で十五枚分あり、第三幕と第四幕を合わせた枚数よりも長く、表現方法も凝っていて、三島が筆を揮って書いたものと推察される。

他にも、ここには『サロメ』の影響が様々な点で色濃く見られる。王による后殺しは、『サロメ』におけるエロディアスを疎ましく思うエロドの気持ちやエロドの実兄殺しを意識したと考えられ、それを見抜いた陰陽師の呪詛の言葉は、預言者ヨカナーンのエロドとエロディアスに対する非難の言葉に類似しているように思われる。また、悪辣な王が王女に抱く近親相姦的な愛情は、エロドが義理の娘サロメに抱く欲望を模倣したものと思われる。

表現においては、畳み掛けるような比喩表現の羅列、宝石や中近東独特の動植物や衣服の描写など、『サロメ』を模した形跡が見られ、細かいものを挙げればきりがないが、特にワイルド独特の夥しい煌びやかな比喩表現は、少年であった三島の心を強く捕らえただろうことは様々な点から推測できる。次に挙げる、宝石についての比喩が駆使された王の長い台詞は、まさにそれを実証するものと言えよう。

王　いとしい娘よ。そなたは未だ持つてゐるだらう。わしのやつた五つの宝石函を。その一つは、海のなかゝら、人魚たちが捧げ持つて来る真珠で満たされてゐる。それらは、女たちの心をうつし取るからだ。それらは牛乳の風呂で浴みする女の肌に似てゐる。牛乳の風呂で浴みする若い女の乳房のやうだ。(中略)
娘よ。いとしい娘よ。その一つには青い翡翠が入つてゐる。
翡翠は、東の海の極みにある国の美くしい姫をものがたつてゐるのだ。(中略)

娘よ。いとしい娘よ、第三の函のなかには、猫目石が這入つてゐる筈だ。猫目石は華やかな宝石だ。炎のやうに旋回する赤い裳のやうな色をしてゐる。

娘よ。いとしい娘よ。一つの函には金剛石が、一つの函には青玉と緑玉石と、そなたの好んでゐた琥珀や、海の色がかたまつたものゝやうな瑠璃とが入つてゐる。ダイアモンドは南国の岩の間にかゞやく貴い宝石だ。幼な児の心にもまして貴い宝石だ。(二十一・七五〜七六)

引用した「路程」の王の台詞によく似た台詞が『サロメ』に見られる。舞の報酬としてヨカナーンの首を要求するサロメの考えを何とかして変えようと、エロドが自分の所持する宝石の数々を挙げ、その魅力について長々と語る『サロメ』の中の次の台詞を、三島は模したのではないだろうか。

エロド

わしはここにそなたの母にもまだ一度も見せたことのない宝石をいろいろ隠して持つてゐる。全く珍しい寶石をな。わしは四列になつた眞珠の頸飾りを持つてゐる。それは銀の光線を放つてゐる繋いだたくさんの月のやうだ。金の網にかけた五十ばかりの月のやうだ。或る女王がそれを象牙のやうな胸にかけてゐたのだよ。お前がそれをかければ、お前も女王のやうに美しくなるであろう。わしは二通りの紫水晶を持つてゐる。一つは生《き》葡萄酒のやうに黒い。もう一つは水を割つた葡萄酒のやうに赤い。わしは虎の眼のやうに黄ろい黄玉《トパズ》と、鳩の眼のやうに薔薇色をした黄玉と、猫の目のやうに緑色をした黄玉とを持つてゐる。わしは非常に冷い焔を放つて絶えず燃えてゐる蛋白石《オパル》を、人の心を悲しくさせ、暗闇《くらやみ》を恐れる蛋白石を持つてゐる。死んだ女の瞳《ひとみ》に似た縞瑪瑙を持つてゐる。（一〇九～一一〇）

このように、宝石の列挙と各宝石の持つ不思議な効能の説明が言葉を尽くして述べられている点、その比喩の方法、その長さといった表現上の共通点だけでなく、宝石で相手の決心を鈍らせようとしているという状況設定にも共通点が見られる。また、エロドがサロメに邪な恋心を抱いているように、「路程」の王も王女への執拗な偏愛ぶりを示している。

権力者の底なしの色欲と妖し気な光を放つ美しい宝石の数々、その宝石に纏わるエピソードも官能的で幻想的であり、十四歳の三島が『サロメ』の醸し出す倒錯的な官能世界に心惹かれ、それをわがものにしようとしていたことが伝わってくる。このことは、いわば、第Ⅰ部で見てきた美文体、デカダンス文学の特色である宝石の羅列、色彩語への偏執、近親相姦といったワイルドが『サロメ』の中で見せたデカダンスの徴候を、三島が消化し、模倣したことの表れであると考えられる。

しかしながら、ここで一つ疑問が残る。少年三島が『サロメ』に接触し、デカダンスの要素に魅せられ、多くのことを吸収し、それらを自作に取り入れる過程で究極の快楽主義者サロメに当たる人物を描いていないということである。「路程」でサロメに当たる人物と目される王女は、陰陽師に「腐肉に生れながら汝は、百合のごとく清い女だ」（二十一・七五）と評され、主によって救われる運命だとの預言を授かる聖女のごとき人物である。ヨカナーンに母の淫蕩の血を受け継いだ娘として呪詛の言葉を浴びせられ、イエスのもとで悔い改めるように諭されるサロメとは何という違いであろうか。殺された后も、近親相姦の罪を犯したエロディアスとは異なり、醜いが気立てのよい女性で死後に天使となる。このことから、「路程」で三島が擬することに興味を覚えたのは、ヒロインのサロメを始めとする快楽主義的な女性たちではなかったということがわかる。三島が描きたかったのは、むしろ、後年『サロメ』の演出の際、座談会の席で「性格的に一ばん良く書けています」（三十九・三五〇）と評したエロドであり、さらにエロドの支配する憂鬱と官能に満ちた頽廃的な世界だったと思われる。〈悪〉の側に見られるこの不安感は、「路程」を母胎にして書かれた「東の博士たち」においては作品の主題となっている。

3

この時期に『輔仁会雑誌』に掲載されたほとんどの作品と同様に、「東の博士たち」も聖書から題材を採っている。「マタイによる福音書」第二章のエピソードを題材にし、キリスト生誕を主題にしている点は「路程」と同様である。『サロメ』を意識した形跡は、登場人物にすでに明らかである。ガリラヤ分封の國守エロド、舞姫、黒人エモス、兵卒一、二という人物は、『サロメ』のユダヤの分封の王エロド・アンティパス、サロメ、斬首刑吏ナーマン、第一の兵卒、第二の兵卒に相当する。また、舞台設定の指示も冒頭に書かれており、体裁もよく似ている。

表現上でも、これまで『サロメ』と比較してきた中等科時代の作品に見られたような東方の生物や宝石の描写がところどころに見られ、比喩表現が使われるなど、『サロメ』の影響が見られる。特にエロドの台詞には多くの類似点がある。その中で特に注目すべきものは、次に引用する実の兄を地下牢に閉じ込めて殺したエロドが、死人の甦りをひどく怖れている場面である。

千人長　陛下。併し時折墓場のなかに入つた後も、屍のうちから甦へるものもあると申します。
エロド　否！　それは有つてはならぬことだ。そんな事は世の中にはない筈だ！……そのやうなことを云つて呉れるな。儂は、珍らしく愉快なのだから。（二十一・九十五）

この台詞は次の『サロメ』の場面を思い起こさせる。

第一のナザレ人
さやうでございます、陛下。その人は死人を甦らせます。
エロド
わしはその男にそんなことをして貰ひたくない。わしはその男がそんなことをするのを差止める。

わしは誰でも死人を甦らせることを許さぬぞ。(七五)

重要なのは、三島にとってエロドの恐怖心こそ主題であるという点である。「東の博士たち」の主役であるエロドは、神の子の誕生によって自らの地位が危うくなるという、「路程」の王が抱いていたのと同じ不安を感じており、凶事を予感する王の心の乱れや怯えがテーマになっている。つまり、ワイルドの描いたエロドの不安定な心理状態が三島の作品ではクローズ・アップされているのである。それだけに「東の博士たち」におけるエロドの台詞には、『サロメ』を意識したと考えられる部分が多いのではないだろうか。

エロドは不安に目を向けず、楽し気にふるまい、それを周囲の者たちに納得させようとする。『サロメ』のエロドは「わしは今夜は愉快だ。非常に愉快だ。これほど愉快だつたことはこれまでに一度もない」(八六)と自分が愉快であることをことさら強調する。「東の博士たち」のエロドも「遠慮なくやつて呉れい。儂は大いに気分が秀れてをる」(二十一・九四)と気分を無理に躁状態に置いて、自分の機嫌がよいことを訴える。三島は『サロメ』を支配する暗い予兆がエロドの不安定な心理に影を投げかけていることを見逃さず、自作に利用したのであろう。

「東の博士たち」では、エロドの不安が、エロドが殺した預言者エレミイの〈崇高な声〉によって煽られる。〈崇高な声〉は、『サロメ』におけるヨカナーンの役割を果たし、王の実兄殺しを諌め、王がイエスによって裁かれることを預言する。〈悪〉の世界の崩壊は目前である。

三島は、この二十一年後（昭和三十五〔一九六〇〕年）に『サロメ』の演出を手がけた際、上演プログラムのために書いた「わが夢のサロメ」と題する短文の中で、この戯曲に関するヴィジョンを次のように綴っている。

私の演出では、近東地方の夏の夕ぐれの、やりきれない倦怠と憂鬱が舞台を支配するやうにと考へてゐる。そして宮廷のテラスに漂ふ末期的不安には、世界不安の雛型がはめこまれてゐる。ヘロデは宿命の虜である。だからヘロデは宿命をおそれる。サロメは宿命自体である。彼女は何ものをもおそれずに行動し、自分の宿命を欲求する……（三十一・四一九）

ここで示されている演出方法には、三島の『サロメ』観が如実に表れている。三島の興味の中心は、危機に瀕した権力者の内面世界であった。エロドの心を蹂躙した恐怖は、イエスと同じ年頃の嬰児を全て殺戮させるという、さらなる悪へと彼を駆り立て、キリスト降誕を発端に血塗られた災厄を生む原動力となるのである。「凶ごと」を待つ少年の体内に滾る〈悪〉への渇望は、『サロメ』の表現上の技術や中近東世界の風俗、世紀末的な憂鬱をそのまま移植し、快楽追求による悲劇を、純化された〈悪〉の物語に還元し、独自のデカダンスの世界を構築させたのである。

「路程」も「東の博士たち」もキリストの降誕に因んだ物語であるが、三島が描こうとしたのは、救世主の出現に怯える悪の側から見た世界崩壊の前の末期的な頽廃世界ではなかっただろうか。そこでは、悪の使徒たちが神から顔を背けている。天使に従って皆が出て行ってしまった後、悪魔と魔王は谷間で身を寄せ合い悪の復活を待ち、娘が天使とともに去った後、王は娘を呪う。エロドは嬰児殺しを心に決める。彼らはそれぞれの方法で、神の手から逃れようとする。三島は、「わが魅せられたるもの」（昭和三十一［一九五六］年）というエッセイの中で、自分を文学に駆り立てたものは、「自分の日常生活を脅かしたり、どつかからじつとねらつてゐてメチャクチャにしてしまふやうなものへの怖れ」（二十九・一八〇）と分析している。〈悪〉への衝動を持つ少年にとって文学は、現実世界では実行に移せない〈悪〉を作中人物に実践させる場であり、いわば〈悪〉の代替物であった。「東の博士たち」の最後の場面には、凶変を待ち焦がれる少年三島の心象風景が投影され[16]、次のように中途半端な状態で幕を閉じる。

エロド　（不安げに）わるい予感だ、……夜は更けてゆく。
（エロド突然、おびえた様子にて、階をかけ下りる。）
（蠟燭の灯は消え暗黒となり）（二十一・一一四）

少年の頽廃的な世界では、ワイルドがクライマックスとして描いた快楽主義者サロメが処刑される場面は見られない。不安な予感だけを残して闇が訪れるだけである。

4

これまで見てきたように、三島の十三、四歳の頃の作品における『サロメ』の影響をたどると、表現上の模倣から自身の嗜好によって主題を選別していくという変化の様子が窺える。この後、三島の〈デカダンス〉への嗜好は、さらに限定的なものになっていく。三島は「ワイルドから谷崎潤一郎へ、どうしてつながつて行つたか、そのへんは記憶にない」（二十九・一四七）と書いているが、それは十四歳の後半だったと推定される。昭和十四（一九三九）年十一月に発行された『輔仁会雑誌』に掲載された未刊の短編小説「館　第一回」には、すでに谷崎の『盲目物語』（昭和六［一九三一］年）に見られる平仮名を多用した説話体という手法の影響が見られる。三島はこの頃、谷崎の描く悪と美の融合した絢爛たる世界に没頭していたと思われる。

「館」の主人公は、〈ねろ〉と渾名される残酷な殿さまである。ある日、殿さまは小姓に自分の欲望を「わしはおのれのこの手で、とぎすましたするどい刃を握、相手に近付、わしの手がなまあたゝかい血潮でぬれそぼるのを見たいのだ」（十五・一一七）と語る。殿さまは、この欲求を果たすために盗みを働いた者を殺すという古い掟を再び施行することに決め、館の空き部屋に血腥い拷問道具を並べる。その翌日から、殿さまは拷問によって〈快楽〉を得る日々を過ごす。小姓は、殿さまの血に狂つた快楽を「熱病」のようだと思いながら、それが自分の身にも伝染してくるのを感じずにいられない。その時の気分を小姓は次のように振り返っている。

向不レ見な、一途なこゝろのはやり、たかぶり、そして、嬰子が虫かなにかをふみつぶしたときにかんずるやうな、すさまじい歓喜、そのやうなものが、うづ〲と胸のなかから、ながいあひだとざゝれてゐたとびらをやぶつて、ほとばしり出て来るやうな、ゐてもたつてもゐられないきぶんがしたのでございました。（十五　一二二）

小姓は、殿さまの行いが人の道に反したことであり、恐ろしいことであると感じながら、自分もまた残虐な光景に快楽を感じずにはいられない性《さが》の持ち主なのである。

「館」の殿さまに「路程」や「東の博士たち」の影が見られるとすれば、それは神の存在を無視しようとしながらも、自分の地位が脅かされるかもしれない不安に苛まれ、それでも〈悪〉を実践しないと気が済まない王やエロドの影であろう。殿さまのおくがたは聖書と十字架を持つ敬虔なキリスト教信者であり、夫の悪行を非難するが、殿さまは〈神〉の存在そのものを否定する。

神は全能の名を藉りたこのうへもなくずるい悪魔だ。偽善者だ。――ところで神といふものは今は世の中にゐないのぢや。どこにも居らんのだ。そこで神をつくつて偽善を吹きこんだのは、それを作つた偽善者の人間だつたのだ。（十五　一三六）

『サロメ』のエロドは、ヨカナーンの切られた首に接吻するサロメの行いを「人に知られてゐない或る神に對する罪悪」（一一六）であると言う。ヨカナーンを殺害することに躊躇するエロドの小心ぶりには、禍に対する恐怖心ばかりでなく、まだ見ぬ神への畏怖という宗教性も見られることは考慮すべき点であろう。それにひきかえ、悪の部分だけを凝縮したような、「館」の殿さまには宗教性の微塵も見られない。ただ、自分の暴君ぶりが民衆の憎悪を掻き立て明日八つ裂きにされるかもしれないという恐怖と、それを思う時の戦慄がサディスティックな行いに拍車をかけるという、凄まじい残虐な快楽への渇望が殿さまを支配しているのである。

この続編として書かれた「館　第二回」は、未完で終わっており、三島の生前には発表されなかったものである。ここでは、さらに殿さまの倒錯ぶりは歯止めがかからないものになる。殿さまは、大臣が一揆を企てていることを見抜いた上で、その恐怖をも〈快楽〉に変えてしまおうとする。

わしにとつてはすべてが快楽ぢや。……おそらく滅亡も快楽であらう。あがくまい。あせるまい。なすがままにまかせることぢやて。いかな禍事が来ようとてなべてを快楽にかへてわしのものにするのぢや。人間の世のなかに美しうないものはひとつとてない。（十五・一六九）

やがて一揆の萌芽は根絶やしにしたという大臣の虚言から、見せかけの平和が都に訪れ、殿さまは騙されたふりをして酒池肉林を繰り返す。この乱痴気騒ぎは、世紀末的爛熟を通り越して陰惨と形容する方がふさわしい。
そこでは、詩人たちが琴を奏でつつ、東西南北の血腥い残酷物語を美しい声で吟じるのである。また、絵描きが集う館の空き部屋の壁面は「この世にもつともみだらなもの、もつとも残たらしいもの、もつとも恥づべきもの、恐ろしいもの、醜いもの」（十五．一七五～一七六）の限りを尽くした絵で埋め尽くされている。この手稿は原稿用紙で三十八枚分あるが、筋に関係のない残虐な物語や絵の細部にわたる説明に後半部の六枚近くが費やされている。手稿には修正の跡がほとんど見当たらず、まるで筆が勝手に動いて憑かれたように書かれた印象を受ける。絵描きたちの手による残酷な絵を目にした小姓の感想は、まさに作者である三島の憑き物がついたような状態を代弁しているのではないだろうか。

悪のうつくしさとはかやうなものを言ふのでござりませうか、地獄を知つてゐるものがこれをゑがいたのではございますまいか。してみると地獄といふものが残たらしければむごたらしいほど、醜ければみにくいほど、かう、いきづまるやうな美しさ、おのれがその渦のなかにまきこまれまいとし乍らまことは血の海底におぼれてゐる……といつた美しさ……があるのではございませんでせうか。（十五．一七六）

小姓は殿さまが宴を開く晩、天井も床も赤一色に塗られた部屋で「ここでふきでる血しほのながれを見たら、それはまあなんといふ歓喜であらうか」（十五・一七九）と想像する。この時、〈凶事〉を待つ三島と小姓は二重写しになり、十四歳の少年はすでにワイルドを飛び越え、〈悪〉に美を見出す自らの美学を作品の中で実践していったと考えられる。

この作品の「第一回」は残虐な場面にも抑制がきいており、殿さまの残忍ぶりもさほど奇異な印象を与えないが、「第二回」では倒錯的な美学の露出を抑えることができなかったと思われる。この小説の「第二回」が未完で未発表のまま放置されていたのはそれが原因ではないだろうか。それほどまでに、この時期の三島は〈悪〉に取り憑かれており、その〈悪〉は芸術と分かち難くなっていたと言えよう。三島は、自分が文学を始めたのは〈悪〉への衝動に突き動かされたがためと語った後で、「もし悪魔的なものへの関心が美的なものとそんなに簡単に結びついてしまはなかつたならば、私はあるひはもつと宗教的な人間になつてゐたかもしれないのである」（二十九・一八〇）と語っている。この自己分析は、悪と拮抗する宗教の威力を理解しながらも、それらを知る前に〈悪〉と〈美〉の結合に惹かれた自分の性、宿命に対する直観力を示している。三島にこの美意識を植え込む引き金となったのが、ワイルドの『サロメ』であったことは、三島文学や三島の生涯を考える時に重要であるばかりでなく、デカダンとしてのワイルドの影響力、その作品がいかに世紀末的であり、その〈悪〉と〈美〉の結びつきが強烈な印象を与えるものかを物語っている。

しかし、『サロメ』において繰り広げられる頽廃的な要素に魅せられた少年三島は、ワイルドが〈悪〉と〈美〉の結びつきに対して抱かずにはいられなかった抵抗感に共感を示さないまま、独自の

〈悪〉の世界を築いていく。この点に、ワイルドとの相違が予感されるのである。

第四章　それぞれの美学の相違――『ドリアン・グレイの肖像』と「孔雀」

1

ワイルドの影響は、その後も初期の三島のアフォリズムや逆説に満ちた短編、三島が芸術について語る時にしばしば引き合いに出していた「芸術家としての批評家」への共感などに表れている。しかし、同時に二十五歳の時に発表した「オスカア・ワイルド論」では、「ワイルドは田舎者の羅馬人だつた」（二十七・二八七）、「ワイルドは悲劇役者として上の部ではなかつた」（二十七・二九〇）などと手厳しい批評を展開している。このことから、青年期の三島が少年時代の熱狂から醒めてワイルドに距離を置いていたことが窺える。作品の影響としては昭和二十六（一九五一）年より書き始められた『禁色』に『ドリアン・グレイの肖像』の影響が見られるが[1]、昭和二十七（一九五二）年に「感受性といふ病気を治さう」（二十七・五一〇）という意図を持って世界一周旅行へ出発したのを境に、

図21　25歳の三島由紀夫（昭和25［1950］年）
この数ヶ月前、三島は「オスカア・ワイルド論」を発表した。

古典主義的色彩の強い『潮騒』（昭和二十九［一九五四］年）などを書くようになり、それまでの作風から変化を遂げる。さらに、昭和三十（一九五五）年から始めたボディ・ビルによって頭脳の中で旋回する悪や美の倒錯的な幻想は希薄になっていくかのように思われた。

もちろん、〈死〉の問題は常に三島の文学の主題であった。〈死〉と隣り合わせの時にこそ、〈生〉を強く意識するという感覚は、戦時下に青春を送った三島にとって、切実な問題であったにちがいなく、三島はしばしばそれをテーマにした作品を書いている。[2] だが、〈死〉を主題にした作品を書きながらも、家庭を持ち、律儀に仕事をこなす三島は、傍目からは健全な作家に映った。虚弱体質であるが、「自瀆過多」（十九・二八五）と自ら称するように、性欲だけは人一倍の早熟な少年の屈折した〈悪〉への夢想も、成人して生活に追われ、体を鍛え出してからは無縁なもののように思われた。戦後の代表的な作家として頂点にあったこの頃の三島はワイルドに相反する態度を示している。たとえば、昭和三十五（一九六〇）年に『サロメ』の演出を担当した三島は、「オスカア・ワイルドの「サロメ」といふよりも、日夏耿之介とオーブレエ・ビアズレイと私と三人合作の「サロメ」を見ていただきたい」（三十一・三八九～三九〇）と上演プログラムに書き、ワイルドに対して冷淡といえる態度を示している。このことから後期の三島はワイルドから離れていったと評する研究者もいる。[3] しかし、同じプログラムに見られる「オスカァ・ワイルドの「サロメ」を演出することは、ここ二十年来の私の夢であつた」（三十一・三八九）という三島の言葉から、『サロメ』に対する思い入れが依然続いていたことも窺われるのである。

このように、作風も私生活もワイルドに対する熱狂ぶりも初期と比べて変化したものの、三島は、『ドリアン・グレイの肖像』の影響が見られる「孔雀」という短編小説を、自刃する五年前の昭和四十（一九六五）年、四十歳の時に書いている。ところが、後期の三島の作品や行動におけるワイルドの影響については、『サロメ』との関連以外、ほとんど論じられていない。『ドリアン・グレイの肖像』と「孔雀」の比較については、福田宏年が書評で「孔雀」は『ドリアン・グレイの肖像』の怪奇的な部分が類似していると評し、[4] 梶谷哲男が両者に影響関係が見られるという事実を指摘し、[5] 堀江珠喜が『ドリアン・グレイの肖像』との類似に言及しているのみであり、[6] 両作品の比較をテーマに論を展開した研究者はまだいない。そこで、この章では、「孔雀」を中心に、ワイルドが晩年の三島に与えた影響について考えたい。

2

遊園地で孔雀が二十七羽殺された事件の嫌疑をかけられた富岡の過去の美貌と現在の荒廃ぶりを織り交ぜながら〈滅亡の美学〉を描く「孔雀」は、同時期に書かれた他の三編とともに短篇集『三熊野詣』(昭和四十[一九六五]年)に加えられ、出版された。この作品に対する三島の思い入れが特別に深かったことは、三島自身がこの短編集の「あとがき」の中で「これら四篇のなかで、私がもつとも愛するのは「孔雀」である」(三十三: 四七二)と断言していることから明らかである。さらに、『ドリアン・グレイの肖像』との影響関係についても、次のような説明がなされている。

美の殺戮者としての美少年の永世。ここには私について離れぬ一個の固定観念があると云つてよいだらう。つまり孔雀の美はその少年自身の属性なのであり、少年は不断にその属性を殺さねばならぬ。それはドリアン・グレイとは反対だ。つまりあのワイルドの小説では、美少年ドリアンの青春を保持するために、画像のはうが彼の罪の醜さと衰滅とを引受けるのだが、「孔雀」では、つまらぬ一人の男の無為で退屈な人生を永らへさせるために、彼の幻影の美少年が不断の殺戮を繰り返してゐるのである。(三十三: 四七二〜四七三)

注目すべきことは、三島が主人公をドリアン・グレイと反対の立場に設定したという点である。なぜ三島が逆の設定にしたのか、その理由を探る前に、両作品を比較してみることにする。

　ドリアンが若さと美を保持する秘密は、バジルが描いた肖像画にある。この肖像画はドリアンが悪事を犯す度にその罪過を背負って醜くなっていくため、ドリアンの二重生活には不可欠な、この小説のもう一人の主人公と言えるが、三島は、「孔雀」にも肖像画にあたるものを用意した。それは、富岡家の応接間を飾る一枚のポートレート写真である。

> それは一六七《ママ》歳の少年の写真で、スウェータアをゆるやかに着て、このあたりの林らしい雑木林を背景に立つてゐる。ちよつと類のないほどの美少年である。眉がなよやかに流麗な線を描き、瞳は深く、おそろしく色白で、唇がやや薄くて酷薄に見えるほかは、顔のすべてにうつろひやすい少年の憂ひと誇りが、冬のはじめの薄氷のやうに張りつめた美貌である。しかしその顔には何かしら不吉なものがあり、こはれやすいほどに繊細であればあるほど、何とはなしに玻璃質の残忍さが漂つてゐる。（二十・四〇九）

　この写真の少年は、三十年近く前の富岡である。その美しさは、次に引用するドリアンの美貌ぶりに匹敵するものである。

> ヘンリー卿はしみじみドリアンのことを見た。なるほど、たしかにすばらしい美男子である。尋

常にむすんだ紅い唇に、無心な碧い眼、ちぢれた金髪。その顔には見る人をしてただちに信服させずにはおかないなにものかがあつた。青春のあの燃えるやうな純潔さ、それと青春のあの朴直さがそこにみなぎりあふれてゐた。世の俗塵からひとり身を高く持してきたことを、人はこの男の顔から感じとることができた。バジル・ホールワードが心酔するのもなるほど無理はない。[7]

ここに描かれているような、輝ける青春の美は、小説の後半部で三十八歳になってもドリアンに宿り続ける。しかし、四十五歳になる富岡は、少年時代のガラス細工のような美を、「その欠け方が徹底的で、尋常でない」(二十．四一四)ほど欠き、今では「髪は白髪まじりで、皮膚は衰へて弾力がない。整つた顔立ちなのに、その整ひ方にお誂へ向きの感じが出すぎ、永いこと放置されて埃をかぶつた箱庭みたいな」(二十．四一〇)風貌を呈している。富岡の容貌の荒廃ぶりは、「老い朽ちてゆく忌はしい顔」(一八五)をしたドリアンの肖像画の醜さと相似をなしている。このように、実人生におけるドリアンと富岡の美醜は逆転している。

また、二人の生活ぶりを比較してみると、富岡は資産家であり、世間体のために勤めているに過ぎず、結婚さえも世間一般の常識に従った結果に過ぎない。傍目からは平凡な生活を送っているように見えるが、実際には孔雀を観察すること以外に情熱を燃やすことのできない空虚な日々を過ごしている。一方のドリアンは、職を持たず、独身のまま、ダンディとして社交界に君臨し、華やかな毎日を送っている。財産家である点は同じだが、社会の規範に自らを当てはめて無気力に暮らす年老いた富岡と若く美しく奔放な生活を送るドリアンは、生活の上でも極めて対照的である。

同じような境遇の二人がなぜここまで異なってしまったのだろうか。孔雀が殺戮された事件のため事情聴取に来ていた刑事が写真について尋ねると、「富岡の死んだやうな目は、このときはじめて、一瞬、波間から跳ね上つた魚鱗のやうな煌き」（二十・四一四）を放つ。このことから、富岡の過ぎし日の栄光に対する矜持が窺える。その一方で、この写真は富岡にとって、「自らどうしても直視する勇気のない」（二十・四二三）ものであり、現実との隔たりゆえに富岡が過去との対峙を怖れていることが伝わってくる。富岡は、自問自答する。

俺の美は、何といふひつそりとした速度で、何といふ不気味なのろさで、俺の指の間から辷り落ちてしまつたことだらう。俺は一体何の罪を犯してかうなつたのか。自分も知らない罪といふものがあるだらうか。たとへば、さめると同時に忘れられる、夢のなかの罪のほかには。（二十・四二三）

このように、富岡は自分の美が移ろった理由を思いあぐねていたが、孔雀殺しの事件を通して富岡の中で変化が起こった。それまで曖昧模糊としていた孔雀に対する感情がはっきりと形を持ってきたからである。刑事の来訪前に新聞でこの事件を知った富岡は、「一種の感動」を受け、「彼らの死によって受けた衝撃」は「昼となく夜となくつづく、ひつきりなしの酩酊のやうなものになつて、富岡の裡に澱んでゐた」（二十．四一七）のである。それが、刑事の来訪によって、この事件は「現実と関はりのあるもの」になり、孔雀の「夢のやうな死が、残虐で絢爛とした死になつた」（二十．四一七）。富岡は、いまや孔雀を、「殺されることによつてしか完成されぬ」（二十．四一八）ものだと考えるようになった。

その豪奢はその殺戮の一点にむかつて、弓のやうに引きしぼられて、孔雀の生涯を支へてゐる。そこで孔雀殺しは、人間の企てるあらゆる犯罪のうち、もつとも自然の意図を扶けるものになるだらう。それは引き裂くことではなくて、むしろ美と滅びとを肉感的に結び合はせることになるだらう。（二十．四一八〜四一九）

孔雀の本質は、厳かに血にまみれ、狩の獲物としての鳥類の運命の絶頂に達することである。孔雀は殺されることによって初めてその本質と同化するのであり、富岡は孔雀の死を見届けた犯人を羨む。そして、孔雀殺しという「あまりにも無意味な、美的なほど無意味な、人の理解を拒む」（二十．四一七）ような犯罪は、富岡の願望以外の何物でもないため、富岡は自分が夢の中で孔雀殺しの罪を犯したと考えるようになる。富岡が美の衰亡の理由として唯一思い当たる〈夢の中で犯した罪〉とはこのことである。ここで我々は失われた自己の美の代替物としての孔雀のイメージと相俟って、無気力な富岡の心の奥底に美と死に対するはかりしれない願望が、澱のように潜んでいたことに気がつく。

しかし、富岡の内面の葛藤を知る由もない刑事は、富岡が醸し出す教養に怖れを感じながら、「富岡の顔を四十半ばでこんなにも荒廃させたものは、他ならぬその教養であるかもしれない」（二十・四一〇）と推測する。富岡の荒廃ぶりは、本人の主観によると〈夢の中の孔雀殺し〉が原因であり、刑事の客観的な判断では〈教養〉が原因になる。

刑事が感じた教養への軽い反感は、『仮面の告白』（昭和二十四［一九四九］年）の〈私〉が〈水泳部の筋骨たくましい同級生〉や〈糞尿汲みとり人〉に魅力を感じる傾向、つまり、知性からかけ離れた肉体美、あるいは肉体労働者の生々しい活力、その肉体を苛むサディスティックな悲劇に惹かれる傾向の反映のように思われる。三島にとって、肉体が主体となる〈行動家〉は美しいが、その反面、頭脳が主体となる〈知性〉は、〈行動〉の対義語であり、醜いものに結びつく。こうした考えは、次に引用する「二・二六事件と私」（昭和四十一［一九六六］年）に顕著に表れている。

私の癒やしがたい観念のなかでは、老年は永遠に醜く、青年は永遠に美しい。老年の知恵は永遠に迷蒙であり、青年の行動は永遠に透徹してゐる。だから、生きてゐればゐるほど悪くなるのであり、人生はつまり真逆様の頽落である。（三十四・一一〇）

ここから、三島にとって、行動を示す肉体は若さと直結し、知性を示す頭脳は老いと直結していることがわかる。〈財産〉、〈家庭生活〉、〈世間体〉といったものに縛られた、行動家とは縁遠い富岡は、豪奢な犯罪のために行動することができないまま、老年を迎えようとしている。このように、三島の論理からすれば、知性と老いを象徴する富岡には行動家としての資格がないということになる。

物語は、富岡と刑事が遊園地で孔雀殺しの囮捜査を行った夜に、孔雀の檻に近づいて来た犯人らしき人物の顔が、富岡家の応接間に飾ってあった美少年――若かりし頃の富岡の顔だったという場面で終わる。つまり、現実の富岡は犯人ではなく、写真の中の富岡が犯人だったという結末である。この唐突な結末は、推理小説として読めば、陳腐などんでん返しとして捉えられるが、磯田光一が「この短篇を単なる事件小説として読むのは誤りである」と指摘しているとおり、[8]「孔雀」はもっと抽象的な作品として読まれるべきであろう。ここには二人の富岡がいるのである。〈美〉の具象化である孔雀を殺す少年の富岡と犯罪を夢想して傍観しているだけの富岡という二人の富岡である。道徳的に考えれば、孔雀を殺すことこそ罪であるはずだが、美を保つのは罪を犯した少年の方なのである。

3

ここで再び「孔雀は殺されることによってしか完成されぬ」という三島の言葉について考えてみると、この言葉には〈美は滅びることで完成される〉という三島の美学が明確に打ち出されていることに気がつく。[9]だからこそ、この〈滅亡の美学〉を実践する少年の富岡には久遠の美が与えられているのであろう。三島にとっては、美を実践せずに世俗にまみれて生きることこそ、罪なのである。だからこそ、四十五歳の富岡は、美と死の融合のための犯罪を実行しないという逆説的な罪のために荒廃していくしかないのである。これは『午後の曳航』（昭和三十八［一九六三］年）で海を捨てて母親と再婚した航海士が英雄（三島にとって航海士は行動家で英雄の象徴）から凡俗（父親は三島にとって凡俗の象徴）へと転落した罪のために少年によって処刑されるのと同じ論理と言えないだろうか。[10]

　この論理に従えば、三島が「孔雀」をワイルドの『ドリアン・グレイの肖像』と逆の設定にしたことには深い意味があると言わねばならない。三島にとっての罪が、滅びることで完成される美の成就という、倫理観とは全く切り離された次元の、視覚的で感覚的な美の実践の問題であるのに対し、ドリアンの罪は魂の美の問題だからである。こうした二人の罪に対する見解の相違は、富岡が不吉なほど冷たい美少年であったのに対し、ドリアンが純白の薔薇を彷彿とさせる、純粋無垢な美青年であるという違いにすでに暗示されている。

　ヘンリー卿とバジルはそれぞれ対照的な理想像をドリアンに託している。ヘンリー卿は若さと美を徹底的に利用して快楽を追求することをドリアンに奨励する。一方、バジルはヘンリー卿の感化を受ける前のドリアンを「すなほな、うつくしい気立の男」（二六）と語っている。しかし、ドリアンは過去の純粋な自分を崇拝するバジルを疎み、ヘンリー卿の唱道する快楽主義を実践していく。そして、かつては感じていたはずの罪の意識さえ感じなくなっていく。バジルは後年、自分の理想であったドリアンの肖像画が醜く変化しているのを見て「僕の畫にはどこにもこんな不吉なものはなかつたんだがね、こんな浅間しいものは。君は僕にとつちや二どとめぐりあへない理想の人だつたんだ」（二二二）と嘆き、ドリアンに罪を悔い改めるように迫る。ところが、自分の罪に対峙したくないドリアンは、この後、バジルを殺害する。つまり、ドリアンは素直で美しい性質を快楽の追求によって歪め、その結果、破滅するしかなくなるのである。

しかしながら、この結末が即座に『ドリアン・グレイの肖像』が単なる教訓や道徳的な小説であるという証左にはならない。むしろ、これは美学の問題なのではないか。ドリアンのことを「罪と正義の感覚という道徳観を失うことは、高次元から低次元へと堕落することである」と評したペイターと同様に[11]、ワイルドの美的感覚も、ドリアンの下劣な行いを許せなかったものと思われる。この翌年自分を奈落の底に突き落とすことになるダグラスに出会うワイルドは、極度の快楽主義が美の追求という範疇を超え、やがて自分を破滅させるのではないか、という怖れを感じていたにちがいなく、その不安がドリアンの死に投影されたと考えられるからである。

このように、ワイルドが魂の美の問題、いわばキリスト教的な倫理観が美を形成する一つの要素であると捉えていたのに対し、三島の美学からは倫理の問題は払拭されている。この美意識の相違が、ワイルドが堕落したドリアンの魂を醜く変化させたのに対し、三島をして倫理的には何の罪も犯していない富岡が醜くなるという逆の設定にさせたのではないだろうか。

富岡の罪は、自己の美にふさわしい行動をせずに世俗にまみれて生き続けたことである。しかし、逆説的に言えば、美の完成に拘泥していては、生き長らえることはできない。美を完成するには、若くて美しい自分を滅ぼすしかないからである。こうした美学を持つ者が生きていくためには夭折を夢想するしかない。そして、青春は過ぎ、若さを失った時には、もう美しい死はふさわしくなく、美から遠い存在として生き長らえる他に道は残されていないのである。これはそのまま三島の夭折願望と、それを実践しないことへの悶ぎ合いを投影している。

三島は昭和四十二（一九六七）年元旦の『読売新聞』に「年頭のまよひ」というエッセイを寄稿しているが、その中ですでに着手していた『豊饒の海』の完成後には四十七歳になっているだろうから、「花々しい英雄的末路は永久に断念しなければならぬ」（三十四．二八四〜二八五）と書き、「英雄たることをあきらめるか、それともライフ・ワークの完成をあきらめるか、その非常にむづかしい決断が、今年こそは来るのではないかといふ不安な予感」（三十四．二八五）がよぎると書いている。

図22　39歳の三島由紀夫（昭和39［1964］年6月、ニューヨークにて）

この翌年の1月に「孔雀」を発表し、9月には遺作となった『豊饒の海』の連載を開始した。

当時四十二歳の三島が『豊饒の海』を「ライフ・ワーク」と言い切ってしまっていることや、「私にとつて魅惑的な栄光は、英雄の栄光であって、文豪の栄光ではない」（三十四．二八六）と武人としての死を望んでいること、そして、肉体的には青年に負けぬ体力を持つ自分は「今なら、英雄たる最終年齢に間に合ふのだ」（三十四．二八六）といった発言から、三年後の死をすでに見定めていたかのような印象を受ける。さらに、「この問題が、四十歳から四十二、三歳までの間に、絶対的二者択一の形で迫つて来ようなどとは、想像もしてゐなかつた」（三十四．二八六）とも書いている。このことから、「孔雀」を書いた四十歳の時にはすでに英雄的な死か、小説家としての成功かという二つの問題が三島に大きくのしかかっていたことが察せられる。加えて、肉体の鍛錬と英雄的な死への願望を告白したエッセイ『太陽と鉄』が、『批評』に連載され始めたのも昭和四十年である。さらに、次に引用する『三熊野詣』の「あとがき」の言葉は、当時の三島の心境を告白するものとして注目に値するであろう。

この集は、私の今までの全作品のうちで、もつとも頽廃的なものであらう。私は自分の疲労と、無力感と、酸え腐れた心情のデカダンスと、そのすべてをこの四篇にこめた。四篇とも、いづれも過去と現在が尖鋭に対立せしめられてをり、過去は輝き、現在は死灰に化してゐる。「希望は過去にしかない」のである。

私はもちろんさういふ哲学を遵法してゐるわけではない。しかし自分の哲学を裏切つて、妙な作品群が生れてしまふのも、作家といふ仕事のふしぎである。自作ながら、私はこれらの作品に、いひしれぬ不吉なものを感じる。（三十三．四七二）

この告白には、晩年になって切迫してきた美しい死に対する暗い情熱と焦燥感から予感される作者三島の宿命が投影されている。ワイルドが過度の快楽主義に耽溺することに対する不安をドリアンに投影させたように、三島もまた、凡庸な男になりさがって迎える老年への不安と、それを覆さずにはいられない自らの美学を富岡に投影させたのではないだろうか。

4

それでは、三島にとっての宿命とは一体何だったのか。三島は自決の一週間前の昭和四十五（一九七〇）年十一月十八日に古林尚と対談を行い、自己の宿命について次のように語っている。

ひとたび自分の本質がロマンティークだとわかると、どうしてもハイムケール（帰郷）するわけですね。ハイムケールすると、十代にいっちゃうのです。十代にいっちゃうと、いろんなものが、パンドラの箱みたいに、ワーッと出てくるんです。だから、ぼくはもし誠実といふものがあるとすれば、……このハイムケールする自己に忠実である以外にないんじゃないか、と思うようになりました。（四十．七四四）

こうした自決直前の十代への郷愁は、学習院時代の文芸部の先輩である坊城俊民に自刃の六日前、古林との対談の翌日付で書き送った手紙の中にも見られる。「来し方をふりかへつてみると茫々として、何の感慨もありませぬ。索莫たる味が残るだけです。十四、五歳のころが、小生の黄金時代であつたと思ひます」と三島は述懐し、さらに、その時ほどの「文学的甘露には、その後行き会ひません」としたためており[12]、死を目前にした三島が十代に思いを馳せていた証が見て取れる。少年時代への回帰は、三島の悲劇的でロマン主義的な夭折願望と結びついている。たとえば、三島がどうしても書いておかねばならなかったと自ら称する「詩を書く少年」（昭和三十一［一九五六］年）には次のような記述がある。

彼は詩人の薄命に興味を抱いた。詩人は早く死ななくてはならない。夭折するにしても、十五歳の彼はまだ先が長かつたから、こんな数学的な安心感から、少年は幸福な気持で夭折について考へた。（十九・二八八）

このように、少年時代の三島が幸福だった時は、夭折を思い描く瞬間だった。三島は、自分に襲いかかってロマンティックな死へと誘ってくれる災厄を待っていたが、それはついに訪れることがなかった。こうしてみると、十四、五歳の頃に三島がワイルドを耽読していたことは、もっと注目されてもよいことのように思われる。『サロメ』から三島が感じた終末観は「凶事」を待ちわびる少年の心象風景と重なり合い、三島文学の原風景になったと言っても過言ではないからである。晩年の三島はこの自らの原点へと回帰していったのではないだろうか。当時の三島がいかにワイルドに熱狂していたかを物語る逸話は数多い。[13] 三島のワイルドへの傾倒ぶりは、当時の三島を知っている者なら、誰でも指摘せずにはおれないほど激しいものだったのであろう。

三島は「オスカア・ワイルド論」の中で『サロメ』との出会いが自分の運命を決定づけたことを以下のように書いているが、この時の三島の言葉は晩年に近づくにつれ大きな意味を持つようになる。

そこ〔『サロメ』〕に明澄を呈示してゐる一時代の雰囲気を私は躊躇なく選びとつたのではあるまいか。一人の男の最初のうひうひしい触覚が、暗闇のなかで摘み取つた果実の味はいは、後になればなるほどこの最初の触覚の正確さを、私に思ひ知らせる結果となった。人間は結局、前以って自分を選ぶものだ。(二十七：二八四)

三島がワイルドの『サロメ』から感じ取った一時代の雰囲気とは、言うまでもなく、世紀末を指す。頽廃と倦怠に満ちた世紀末の雰囲気こそ、三島が本能的に選び取った文学の方向性だった。三島は古典など日本の伝統美の継承者として考えられており、実際そうした一面があることは疑いない。だが、一方で「その内容となる美意識はむしろ、西洋の世紀末的なものである」という指摘もあることを見逃してはならない。[14]

三島は、少年時代の頽廃的な文学への憧憬から脱却し、「明るい秩序のある美しさ」(二十九：一八〇)を理解するようになり、『潮騒』のような作品を書いたことを振り返りながら、「芸術の根本にあるものは、人を普通の市民生活における健全な思考から目覚めさせて、ギョッとさせるといふことにかかつてゐるという考へが失せない」（二十九・一八六）と、作家としての絶頂期に当たる昭和三十一（一九五六）年に語っている。これはデカダンの芸術観、たとえばワイルドが中産階級の度肝を抜くことを信条としていたことなどに符合する。昭和三十八（一九六三）年に、自ら「私は生来、どうしても根治しがたいところの、ロマンチックの病ひを病んでゐるのかもしれない。廿六歳の私、古典主義者の私、もつとも生のちかくにゐると感じた私、あれはひよつとするとニセモノだつたかもしれない」（三十二・三二三）と「私の遍歴時代」に綴っている言葉は、当時〈健全な作家〉として世間を欺いていた三島の本音だったのかもしれない。

ワイルドとの劇的な出会いの後も、様々な作家に触れ、影響を受け、自己を改造しようと試みた三島であったが、それは自分を文学に駆り立てた「悪いものに対する趣味」から逃げるための必死の努力ではなかっただろうか。少年時代に書いた悪魔や王、エロド、殿さまたちの不安は、当時の三島のこうした不安を投影していたように思われる。封印された自己の倒錯的欲望は、いつもその出口を求めてマグマのように三島の内面で滾っていたのではないだろうか。しかし、そうした自己との闘いにも疲れ果て、中年期まで生き延びた自分を省みた時、純然たる悪に陶酔し、自分もその悪のうちに死ぬだろうという宿命を当たり前のように信じていた少年期の自分に嫉妬せずにはいられない。奇しくも三島が自刃した年齢と同じ四十五歳を迎えた「孔雀」の富岡には、晩年の三島のこうした屈折した心理が投影されていると考えられる。こうした心理状態にあった三島は、少年時代に自分の文学の方向性を決定させた『サロメ』を、そして作者のワイルドを思い浮かべずにはいられなかったのではないか。

「孔雀」で、『ドリアン・グレイの肖像』の影響が逆の形で表れているのは、三島がすでにワイルドの頽廃的な〈悪〉の世界の中にキリスト教的倫理観の存在があることを見抜き、そこからワイルドとは別の道を歩んでいったことを示していると言えるだろう。三島は、ワイルドの中に含まれるキリスト教的なものには共感を示さなかった。このことは、「孔雀」が『ドリアン・グレイの肖像』と逆の設定になっていることからだけではなく、三島の様々なワイルドに関する言説からも推察される。たとえば、三島はキリスト教的愛他主義の表れた「幸福な王子」を感傷的な童話だと評しているし、[15]『ドリアン・グレイの肖像』と『サロメ』に描かれている華麗な罪に比して、ワイルド自身が同性愛であるがゆえに犯した実生活での罪のささやかさ、『獄中記』で見せたその大仰な悲嘆に対して軽蔑の色を隠そうとしない。[16]また、『獄中記』については、自己の没落を強引にキリスト教信仰と結びつけていると批判している。[17]

三島がワイルドのデカダンスに対する恐怖感に共感を示そうとしなかったのはなぜか。それは、三島のデカダンスとキリスト教の関係の捉え方に原因があるように思われる。「デカダンス意識と生死観」(昭和四十三［一九六八］年)という村松剛と埴谷雄高との鼎談で、デカダンスとは正統的なカトリシズムの型が崩壊する過程に生じた反逆であるという村松の意見に、三島は次のように異議を唱えている。

反逆的要素、カトリシズムからマイナスの要素をとったにしろ、プラスの要素をとったにしろ、神を向こうに追いやった要素ね、そういうものの上には、デカダンスは成立しない。デカダンスというものはデュアリズムの上にたゆたったものだというように定義したいのです。デュアリズムはそもそも日本人の思考のなかには、絶対ないのだから。こんなデュアリズムのない国はないのだから、その上、たゆたうことなんかできやしない。(四十.一九四)

引用からは、晩年の三島がキリスト教と快楽主義という二元論の間でたゆたうことをデカダンスだと捉えていたことがわかる。三島は神の存在がデカダンスにとって絶対不可欠であり、神を持たぬ日本でデカダンスが成立することは不可能だと考えていた。また、三島によれば、「たゆたう」デカダンスは、自分の生活を美化することのみに向けられ、動きがなく、停滞してしまい、自分の生活や人生を破壊するまでに至らない。そのため、芸術作品ができにくく、「ちっともいいとは思わない」(四十.一九二)と語っている。「死や破滅を通していつもよみがへりを夢見てゐる」(二十九.一八六)三島は、こうした「ロマンチックの病ひ」と「破滅の衝動」(二十九.一八六)とが合致した時に芸術が生まれるという芸術観を確立していた。キリスト教と快楽主義という二つの価値観の間でただ揺曳するだけのデカダンスは、決して神と衝突することがないため、破滅することもなく、その結果芸術が生まれることもないと三島は考えたのだろう。三島はデカダンスではなく、それをさらに押し進めた、より壮絶なものを希求するようになっていたのではないか。

最晩年の三島は、デカダンスという停滞の域を脱し、〈エロティシズム〉という思想によって行動の世界に踏み出そうとしていたことが、先の古林との対談から明らかになる。その中で「ぼくの内面には美、エロティシズム、死というものが一本の線をなしている」（四十・七四六）と語った三島は、最も残酷な行為を通して生命の全体性を回復する以外に現代の人間は救われぬというジョルジュ・バタイユ（Georges Bataille）の考えに賛同を示し、それを次のように解釈している。

ヨーロッパなら、カトリシズムの世界にしかエロティシズムは存在しないんです。あそこには厳格な戒律があって、そのオキテを破れば罪になる。罪を犯した者は、いやでも神に直面せざるを得ない。エロティシズムというのは、そういう過程をたどって裏側から神に達することなんです。（四十・七五〇）

さらに、三島は次のように自身のエロティシズムを定義している。

ぼくの考えでは、エロティシズムと名がつく以上は、人間が体をはつて死に至るまで快楽を追求して、絶対者に裏側から到達するようなものでなくちゃいけない。だから、もし神がなかったら、エロティシズムは成就しないんですからね。ぼくは、そういう考え方をしているから、無理にでも絶対者を復活させて、そしてエロティシズムを完成します。……ぼくは、その追求がぼくの文学の第一義的な使命だと覚悟しているんです。(四十・七五〇〜七五一)

キリスト教信仰を持たぬ三島は、ヨーロッパの神に当たる絶対者として自分は「天皇陛下」を復活させると豪語するが、これが数日後、自衛隊市ヶ谷駐屯地での三島の割腹自殺によって実現されたことは言うまでもないだろう。三島は意図的に神を設定して人工的な破滅の場面を計画し、エロティシズムを達成した。

三島が静止状態で内側から腐乱していくようなデカダンたちに批判的だったことは先に述べたが、三島にとってワイルドはこの一例でありながら、同時に例外でもあったようだ。このことは、三島がキリスト教的な倫理観と悪や快楽との間で揺れるデカダンスの曖昧性を持つワイルドを冷ややかに突き放す一方で、「オスカー・ワイルドは、意に反して、「神への」反逆者になったのかもしれないね」(四十・一八九)と図らずも破滅の運命をたどったワイルドと他のデカダンたちとの間に一線を画していることから明らかになる。

破滅したワイルドの一生を三島がどのように捉えていたかを考える時、『サロメ』の演出を行った際の座談会で、三島が発した次の言葉は示唆的である。

この芝居でも、僕はワイルドの一生が象徴されているような気がするのです。サロメ自体がワイ

ルドですね。ワイルドは自分で自分を滅ぼしたような哀れな生涯を終える。(三十九・三五一)

愛する男の血まみれの首を抱いて接吻するという、ロマン主義的な快楽と苦悩の中で最期を遂げたサロメは、美と死とエロティシズムの体現者であった。三島の目には、快楽を追求する過程で意図せずに神に背くことになったワイルドがサロメと二重写しとなり、自刃を決意した頃には自分とサロメ、そしてワイルドが重なり合っていたのではないだろうか。彼の文学の出発点であり、一時期は憑き物のように心を捕らえた『サロメ』は、晩年の三島にとって、より一層大きな意味を持つようになったのではないだろうか。

死の数日前まで三島は『サロメ』の演技の指導を熱心に行っていた。原稿の締め切りや人との約束に遅れることがなく、自刃の日の朝に編集者に遺作となった『豊饒の海』の最終原稿を託したという有名な逸話を持つ、この用意周到な作家が、『サロメ』が自分の追悼公演になることを計算していなかったはずはない。実際、三島の父、平岡梓は、「倅がその死を意識的に暗示していったのではないか」と思える具体的な例として『サロメ』の演出を挙げ、「血の塗り方が足りない、もっとほとばしるように、もっと滴るように、もっと丹念に」とヨハネの生首作りに執拗に注文をつけたというエピソードを回想している。[18] また、演出助手の和久田誠男によれば、三島の述べた演出プランは、サロメの踊りは東洋的なものにすること、背景はビアズリーの絵を拡大して使い、装置全体を白黒で統一させること、台本にはないが、舞台の両そでに香炉を置いて香を焚くこと、ヨハネの首から大量の血を流すことというもので、『サロメ』は綿密に計画された「劇場での葬儀」であったと語っている。[19]

この自己演出の葬儀は、英雄的な死と破滅への暗い衝動をエロティシズムに昇華して一つの美学を完成させた三島が、宿命を怖れぬサロメとワイルドと自分自身とを同化させることで、文学の出発点へと回帰し、少年時代に果たし得なかった凶変を実現したことを示しているように思われる。しかしながら、三島とワイルドには相違点がある。三島が悲劇を自ら演出したのに対し、ワイルドが意図せずに悲劇に身を投じた点、三島が人工的に作り出さねばならなかった絶対者を、ワイルドが生来的に内在させていたという点である。

こうして三島との比較を通して見てみると、ワイルドの二つの面が炙り出されてくる。キリスト教的倫理観と快楽主義の間で揺れながら、生活を美化するデカダンという一面と、そこにとどまっておれず、快楽と罪を通して裏口からキリスト教の神へと達するという一面である。後者は、T・S・エリオットの考えるところの、真摯なキリスト教信仰の屈折した表れとしてのデカダンスに通じるもう一つの面である。〈デカダンス〉にとってキリスト教の神の存在が不可欠であるとする三島とエリオットの見解は、ノルダウが批判した不健全な病理としての〈デカダンス〉とは明らかに異なる。だが、エリオットがワイルドに浅薄なキリスト教信仰と皮相的なデカダンスしか見なかったのに対し、三島はワイルドには神という絶対者の存在があると考えた。三島は、キリスト教に付随する諸々の倫理観を拒否し、ワイルドの作品に表れるキリスト教的愛他主義や苦痛の中で神に縋る獄中でのワイルドに対する違和感を隠そうとしなかった。それはキリスト教信仰を持たぬ三島が肉欲で結びついているはずのワイルドと同化できない側面だったのではないだろうか。

第Ⅲ部　ワイルドとキリスト教的要素

第五章　美の使徒の苦悩——初期の詩、童話、「社会主義下の人間の魂」

1

三島がその重要性を認識しながらも、共感を示すことがなかったワイルドのキリスト教的要素とはどのようなものだったのだろうか。ここでは、まず注目されることの少ない初期の詩を取り上げ、異教的なものに耽溺していたかに見える八〇年代初期のワイルドがキリスト教的なものをどのように作品に取り入れていたかを考える。次に、ワイルドが禁断の道へと分け入った後に書かれた珠玉の童話集を取り上げる。『幸福な王子とその他の童話』を発表した一八八八年頃のワイルドは、世間が抱く〈負〉のイメージが増大していくのとは裏腹に、その作品においては罪を許すキリストや悔悛する罪人への共感をしばしば示している。ワイルドの童話のいくつかにキリスト教的要素が顕著であることは、多くの研究者が認めているが、[1] それら先行研究を踏まえつつ、悔悛と許しの問題とワイルドの芸術観がどのように関わっているのかを問い直したい。

さらに、「社会主義下の人間の魂」に見られるキリスト教的要素についても考えたい。ワイルドの評論といえば、「芸術家としての批評家」、「嘘の衰退」などが有名である。こうした華々しい芸術論に比して、「社会主義下の人間の魂」は、発表当時はおろか、一九八〇年代までは批評家によって論じられることさえほとんどなかった。[2] 社会主義論としてはあまりに非現実的で説得力のない点が軽視されてきた要因であろう。しかし、近年、ワイルド再評価の気運が高まる中で、この作品が注目されるようになってきた。批評家たちは政治論としては不完全であることを前提にして、政治的な範疇を超える価値と可能性がこの作品にあることを示しており、キリスト教的要素も読みの可能性を広げる一つの要素であるとしている。[3]

2

ワイルドはオックスフォード大学時代には異教的なものとキリスト教的なもの、一八九〇年以降にはデカダンス的なものとキリスト教的なものの狭間を往復しており、彼の宗教性を論じる際、この優柔不断な態度をどのように捉えるかが、一つの分岐点となっている。たとえば、ワイルドは死の床でカトリックに改宗しているが、カトリックに改宗したいという願いは、オックスフォード大学在学中からの悲願であった。ところが、オックスフォード大学在学中、改宗するためにイタリアに赴いたワイルドは、トリニティ・カレッジ時代の恩師で古代史の研究家、マハフィ教授（John Mahaffy）に、ギリシア文化に触れ、本物の異教徒になるべく説得される。ワイルドは結局、マハフィ教授とともにローマの代わりにギリシアを訪れ、そこでヘレニズム文化に開眼して帰国する。この時、ワイルドは改宗しなかった事の顛末について、一八七七年四月二日付で友人レジナルド・ハーディング（Reginald Harding）に次のように書き送っている。

結局、僕はローマに行かなかった。何て心変わりしやすい奴だと、君は思うにちがいないが、恩師のマハフィが一緒にミュケナイとアテネを見ようと僕にギリシア行きを唆したのだ。僕はひどく自分を恥じている。だが、僕にはどうすることもできなかったのだ……

I never went to Rome at all! What a changeable fellow you must think me, but Mahaffy my old tutor carried me off to Greece with him to see Mykenae and Athens. I am awfully ashamed of myself but I could not help it…[4]

本人が恥じている優柔不断な態度は、ワイルドの宗教性の浅薄さを証明する材料となった。[5] その一方で、オックスフォード大学時代のワイルドの友人ウィリアム・ウォード（William Ward）は、死に臨んだワイルドがカトリックに救いを求めたことについて「溺れる者は藁をも摑む」というような意

図23　オックスフォード大学時代のワイルド（1876年、写真右）
大学の友人（Reginald Harding［左］、William Ward［中央］）とともに

味ではなく、自分の初志に立ち返った改宗であったと断言している。[6] このように意見が分かれるのは、ワイルドの曖昧性ゆえであろう。彼の矛盾する要素は生来的なものであり、それが宗教性にも影を落としているというエルマンのような見解もある。[7]

初期のワイルドは、異教的な要素とキリスト教的な要素の双方に惹かれており、それは一八八一年、ワイルドが米国へ講演旅行に発つ前に出版された『詩集』（*Poems*）にも表れている。当時のワイルドは、キーツを意識して詩を書き、その詩はギリシア神話の神々に題材を得た唯美主義的なものが多い。代表的なものに、「エロスの花園」（“The Garden of Eros”）、「新しきヘレン」（“The New Helen”）、「イティスの歌」（“The Burden of Itys”）「エンディミオン」（“Endymion”）などがある。たとえば、「エロスの花園」の中でワイルドは、「最後のエンディミオンである私は、希望を全く失うのだ。粗野な眼差しが私の恋人を望遠鏡で覗いているから」（“Shall I, the last Endymion, lose all hope/ Because rude eyes peer at my mistress through a telescope!” 722）と書いており、急速に科学が発達する時代に反して、キーツの後継者として自ら美の使徒であらんことをギリシア神話の美少年に託して宣言している。フランク・ハリスが異教徒としてのワイルドが真のワイルドであると評したのも、初期の詩に見られるワイルドの美的感覚と異教的な神々に対する憧憬が合致しているゆえと思われる。[8]

このように、ワイルドの異教趣味に目を奪われがちなこの『詩集』にキリスト教を主題にした詩が数編収められていることは見過ごすべきではない。その一つ、「復活祭前の歌」（"E Tenebris"）には異教的な美に溺れることに対する不安と救済への願いが表れている。

降臨して下さい、ああキリストよ、私をお助け下さい！その手を伸ばして下さい、
　ガリラヤ湖の上にいるシモンよりも
さらに嵐の激しい海中で溺れている私のために。
生命のぶどう酒は砂の上にこぼれ、
私の心は飢饉が襲った土地のよう、
あらゆる善いものが全く消え去った時の、
〔中略〕
　……私は夜の前に、
青銅の足、炎よりも白い衣服、
傷ついた手と疲れた人の顔を見るだろう。[9]

Come down, O Christ, and help me! reach thy hand,
  For I am drowning in a stormier sea
  Than Simon on thy lake of Galilee:
The wine of life is split upon the sand,
My heart is as some famine-murdered land
  Whence all good things have perished utterly,
....
... I shall behold, before the night,
  The feet of brass, the robe more white than flame,
The wounded hands, the weary human face. (731)

ワイルドのキリストに関する批評を書いたジョン・アルバートは、引用の詩において若きワイルドは、苦悩に満ちたキリストに同化しているとし、そこにワイルドが自分の罪を認識していた証を見出している。[10]

キリスト教的な救いを求める詩には、異教的な逸楽と美を受け継いだ者はもはや道徳の支配するヴィクトリア社会では安住できないという、いわば唯美主義者の運命や異端者の孤独のようなものが反映していたのではないだろうか。オックスフォード大学在学中にワイルドがノートに記した一節にもそうした心境を見出すことができる。ワイルドは「人生は、非常に素晴らしいものとギリシア人は当然のことのように考えたが、「飢えた世代が踏み潰した」我々にとってはギリシア人から直接受け継いだ喜びすらやっと味わえるという程度に過ぎないのだ」("Life came naturally to the Greeks as a very beautiful thing, we "whom the hungry generations tread down" barely can attain to the gladness that was their immediate heritage[.]"[11]）と書いている。引用に見られる疎外感は、イェィツが「悲劇的世代」と称した世紀末のデカダンたちが共有していたものだろう。『詩集』全体からは、当時のワイルドが陽光の降り注ぐ地中海の楽観的世界、罪の意識に縛られず美と愛を享受できる世界に憧憬の念を抱いていたことが伝わってくる。だが、時として襲ってくる疎外感や罪悪感が、人々から追われたキリストと重ね合わされ、それがキリスト教的な主題の詩として表れたのだと思われる。

こうしたワイルドの心境は、美と愛欲に満ちた異教的生活からキリスト教への共感にたどり着く様子を描いた「人性の歌」("Humanitad")という詩に明瞭に表れている。次の二つのスタンザには、ワイルドが初期から晩年までしばしば言及してきたタンホイザーを彷彿とさせるもの、いわば、ワイルドの愛欲に満ちた異教の世界に対する倦怠感が表れている。

そして〈愛〉は！あの高貴な狂気、その堂々たる
　止めようのない力は蜂蜜の味のする毒物で
魂を滅することができる、――ああ、私は

そのような甘美な破滅から逃がれなければならない、
絶え間なく心をよぎる記憶ゆえ、決して
オリュンポスの神々が有する眉毛のアーチ型をした壮麗さを忘れることができなくても。

〔中略〕
ヴィーナスをその優美な小姓のところに赴かせ、愛撫させよ
彼の唇に接吻させ、その巻き毛を乱れさせるのだ
網と槍と狩猟の道具とともに
若きアドニスを逢引の場所に赴かせよ、
だが、彼女の最も大切な要塞を勝ち得ることができたとしても、
彼女のお気に入りの巧妙に仕組まれた魔力はもはや私を喜ばせない。

And Love! that noble madness, whose august
And inextinguishable might can slay
The soul with honied drugs, — alas! I must
From such sweet ruin play the runaway,
Although too constant memory never can

Forget the archèd splendour of those brows Olympian
....
Let Venus go and chuck her dainty page,
　And kiss his mouth, and toss his curly hair,
With net and spear and hunting equipage
　Let young Adonis to his tryst repair,
But me her fond and subtle-fashioned spell
Delights no more, though I could win her dearest citadel.（794）

こうした詩人の愛欲への執着と倦怠の入り混じったやるせない気持ちは、やがて悲しみに満ちた人類の共有物である苦悩に結びつく。

ああ！世界が年若い時、
一人の人生を自由に、神聖にしておくことは簡単なことだった。
私たちの悲しい唇からは、別の歌が響きわたっている。
　私たちの手によって私たちの精神は冒瀆された。
もの淋しい追放の身の上のさすらい人である私たちは、奪われたのだ、所有すべきものを。私たちは手に負えない不安を糧に生きていく他はない。

Ah! it was easy when the world was young
　To keep one's life free and inviolate,
From our sad lips another song is rung,
　By our hands our heads are desecrate,
Wanderers in drear exile, and dipossessed
Of what should be our own, we can but feed on wild unrest.（800-801）

引用のスタンザは、愛と美の女神たちが支配した古代ギリシアでなら許されたであろうダグラスとの恋愛と社交界での華やかな日々、贅沢な浪費に明け暮れる快楽の日々が、神の存在する時代には罪となり、人を悲しみに導くことを身をもって知った晩年のワイルドの心境を先取りしているかのようである。ワイルドの人生の末路を物語るように、彷徨する魂は詩の最終部でキリストに対する共感に行き着く。

ああ、打たれた唇よ！荊の冠を戴いた額よ！
　ああ、あらゆる世の常の不幸で満たした聖杯よ！

あなたへの愛も抱かなかった私たちのためにあなたは耐えていらした、
　幾世紀にも及ぶ永劫の苦痛を。
そして私たちは自惚れが強く、無知であり、
あなたの心臓を突き刺した時、自分たちが殺したのが己の真心だったということを知らなかったのだ。

〔中略〕

……私たちは十字架にかけられるしかない運命なのだ、
　血の混じった汗が私たちの額に雨のごとく流れようとも。
釘がはずされた時、——私たちは十字架から降りるのを知っている、
　赤い傷は癒され——私たちが完全な体になることを、
私たちはヒソプをつけた棒を必要としないだろう。
純粋に人間的なものは、神のようなもの、それは神なのである。

O smitten mouth! O forehead crowned with thorn!
　O chalice of all common miseries!
Thou for our sakes that loved thee not hast borne

An agony of endless centuries,
And we were vain and ignorant nor knew
That when we stabbed thy heart it was our own real hearts we slew.

. . .

. . . [W]e are but crucified, and though
The bloody sweat falls from our brows like rain,
Loosen the nails—we shall come down I know,
Staunch the red wounds—we shall be whole again,
No need have we of hyssop-laden rod,
That which is purely human, that is Godlike, that is God. (801)

アルバートは、この詩をキリストと全人類が苦悩において一つになることを描写した詩であると評している。[12] このことは、形式に囚われて形骸化しつつあったキリスト教信仰ではなく、ルナンが『イエス伝』で描いたような全人類の罪を背負って磔刑に処された苦難の人、イエスと精神的に同一化することこそ信仰であるという詩人の宗教観が投影されているように思われる。[13]

ギリシアに感動した若きワイルドの記したノートには、キリスト教に関する記述よりも、ギリシア哲学やヘレニズムに関する記述の方がはるかに多い。だが、その少ない記述の中に、「人性の歌」に表れているような彼の宗教観の萌芽を見出すことができるのであり、このことから、異教的な美や愛の詩を詠った初期のワイルドにもキリスト教的要素が内在していたと考えられるのではないだろうか。

3

『幸福な王子とその他の童話』に収められた童話「ナイチンゲールと薔薇の花」(“The Nightingale and the Rose”)は、赤い薔薇の花がないために意中の女性と踊ることができないことを嘆く見知らぬ学生のために、小鳥のナイチンゲールが自分の生き血で染めた赤い薔薇を創り出す物語である。ナイチンゲールの唐突な自己犠牲は何を意味するのか、また、血染めの赤い薔薇は何を示しているのか。こうした問題を考察しながら、芸術家としてのワイルドとイエス像との関係を探っていきたい。

恋に嘆き苦しむ学生をつぶさに観察しているナイチンゲールは、恋の歌を吟じてきた芸術家である。学生に出会うまでのナイチンゲールにとって、恋は虚構の出来事に過ぎなかった。だが、学生の苦しみを前にしたナイチンゲールは、彼こそ自分が歌ってきた芸術を体現する「真の恋人」(292)だと直観し、彼の中に恋歌に登場する理想の恋人を見出した。

赤い薔薇を得るためには、夜が明けるまで歌い続けながら、心臓に薔薇の棘を突き刺し、自らの血で赤く染めた薔薇を創り出さなくてはならない。ナイチンゲールは「死は一本の赤い薔薇の代価としては高過ぎる」（"Death is a great price to pay for a red rose" 293）と知りながら、「だが、〈愛〉は〈生命〉よりも素晴らしいものなのだ」（"Yet Love is better than Life" 294）と学生の愛の成就のために、命を犠牲にすることを厭わない。この自己犠牲的行為は、隣人愛にしては過度であり、恋愛にしてはナイチンゲールの想いの丈が伝わってこず、いささか不自然な印象を与える。だが、芸術家ナイチンゲールが一つの完璧な芸術作品を創造しようとして身を犠牲にしたと考えれば、不可解な自己犠牲にも説明がつく。学生に赤い薔薇を与えることによって、学生の夢は叶い、悲しみは喜びに変わり、一編の音楽のような、一つの完璧な恋愛が生まれるのである。ナイチンゲールが自分の命と引替えに、学生に「真の恋人」になってほしいと望んでいることからも、ナイチンゲールが生身の人間を通して芸術作品を完成しようとしていることが察せられる。優しく囀る小鳥には、芸術のためには命も惜しまない芸術家の真摯な姿が投影されている。

学生がどのような人物かは、学生自身の次の言葉が的確に物語っている。

実際、「ナイチンゲール」は大方の芸術家と同じだ。形式ばかりで誠実さがまるでない。他人のために自己を犠牲にしたりはしないのだ。ただ音楽のことだけを考えている。芸術が自己中心的なものだと誰もが知っている。……芸術には何の意味もなく、実用性がまるでないなんて、何て残念なことだろう！

In fact, she [the Nightingale] is like most artists; she is all style without any sincerity. She would not sacrifice herself for others. She thinks merely of music, and everybody knows that the arts are selfish... What a pity it is that they do not mean anything, or do any practical good! (294)

学生にとっては、芸術そのものが、空虚で自己中心的で役に立たぬものである。物語の冒頭で学生は「僕は賢い人たちが書いた本はみな読んだし、全ての哲学の秘密はものにしたが、ほんの一本の赤い薔薇がないために僕の人生は惨めなものになってしまった」("I have read all that the wise men have written, and all the secrets of philosophy are mine, yet for want of a red rose is my life made wretched" 292) と嘆く。彼は実利のために学び、実用的でないという理由で芸術を蔑視する。それでいて、たった一本の薔薇を調達することさえできずに嘆いているのだ。ワイルドが『ドリアン・グレイの肖像』の「序」で「道徳的な本とか不道徳的な本というものはない……全ての芸術は全く無用なものなのだ」("There is no such thing as a moral or an immoral book... All art is quite useless." 17) と書き、芸術に道徳性を付与させようとするヴィクトリア時代の芸術観を覆したことは有名である。芸術の自立性を求めるワイルドは、ナイチンゲールの歌声の意味を理解できず芸術批判を始める学生に、自分たち唯美主義者を攻撃したヴィクトリア社会の凡庸な俗物たちの姿を重ね合わせたにちがいない。

学生は、芸術家のことを「他人のために自己を犠牲にしない」と断定したが、これを覆すかのようにナイチンゲールは学生のために薔薇の花を得ようと自らの命を捧げる。薔薇の棘に胸を押し当てて狂おしい恋の歌を歌いながら、薔薇を血染めにするこの場面は、本来残酷な場面のはずであるが、聖なる儀式を思わせる幻惑的な描写のためか、陰惨さは払拭されている。ナイチンゲールは、恋人たちの恋の始まりから、その絶頂期へ、最後には死してなお続く究極の愛を歌っていく。歌に合わせ、薔薇は徐々に色づき始め、ついに深部まで真紅に染まる。この瞬間、薔薇はエクスタシーに打ち震える。雌が棘によって突かれ、血を流し、苦痛を伴いながら、何かを生み出すという行為は性交になぞらえることができる。そして、この性交に象徴されるものは、心血を注ぎ、何かを生み出す苦しみと創造の喜びが錯綜する芸術家の精神世界なのではないだろうか。同時に、ナイチンゲールの流血は磔刑に処されたキリストの血を象徴しているとも言えるだろう。キリストは人類に〈愛〉を教えるために、ナイチンゲールは芸術を通して〈愛〉を成就させるために自己を犠牲にしたのである。

結局、ナチンゲールの薔薇の花は、教授の娘に宝石ほどの価値もないと蔑まれ、学生は〈愛〉に失望して、形而上学の勉強に立ち返る。皮肉なことに、ナイチンゲールの行為は、意図したところと逆の展開を迎え、命を賭けて創り出した薔薇の花——芸術——は無用の長物として道に放り出され、踏みにじられる。

この結末には、赤い薔薇を欲しながらも、その真価を知ることのない教授の娘と学生に代表される俗物たちの中にあって、自己の芸術に忠実であろうとするワイルドの情熱と孤独が感じられる。[14] また、芸術に殉ずるナイチンゲールに、キリストの姿が投影されていることから、理解を得られぬ社会で芸術を生み出す芸術家の苦悩にワイルドがキリストの苦痛を重ね合わせていたことが窺える。赤い薔薇の花は、ワイルドの心の内に燃え盛る情熱と苦しみを象徴しているのではないか。

「ナイチンゲールと薔薇の花」が赤い薔薇の花に象徴される物語ならば、「わがままな大男」（"The Selfish Giant"）は白い花に象徴される物語と言えるだろう。長い間留守にしていた自宅に戻った大男は、自分の美しい庭で子供たちが遊んでいるのを知ると、彼らを近づかせまいとして庭の周囲に高い塀をめぐらす。しかし、一人の小さな男の子との出会いを契機に、大男は自分のわがままに気がつき、塀を壊して子供たちに庭を遊び場として提供する。やがて、大男は小さな男の子によって天国に迎え入れられる。

この男の子がキリストの化身だということは、物語の結末で男の子の手のひらと足にキリストの聖跡である「二箇所の釘の跡」（"the prints of two nails" 299）が見られることから解される。つまり、この物語は、わがままな大男が悔い改め、キリストに導かれて昇天するという、宗教的な主題を扱っているのである。ペイターは、ワイルド宛ての手紙（一八八八年六月二日付）の中で「わがままな大男」の美しさと優しさはこの種の作品の中で完璧なものであると評した。[15] 名散文家ペイターが絶賛した、この短くも美しい物語の中で印象的なものは、白い花である。白い花は小さな男の子を助ける場面では花開き、天国に迎えられた大男の亡骸を覆う。この白い花は一体何を示しているのだろうか。花が象徴する意味を巡って、この童話における宗教性を探ることにしよう。

大男は、子供たちが自分の庭で遊んでいるのを発見すると、憤慨して子供たちを追い出す。大男は留守にしていた七年の間、「人食い鬼」（"the Cornish ogre" 297）と一緒に過ごし、話題が尽きたために戻って来たという。大男の過去については淡々と描かれているだけであるが、七年間に及ぶ人食い鬼との生活には、悪い仲間と放蕩の限りを尽くしたデカダンの快楽と倦怠感が暗示されているように思われる。庭から子供たちを追い出してからというもの、庭は一年中冬に閉ざされる。雹が降り、風が吹きすさぶ灰色の庭は、放蕩の末排他的になり、他人に心を閉ざした大男の孤独で荒んだ心象風景を映し出しているかのようである。

ある朝、大男は王様の楽隊の音を耳にする。実際、それは小鳥の囀りに過ぎなかったのだが、春の到来を告げるたった一羽の小鳥の鳴き声が、長い間冬に閉ざされていた大男の心に素晴らしい音楽のように染み入ったのである。頑なだった大男の心は長い冬を経て変化の兆しを見せ始めた。〈春〉は、大男の庭に密かに侵入していた子供たちとともに訪れていたが、まだ冬のままの場所があった。そこでは小さな男の子が木に登れずに泣いている。木は男の子に手を差し伸べるが、届かない。この光景を目にして、大男の心は和み、初めて自分の過ちに気がつく。

「わしは何てわがままだったのだろう！」彼は言いました。「いまなら、なぜ、ここに〈春〉がやって来ないのかがわかる。あのかわいそうな小さな男の子を木の上に載せてやろう。そして壁を取り壊して、わしの庭をずっとずっと子供たちの遊び場にしよう。」大男は自分のしてきたことを本当にひどく後悔しました。

"How selfish I have been!" he said; "now I know why the Spring would not come here. I will put that poor little boy on the top of the tree, and then I will knock down the wall, and my garden shall be the children's playground for ever and ever." He was really very sorry for what he had done.（298）

引用から大男が自分の過去を悔いるだけではなく、困っている者に手を差し伸べるという愛他的な行為に目覚めたことがわかる。大男は木に登れないでたった一人で泣きじゃくっている男の子を助ける。その瞬間の美しい庭の光景は、次のように描写されている。

そして木は一度に花開き、小鳥がやって来て木の上で歌い、男の子は両腕を伸ばして大男の首にしがみつき、キスをしました。すると、大男がもう怖くないとわかった他の子供たちが戻って来て、彼らとともに〈春〉がやって来ました。

And the tree broke at once into blossom, and the birds came and sang on it, and the little boy stretched out his two arms and flung them round the Giant's neck, and kissed him. And the other children when they saw that the Giant was not wicked any longer, came running back, and with them came the Spring.（299）

大男が他者に手を差し伸べることによって花が咲き出で、男の子のキスによって、怖がって逃げた他

図24　クレイン「わがままな大男」のための挿絵

の子供たちも安心して戻って来る。それにしても、キリストの化身である男の子に大男が手を差し伸べた瞬間に花が咲き始めたことは暗示的である。この白い花の開花は、神の許し、いわば、大男の悔悛がキリストに伝わり、それが受け入れられたことを示しているのではないだろうか。

それから長い年月が経った後、白い花が咲くこの木の下で、大男はそれ以後一度も会うことのなかった男の子と再会する。この時、男の子の手のひらと足に釘の跡を見つけた大男は、烈火のごとく憤る。男の子を傷つけた者に復讐してやると息巻く大男に、男の子は言う。

「いけないよ！……だって、これは〈愛〉の傷だから。」

"Nay! ...but these are the wounds of Love."（300）

この言葉によって、大男は男の子がキリストだということを悟る。そして、「愛の傷」の意味――

人類を救うために犠牲になったキリストの愛の大きさ――を知るのである。そして、大男は天国へと召される。物語は大男の静かで美しい最期の場面で終わっている。

そして、午後になって子供たちが走って来てみると、大男が木の下で横たわったまま白い花に覆われて死んでいるのを見つけました。

And when the children ran in that afternoon, they found the Giant lying dead under the tree, all covered with white blossoms.（300）

美しい庭に降り注ぐ穏やかな午後の陽だまりの中で、年老いた大男が全身を白い花で覆われて横たわっている。かつては人食い鬼と放蕩し、孤独な冬を過ごした大男も、他者への愛に目覚め、さらに贖罪というキリストの大きな愛を知った。こうした彼の生涯は悔悛の場である木の下で幕を閉じた。木に咲く白い花は、大男の悔悛と信仰への覚醒、神の許しを象徴しているのではないだろうか。この花の白さは穢れを知った愚人を優しく包み込む慈愛の色をしていたにちがいない。

以上のように、「ナイチンゲールと薔薇の花」の血染めの赤い薔薇に象徴されるものは、「役に立たない」芸術のために自己を犠牲にする、芸術家の血の滲むような心の内であろう。芸術至上主義者、唯美主義者としてのワイルドの情熱と孤独は、ナイチンゲールが命を賭けて創造した赤い薔薇に込め

図25　クレイン「幸福な王子」のための挿絵

られ、磔刑に処されたキリストの血と孤独に重ね合わされる。一方、「わがままな大男」の白い花には、悔悛と愛への目覚め、そして神の愛と許しという静かな宗教性が象徴されている。こうした赤い薔薇と白い花が表象する対照的なイメージは、ワイルドの中で錯綜する芸術観と宗教観を如実に表していると言えるのではないか。

　同じようにワイルドの芸術観と宗教性が交錯している作品として考えられるのが、「幸福な王子」と「若い王」である。「幸福な王子」は、生前は苦悩を知らなかった王子が、金の彫像になって町を見下ろすようになったため、市民の苦しみが目に入り、彫像の下に身を寄せていたツバメに頼んで自分の身体を飾る宝石や金箔を貧しい人々に届けさせるという物語である。そのため、しばしば感傷的との批判を受けるが、この物語にも世紀末文学の特質が見られる。装飾過剰と思われるような王子の彫像は、『ドリアン・グレイの肖像』や『サロメ』に見られる宝石の描写を彷彿とさせる。王子とツバメの同性愛を仄めかすような関係にもデカダンスの要素が見られる。さらに、生前の王子は人の痛みを知らず、楽しみばかりを追求してきた「幸福な王子」であった。ツバメも浮薄な遊び人だったことが、葦との恋愛に際しての薄情な態度から窺われる。つまり、両者は最初から慈悲深い賢者だったわけではない。むしろ、享楽的な暮らしを満喫してきたのである。王子は次のように述懐している。

生きて人間の心を持っていた時には、……涙がどんなものなのか知らなかった。〈無憂宮〉に住んでいたから。そこには悲しみが入ることが許されないんだ……そしていま、死んでからこんなに高い所に載せられて、町中のあらゆる醜いものとあらゆる悲惨さが目に入るようになってしまった。だから、僕の心臓は鉛でできているというのに、泣かずにはいられないんだよ。

When I was alive and had a human heart, ...I did not know what tears were, for I lived in the Palace of Sans-Souci, where sorrow is not allowed to enter... And now that I am dead they have set me up here so high that I can see all the ugliness and all the misery of my city, and though my heart is made of lead yet I cannot choose but weep. (286)

世の中の醜悪さ、悲惨さは王子の繊細な心を圧倒した。だが、同時に、他者の痛みを知ることで、それまで味わったことのない感情を知ることもできた。困っている者にルビーを届けた後でツバメは「いま、とても暖かく感じるのです。ひどく寒いというのに」（"I feel quite warm now, although it is so cold." 287）と王子に告げる。すると、王子は「それは、お前がよいことをしたからだよ」（"That is "because you have done a good action." 287）と答える。王子とツバメは善を行うことによって、心の充足感を味わい、その達成感によってお互いが強く結びついていく。悲しみを知らなかった二人は他者の痛みを知り、他者を救うことで自らを豊かにし、最終的には神に救われるのである。

同じようなことは、「若い王」においてさらに顕著な形で表れている。この物語も戴冠式を目前に控えた若くて美しい王が主役である。そして、この若き王は美しい物に異常な関心を示す。先の「幸福な王子」に見られる宝石の描写は王子自身の身体を飾るものに限られていたが、この作品における宝石の描写はさながら宝石のカタログのようである。宝石や調度品の過剰なまでの描写には、美に対する王の異常な惑溺が暗示されている。

王に同伴するのは、美しい少年たちであり、宮殿の小部屋で「アドニスの姿が彫られたギリシアの宝石」（"a Greek gem carved with the figure of Adonis" 225）に見入っているところを発見されたこともある。『石榴の家』は子供たちにふさわしくないという批評があることは第二章でも触れたが、この批評家は、その理由の一つとして、王が一晩中エンディミオンの銀細工が月光をどのように反映するのかを飽かずに眺めていたことを挙げている。[16]『ドリアン・グレイの肖像』において、バジルがドリアンのことをアドニスに喩えていることからも、ギリシア神話の美少年の描写には、同性愛的傾向が暗に示されていると言えるだろう。この年若い王の行為は、倒錯的であり、美によって快感を得るウェンライトやドリアン・グレイと同種の危険なデカダンの匂いがする。

しかしながら、このような快楽主義的な王にも変化が訪れる。王は戴冠式で身につける礼服や宝飾品のために、多くの人が犠牲になる夢を見る。それまでは美しい物はただ美しいと感じるだけで、そのためにどれだけの涙や血が流されているか想像だにしなかった王は、この夢によって〈悲しみ〉と〈苦しみ〉を初めて経験する。この経緯は「無憂宮」で悲しみを知らずに過ごし、彫像になって初めて市民の〈苦しみ〉を知った幸福な王子の境遇に重なる。だが、受動的に快楽を享受してきた幸福な王子にとって、〈苦しみ〉は新たな精神美の世界に入っていく契機に過ぎない。一方、快楽を貪り、そのために知らずに罪を犯していた若い王にとって、〈苦しみ〉の認識は罪の意識の芽生えと改心の契機となる。実際、この夢をきっかけに改心した王は、それまでの唯美的趣味を捨て去り、国民の犠牲によって手に入れた美しい品々を戴冠式で身につけることを拒否する。

ボロを纏って戴冠式に向かう王は孤立無援の状態であった。キリストに近い存在であるはずの司教でさえ、王の見た夢の話を聞いても、なお一国の王にふさわしい服装をして戴冠式に出るように諭す。司教は世の中に存在する多くの苦しみを挙げ連ね、いみじくも「不幸をお作りになった主の方があなたよりも賢いのではありますまいか」(“Is not He who made misery wiser than thou art?” 232)と王に問う。そして、次のように処世術を垂れるのである。

> 夢のことですが、もうそのことについてはこれ以上お考えになりませんよう。この世の重荷は大き過ぎて一人の人間が背負うことはできず、世の悲しみはあまりにも深過ぎて一人の人間の心では抱えきれません。

[A]s for thy dreams, think no more of them. The burden of this world is too great for one man to bear, and the world's sorrow too heavy for one heart to suffer. (232)

神がこの世に苦しみをもたらした以上、人間に何ができよう。何かできると考えるのは思い上がりではないだろうか。人は人間の無力、限界を認識し、諦念を持って自らの使命を果たすべきであるという司教の教えには説得力がある。だが、ここに込められたワイルドの皮肉を見逃してはならない。不正も罪も神の思し召しであり、たった一人の人間が何か変えられるはずはないという考えは、事勿れ主義の正当化である。ここにはたとえ善行であっても、秩序を乱すものは排除しようとするヴィクトリア社会に生きる人々に対する警告、そして、そうした風潮を温存しようとする聖職者たちに対する批判が見られる。同じようなことは、『石榴の家』に収録されている童話「漁師とその魂」("The Fisherman and His Soul")において、人魚と漁師の〈愛の罪〉を許さなかった司祭が図らずも、愛を讃える説教を始める場面にも見られる。

しかしながら、ワイルドが司祭を揶揄しているからといって、キリスト教に懐疑的だったかというと、決してそうではない。ワイルドはキリスト自身の生き方、考え方に並々ならぬ関心を持っていた。晩年にその傾向が顕著となったことは『獄中記』から明らかとなるが、ワイルドは投獄される前年の最も華やかな時期にもキリストの話をしていた。たとえば、イエィツはその自伝の中で、ワイルドが話してくれたキリストの物語の美しさ、語り口調の絶妙さを昨日のことのように思い返している。[17] その短い物語は、今日では散文詩「善を行う者」("The Doer of Good," 1894)として知られており、一読すると、キリストは神の教えに従って不毛の善行を行っているに過ぎない、というアイロニーを扱っているように思われる。だが、この物語が伝えようとしていることは、不毛の行為を実践していく過酷さこそ、キリストが神から負うた定めなのであり、ワイルドは海を鋤で耕すような行為を黙々と成し遂げるキリストの姿に美を発見したと思われる。こうした後年のワイルドの善行に対する考えとキリストの苦悩は、限られた宝で多くの貧しい者を救おうとする幸福な王子や、司祭の世すぎ的教えをものともせずキリストの像に跪いて祈る若い王の中にすでに見られるのではないか。

美しいステンドグラスから射し込む光を受けて、「光」の礼服や王冠を身につけている王の神々しさを目にすると、司教は「私よりも偉大なお方があなたに王冠を授けたのです」("A greater than I hath crowned thee...." 233)と言って王の前に平伏する。この場面は、司祭が無意味だと諭した王の行いが神には認められたこと、快楽主義者であった若い王の悔い改めが神に届いたことを示している。

以上のように、この物語は美に溺れた快楽主義者の王が夢によって国民の苦しみを知り、改心し、「現世的な価値を超えたキリスト教的慈愛という絶対の美」に覚醒し、[18]「幸福な王子」と同様に、その善行が神に認められる場面で終わる。若い王も幸福な王子も美しい物に囲まれて生きてきたが、神に救われた時、若い王はボロを纏い、幸福な王子に至っては金箔の剝がれたみすぼらしい有様であった。だが、ワイルドは、清らかな魂を持った二人は神から見れば美しかったと解釈したのではないだろうか。それは「幸福な王子」の中で彫像について意見を述べる美術の教授にも、「若い王」に登場する司祭にも理解し得ない美であり、神だけが見抜くことのできる美だったのであろう。ワイルドは『獄中記』の中で「私はキリストの真の人生と芸術家の真の人生の間に、ずっと密接で直接的な関係を見ている」(“I see a far more intimate and immediate connection between the true life of Christ and the true life of the artist.” 922)と書いているが、ワイルドにとって神こそ、美を紡ぎ出す芸術家であり、真の美を理解できる究極の唯美主義者だったと言えよう。二つの童話にはワイルドの美的感覚が事物の描写だけでなく、キリスト教の捉え方にまで如実に表れている、と言うことができるのではないだろうか。

4

「社会主義下の人間の魂」でキリストは、ワイルドの思い描く美的社会の中で理想的な〈個人主義者〉(“Individualist”)として描かれている。ワイルドは自己の個性を強化していくこと、自分の内なる声に忠実であることを、しばしば〈個人主義〉(“Individualism”)と呼んだ。たとえば、この評論の中でワイルドは、〈個人主義〉を「より高度な完璧な状態へと人生を十分に発達させるにはもっと何かが必要とされる。それこそが〈個人主義〉なのである」(“[F]or the full development of Life to its highest mode of perfection, something more is needed. What is needed is Individualism.” 1080)と説明している。また、「キリストの人へのメッセージは単に〈汝自身であれ〉であった。それがキリストの秘密である」

(“[T]he message of Christ to man was simply “Be thyself.” That is the secret of Christ.” 1085)とも書いており、〈個人主義〉をキリストの思想として伝えていることがわかる。

〈個人主義〉は、ワイルドにとって芸術家の同義語と言ってもよく、偽善やお上品ぶりによって本来の自己を見失い、そうした現象に危機感すら抱かない人々に対する警告として用いられている。同時にノルダウが〈エゴ・マニア〉と呼んだ唯美主義の特徴を弁護していると考えることもできるだろう。こうしたデカダンと紙一重の概念を、キリストの言葉として語っている点にこの評論の特異性がある。また、ワイルドはキリストを社会主義者と呼び、自分の理想とするユートピア的社会主義と関連づけている。ワイルドにとって、キリストは芸術や芸術家を擁護する存在だったのである。

また、ワイルドが〈個人主義〉を唱える際に、しばしば姦淫の罪を犯したとされるマグダラのマリアを引き合いに出していることも注目に値する。[19] 姦淫の罪は自分の気持ちに正直であろうとすれば、いつ犯しても不思議のない罪である。ワイルドにとって、姦淫の罪を犯したにもかかわらず、キリストにその罪を許されたマグダラのマリアは、〈個人主義〉と罪の相克を内に秘めた典型的な〈個人主義者〉だったのではないだろうか。

マグダラのマリアの名が具体的に出てくるのは、一八九〇年の「芸術家としての批評家」が最初である。続いて「社会主義下の人間の魂」の中でも、個人主義を遂行した結果起こったマグダラのマリアの姦淫の罪について言及している。次に引用するのは、「芸術家としての批評家」の〈個人主義〉と〈罪〉の問題について論じられている部分である。

図 26　ティツィアーノ『悔悛するマグダラのマリア』1560 年代　サンクト－ペテルブルグ、エルミタージュ美術館
ワイルドは「芸術家としての批評家」、「社会主義下の人間の魂」、『獄中記』でマグダラのマリアについて言及している。

〈罪〉と呼ばれるものは、本質的な進化の要素なのだ。それなしでは世界は沈滞するか、古臭くなるか、少なくとも精彩さを欠くだろう。その物珍しさによって〈罪〉は人類の経験を増すのだ。その個人主義の主張を強調することで、我々を類型化された単調さから救ってくれる。今時の道徳に関する概念を拒否することで、より高い倫理と一体になる。そして美徳については！美徳とは何か？ルナン氏は、自然は貞淑のことなど気にもかけないと言っている。そして、現代のルクレツィアたちが汚辱から自由なのは彼女たちの純潔ゆえではなく、マグダラのマリアの恥辱のお蔭かもしれない。

What is termed Sin is an essential element of progress. Without it the world would stagnate, or grow old, or become colourless. By its curiosity Sin increases the experience of the race. Through its intensified assertion of individualism it saves us from monotony of type. In its rejection of the current notions about morality, it is one with the higher ethics. And as for the virtues! What are the virtures? Nature, M. Renan tells us, cares little about chastity, and it may be that it is to the shame of the Magdalen, and not to their own purity, that the Lucretias of modern life owe their freedom from stain. (1023-1024)

引用から、ワイルドが〈罪〉を強烈な個性から生じる一つの主張として捉えていたことがわかる。

こうした考えは、ウェンライトの〈罪〉が彼の個性を強化したという「ペン、鉛筆と毒薬」の結論に共通している。ワイルドは人類の発展を阻む無個性の時代に〈罪〉が起爆剤の役割を果たすことを望んだ。偽善者たちが拘泥するキリスト教的道徳では得られないような次元の高い倫理観に到達することも、〈罪〉を通してなら可能である。その意味でマグダラのマリアの〈罪〉は個性の強化によって月並になった美徳以上の高い倫理性を導くものである。「現代のルクレツィアたち」とは、ヴィクトリア時代の貞女を示す言葉であろうが、ここにはこの時代に対する痛烈な皮肉が込められている。ワイルドに言わせれば、彼女たちは貞淑の鑑とされるルクレツィアとは異なり、本質的に貞淑なわけではない。彼女たちは社会の求める型に自らをはめこんで貞淑なふりをしているに過ぎないのである。彼女たちが貞淑だとみなされるのは、愛に生きる女たちの罪ゆえである。愛欲の果てに罪人の烙印を押され蔑視されている女たちと比べればましと言わんばかりに、たとえ皮相的であろうとも事実上は貞淑であることを誇るのが現代のルクレツィアたちであり、社会もその貞淑を有り難がる。このように、ヴィクトリア時代の女性が売り物にする貞淑という名の美徳は、マグダラのマリアが犯した姦淫の罪のおかげで、真価以上の美徳としてもてはやされるのである。

「社会主義下の人間の魂」には、マグダラのマリアについて次のような記述がある。

姦淫の罪で捕らえられたある女がいた。我々には彼女の愛の歴史は伝わっていないが、その愛は非常に素晴らしかったに違いない。なぜなら、イエスは彼女の罪を彼女が悔い改めたからではなく、その愛があまりにも激しく、素晴らしかったために許したからだ。後に、イエスが死の直前に晩餐の席に座っていると、その女が入って来てイエスの髪に高価な香油を注いだ。イエスの友人たちは彼女の邪魔をしようとし、それは浪費で、香油に使った金は困っている人たちへの慈善事業や、それに類するものに使うべきだったと言った。イエスはそうした考えを受け入れなかった。イエスは人間が物質的に必要とするものは大きく、非常に永久不変であるが、人間の精神的に必要とするものはもっとずっと大きく、ある神聖な瞬間にそれ自身の表現方法を選び取ることによって個性はそれ自体を完璧にするかもしれないと指摘した。世の人はその女をいまでも聖人として崇めている。

There was a woman who was taken in adultery. We are not told the history of her love, but that love must have been very great; for Jesus said that her sins were forgiven her, not because she repented, but because

図 27　ロット『キリストと姦淫の女』1530 ～ 35 年　パリ、ルーヴル美術館
ワイルドは、姦淫の女とマグダラのマリアを同一視していたふしがある。いずれもワイルドにとっては、穢れたイメージを持ちながらも、〈愛の罪〉をキリストに許される〈個人主義者〉の典型として映ったようである。

her love was so intense and wonderful. Later on, a short time before his death, as he sat at a feast, the woman came in and poured costly perfumes on his hair. His friends tried to interfere with her, and said that it was extravagance, and that the money that the perfume cost should have been expended on charitable relief of people in want, or something of that kind. Jesus did not accept that view. He pointed out that the material needs of Man were great and very permanent, but that the spiritual needs of Man were greater still, and that in one divine moment, and by selecting its own mode of expression, a personality might make itself perfect. The world worships the woman, even now, as a saint.（1086）

この引用のマグダラのマリアは、溢れ出るような愛の行為によって、罪を許された。律法の観点から見た罪よりも、その本質にある愛によってイエスは彼女の罪を許したのである。愛に正直に生きることこそ、〈個人主義〉の表れであり、イエスは皮相的な道徳観よりも〈個人主義〉に基づく真の愛を擁護したとワイルドは考えたのではないだろうか。

こうしたワイルドのマグダラのマリア像を考える際に看過できないのが、ルナンの『イエス伝』である。『イエス伝』は各国語に訳されたが、ルナンが教会から攻撃され、失業した経緯を考えると、発表された一八六〇年代当時、キリストを〈人間〉として解釈することは宗教界に大きな衝撃を与えたものと思われる。この『イエス伝』はワイルドのイエス像に少なからぬ影響を及ぼしたと考えられるが、「社会主義下の人間の魂」のマグダラのマリア像及びイエス像と罪人の関係にもその影響が見られる。ワイルドは、ルナンの『イエス伝』を『獄中記』の中で「優美な第五番目の福音書」（"gracious Fifth Gospel" 925）と称して絶賛しており、「芸術家としての批評家」の中では歴史を塗り替えた人物としてルナンを高く評価している。

このようにワイルドが賞揚するルナンは、『イエス伝』の中で、マグダラのマリアをほぼ聖書に沿って解釈しているため、娼婦だったという説はとっていない。この点が、俗信を取り入れてマグダラのマリアを解釈したワイルドとは異なる。だが、ルナンはその一方でマグダラのマリアのことを「情熱的なマグダラのマリア」と記し、[20] イエスの復活説をマグダラのマリアがイエスに対してあまりにも深い愛情を抱いていたために幻影を見たことに帰するなど、マグダラのマリアを愛に満ちた女性として描いている。こうしたことから、溢れんばかりの愛情を持ったマグダラのマリア像は、ワイルドとルナンに共通するイメージと考えられる。

さらに注目に値する点は、姦淫の罪と愛の問題の解釈である。ルナンによれば、イエスは「身持ちの悪い女たち」と親密で自由な精神的な関係を持ち、弱い女、罪の女たちは、イエスに魅力を感じて近づいて来たと言う。[21] そして、イエスが姦淫の女たちをどのように扱ったかということに関してルナンは次のように書いている。

彼はそこに含まれた愛の割合に応じてのみ魂の状態を評価した。涙に濡れた心を持ち、罪を通じて謙遜の感情を持つようになった女たちは、堕落してこなかったことがほとんど何の長所にもならないありきたりの女たちよりも神の国に近かったのである。[22]

ルナンの描くイエスは、女たちを、罪を犯したか否かという点からではなく、愛の有無によって判断していたことがわかる。堕落を知ったことによって謙遜な気持ちを持つ罪の女たちの方が、罪を犯さずにいることで何も得られない女たちよりも神の国に近いとイエスは考えるのである。この考えを、たとえばヴィクトリア時代に当てはめてみると、イエスは偽善的なヴィクトリア時代の紳士・淑女よりも、〈個人主義〉によって愛の罪を犯す者の味方であるということになる。このことから、ルナンがいかに姦淫の女たちに対するイエスの寛容な面を強調しようとしていたかがわかる。

以上のことを考え合わせると、イエスがその愛に応じて評価した『イエス伝』の中の女たちが、迸り出るような愛を持ったワイルドのマグダラのマリア像に投影されていると言うことができよう。ワイルドが心惹かれたキリスト像は、律法に服従するのではなく、その人の魂の状態によって相手の罪を許す寛容な精神の持ち主であった。形骸化されたキリスト教的道徳は人類を没個性的な類型化に陥れる危険性を孕んでおり、ワイルドはこうした道徳性に反発した。それは、ワイルドを不道徳として批判する社会への反発でもあった。だが、同性愛の罪をデカダンに仮託しながら、同性愛の罪悪感を拭いきれないワイルドが〈愛の罪〉を許すキリスト像に惹かれたのは偶然ではないだろう。姦淫にせよ、同性愛にせよ、禁じられた愛には、形式的には罪であっても、その本質にはお上品ぶりや偽善などを寄せつけもしない至純の美があることをワイルドは訴えたかったのではないか。そして、何よりも〈愛の罪〉を理解し、許すキリスト像をワイルド自身が求めていたように思われる。

5

ワイルドは獄中で自らの人生を振り返り、快楽を庭の陽の当たる部分に、苦しみや悲しみを影の部分に喩えて次のように書いている。

私の唯一の過ちは、庭の陽の当たる側と思えたところの木々にのみ目を向け、その影や暗さゆえに庭の反対側から目を背けたことだ。

My only mistake was that I confined myself so exclusively to the trees of what seemed to me the sungilt side of the garden, and shunned the other side for its shadow and its gloom.（922）

ワイルドは悲しみの入り込めない唯美主義の城の中に自らを閉じ込めていたと言えよう。同じく悲しみの入り込めない城に住んでいた幸福の王子も次のように語っている。

庭の周りには堅固な塀がめぐらされていたけれど、僕は向こうに何があるのか一度として聞こうとしなかった。僕を取り巻くあらゆる物が美し過ぎたんだ。僕に仕える者たちは、僕のことを〈幸福な王子〉と呼んだし、実際そうだった。もしも快楽を幸福と言うのなら。

Round the garden ran a very lofty wall, but I never cared to ask what lay beyond it, everything about me was so beautiful. My courtiers called me the Happy Prince, and happy indeed I was, if pleasure be happiness.（286）

だが、ワイルドは「私は快楽に生きてきたことを一瞬たりとも後悔しない」（"I don't regret for a single moment having lived for pleasure." 922）と断言する。ワイルドと同様に、幸福な王子も若い王も美に浸っていた時を後悔してはいない。ただ、苦しみを知った瞬間に違う次元の美の世界、つまり、魂の美の世界に入り込み、今度はその美を追求しただけのことである。

流動的な、刻々と変化していく自己の中で美意識もまた変化していくのである。これだと思った瞬間には変化してしまう、摑みきれない自分の美意識に訴えるものを捉えていく。ここに、ペイターの『ルネッサンス』に見られる美学の影響を見出すことも可能であろう。ペイターの、対象を瞬間の印象で受けとめ、「硬質な宝石のような焔を絶えず燃やし続けて」生命を燃焼させるという美学は、芸術に殉じたナイチンゲールの生き方にも投影されている。

ワイルドには二人の息子シリル（Cyril Holland）とヴィヴィアン（Vyvyan Holland）がいた。投獄がきっかけで二度と彼らに会うことを許されなかったワイルドであるが、一緒に暮らしていた時は、子

図 28　長男シリル（6歳　1891年頃）

図 29　次男ヴィヴィアン（5歳　1891年頃）

供たちと一緒に遊び、童話を聞かせていた。次男のヴィヴィアンは父、ワイルドとの思い出を次のように綴っている。

昔、［父ワイルド］が我々に「わがままな大男」の物語を話して聞かせると、シリルがなぜパパは目に涙をためているのと尋ねました。すると［父］は、本当に美しい物はいつもパパを泣かせるんだよ、と答えました。

Cyril once asked him[Wilde] why he had tears in his eyes when he told us the story of *The Selfish Giant*, and he replied that really beautiful things always made him cry.[23]

ワイルドはその芸術思想や同性愛、そして自らの演出によって、軽薄で不道徳なデカダンの印象を与えがちである。しかし、美には生涯忠実であった。初期のワイルドは、時として罪の意識とキリストの許しに思いを馳せながらも、異教的な美の世界に心を奪われていた。ワイルドは美の誘惑に抗しきれず、その生命を美によって消耗させた。ワイルドはまさに「美の殉教者」であった。[24]だが、その美には、表面的な美だけではなく、赤い薔薇に象徴される美への激しい情熱、白い花に象徴される宗教的な美、つまり、悔悛、贖罪の美が含まれていたことは看過すべきでない。それこそ、ワイルドが涙を流さずにはいられなかった美であり、挑発的なデカダンの仮面を被ったワイルドの心が求めていたものだったのではないだろうか。ワイルドが惹かれたキリスト教的要素は、芸術家と重ね合わされる苦悩に満ちたキリスト像と、〈愛の罪〉を許す神の慈愛とその美しさだったのではなかろうか。

第六章　主人公たちを死に至らしめたもの――『ドリアン・グレイの肖像』・『サロメ』

一　バジルと肖像画の役割

1

『ドリアン・グレイの肖像』は、イギリスにおけるデカダンス小説の代表作として捉えられ、メフィストフェレス的存在のヘンリー卿の説く芸術論やその実践者としてのドリアンの実人生と魂の二重生活に着目した論が目につく。だが、ドリアンの中に見出した理想の美を肖像画に描き込み、最後にはドリアンに殺害される画家バジル・ホールワードの存在に着目した論は少ない。巧みな話術でドリアンを快楽主義へと走らせた華やかなヘンリー卿に比べ、この生真面目で風采が上がらない画家は、魅力を欠いた人物として描かれている。加えて、肖像画が完成した日を境に、ドリアンがヘンリー卿に魅了され、毒されていくのに反比例して、バジルがドリアンから疎まれ、遠ざけられていく過程は、ドリアンがヘンリー卿の芸術論を実践するために、バジルの手を離れていくかのような印象を与える。だが、ワイルドが自らをバジルになぞらえたことを考えてみれば、最もワイルドとかけ離れた人物であるかのようなバジルこそ、ワイルドの赤裸の姿であり、この作品で重要な役割を果たしているようにも思われる。

雑誌に掲載された翌年に単行本として出版された『ドリアン・グレイの肖像』は、序と六つの章が新たに加えられ、全体的に修正加筆が施された。現在流布しているのは、この増補改訂版であるが、ここでは批判を受けて改訂する前の雑誌掲載版の方がワイルドの意図に近いと思われること、ドリアン、バジル、ヘンリー卿の三人の関係に集中して話が進行していくことなどを考慮して、雑誌掲載版をテクストとして用い、ドリアンの変化に伴ってバジルとの関係がどのように変わっていくのかをたどっていく。[1]

2

表題が示すように、この小説では肖像画が重要な役割を果たしている。物語の冒頭で世紀末の爛熟を思わせる六月の薔薇の重苦しいほどの甘い香りに包まれたアトリエの中心を占めるのは、完成間近の肖像画である。そこではバジルとヘンリー卿がこの肖像画について芸術論を闘わす。

LIPPINCOTT'S
MONTHLY MAGAZINE.

JULY, 1890. Containing

THE PICTURE OF DORIAN GRAY:
A COMPLETE NOVEL
BY OSCAR WILDE.

A DEAD MAN'S DIARY. Conclusion.

A UNIT.
BY ELIZABETH STODDARD.

ECHOES.
BY CURTIS HALL.

THE CHEIROMANCY OF TO-DAY.
BY ED. HERON-ALLEN.

WAIT BUT A DAY.
BY ROSA HAWTHORNE LATHROP.

ROUND ROBIN TALKS—II.
BY J. M. STODDART.

THE INDISSOLUBILITY OF MARRIAGE.
BY
I.—ELIZABETH R. CHAPMAN. II.—GEORGE T. BETTANY.

KEELY'S CONTRIBUTIONS TO SCIENCE.
BY C. J. BLOOMFIELD-MOORE.

SENATOR INGALLS.
BY J. M. STODDART.

A PRIMROSE.
BY EMILY HICKEY.

NIGHT.
BY W. CARTWRIGHT NEWSAM.

THE SICK SETTLER.—I.
BY JOHN LAWSON.

LONDON:
WARD, LOCK, AND CO., Salisbury Square, E.C.
J. B. LIPPINCOTT COMPANY, PHILADELPHIA.
[*All rights reserved.*]

図 30 『ドリアン・グレイの肖像』が掲載された『リッピンコッツ・マンスリー・マガジン』(1890年7月号)

図 31 『ドリアン・グレイの肖像』単行本の初版の表紙(1891年)

「僕は自分自身をその絵に注ぎ込み過ぎた」(“I have put too much of myself into it.” 174) というバジルの言葉が示すように、この絵は創造者であるバジルと深い関係がある。「自分を込め過ぎる」という意味は、バジルがドリアンに出会った時のことを回想している次の部分から明らかになる。

奇妙な本能的な恐怖感が僕を襲った。その人柄だけをとってもあまりにも魅力的で、なすがままにさせれば、自分の全存在が、自分の魂全部が、自分の芸術そのものが吸い取られる、そんな人物が眼前に現れたことを知った。僕は外部から影響を一つとして受けたくなかった。……いつも自分の主であったから。少なくともいままでは。ドリアン・グレイと出会うまでは。……僕は人生の恐ろしい危機に立っていると感じた。えもいわれぬ喜びとえもいわれぬ悲しみが待っているような不思議な想いに襲われた。

A curious instinct of terror came over me. I knew that I had come face to face with some one whose mere personality was so fascinating that, if I allowed it to do so, it would absorb my whole nature, my whole soul, my very art itself. I did not want any external influence in my life.... I have always been my own master; had at least always been so, till I met Dorian Gray.... Something seemed to tell me that I was on the verge of a terrible crisis in my life. I had a strange feeling that Fate had in store for me exquisite joys and exquisite sorrows. (177)

ドリアンを一目見た瞬間から、この芸術家の頂点にドリアンが君臨し、それまでの彼の価値観が覆されたことが窺える。バジルはドリアンの類まれな美と若さの輝きという表面的な美に心を奪われただけではない。ドリアンは、人を陶酔させずにはおかない甘美な魅力と人生をも破滅に導きかねない魔力を併せ持った美の本質をバジルに開示するために現れたのである。ドリアンとの出会いの一瞬間にバジルが謂れのない恐怖に襲われたのは、その予感を本能的に察知したためと思われる。また、バジルはドリアンのことを「彼はいまや僕にとって僕の芸術の全てなのだ」（"He is all my art to me now." 180）とも言っており、バジルにとってドリアンが芸術そのものを表していることもわかる。この崇拝ぶりはノルダウの定義する〈エゴ・マニア〉の要素を多分に含んでおり、バジルが唯美主義者の典型であることを示している。同時に、彼の考える美が〈善〉と結びついたものであることは看過すべきではないだろう。

ヘンリー卿に言わせれば、慈善事業は冴えない若者が参加するものであるが、その慈善事業に誘われるがままに参加しているドリアンを、バジルは「素朴で美しい性質の持ち主」（"He has a simple and a beautiful nature." 183）と評し、その無垢な性質を美しいと讃えている。まだ色に染まらずにいるドリアンは芸術家バジルにとってかけがえのない理想だった。

肖像画が完成する前のドリアンは自己の美に恬淡であった。それは、肖像画のモデルを務める栄光を感じるどころか、その退屈さばかりを感じていることからも、また、惜し気もなくその白い肌を初夏の陽にさらす場面からも窺える。美と若さが潰える時が来るという現実に考えが及ばないほど、ドリアンは輝ける青春の只中にいたのである。ドリアンはその美しさと無邪気な性格ゆえに、人の関心を惹く存在であった。天性の魅力で人心を摑むことができるドリアンには欲がなく、自分の人生に対しても主体的に取り組む姿勢が見られない。だからこそ、請われるままに慈善事業を手伝い、画家のモデルをして日がな一日過ごすことを厭わなかったのだ。ヘンリー卿に言わせれば、ドリアンは素晴らしい青春の瞬間を浪費する毎日を過ごしていたことになる。

ところが、完成した絵を見た瞬間、ドリアンは自己の美に覚醒する。この時を境に、ドリアンはこれまでの「素直で美しい性質」の自分と訣別する。以下は、急速にヘンリー卿に傾倒し始めたドリアンが、ヘンリー卿と外出する際にバジルと交わした会話である。


「本物のドリアンと残ることにするよ。」バジルは悲しそうに言った。

「それが本物のドリアン？」肖像画の本人は叫んで彼の方に駆け寄った。「僕はその絵に本当に似ている？」

「ああ、まったくこの絵に瓜二つだ。」

「何て素晴らしいのだろう、バジル！」

「少なくとも外見においてはその絵によく似ている。でも絵は決して変わらないだろう。」ホールワードは言った。

"I will stay with the real Dorian," he[Basil] said, sadly.

"Is it the real Dorian?" cried the original of the portrait, running across to him. "Am I really like that?"

"Yes; you are just like that."

"How wonderful, Basil!"

"At least you are like it in appearance. But it will never alter," said Hallward. (194)

バジルは絵画に描かれた、清らかな魂を持つそれまでのドリアンを「本物のドリアン」と呼び、ヘンリー卿の感化を受け始めたドリアンは、外見が同じでも、その心は別人であると捉えていることがわかる。バジルがドリアンの肖像に自分を込め過ぎたと告白した通り、この肖像画はバジルにとって究極の理想像でもあり、バジルという芸術家の生命が託されていると言っても過言ではない。バジルの心中には、ヘンリー卿の悪影響によって、ドリアンの持つ精神と肉体の調和から成る理想像が破壊されることへの危惧があったにちがいない。

バジルの手を離れ、ヘンリー卿によって新しい生き方を提示されたドリアンのその後の変化は目を見張るものがあった。ドリアンの堕落の発端となるシビルとの恋愛も、ヘンリー卿の感化が要因であったが、ここで見落としてはならないのが、彼女の自殺を境にドリアンが彼の無垢で善良な資質を崇拝したこの画家と親交を絶ったという点である。

バジルは、シビルの自殺を知ってドリアンを慰めに来た時に、過去のドリアンの素晴らしさを「君は素朴で、素直で、優しい人物だった。君は世界中で最も純粋な人物だった」(“[Y]ou were simple, natural, and affectionate then. You were the most unspoiled creature in the whole world.” 228)と賛美している。その一方で、心優しい青年であったはずのドリアンが恋人の死を全く意に介さず、オペラ座で楽しんで来たと聞いて「僕が知っていた頃のドリアン・グレイが懐かしい」(“I want the Dorian Gray I used to know.” 229)と非難の色を隠しきれない。自分が知っていたドリアンの善良な性質と素晴らしい外見の一致こそ、バジルがドリアンに求めていた理想像である。こうした考えは、ドリアンがヘンリー卿に傾倒し始めた頃に肖像画に描かれたドリアンこそ「本物のドリアン」と評したバジルの考えと変わらない。魂の堕落を自覚していながら、そこから目を背けて快楽を貪ろうと決心したドリアンにとっては、過去の自分ばかりを賞賛して、現在の自分を批判するバジルの存在は快いものではなかった。

さらに、注目に値するのが、この直後にドリアンが肖像画を屋根裏に隠す手配を始めることである。肖像画はドリアンの魂を示し、その変化を記録するという役割を果たす。したがって、魂の堕落を人に見られたくなければ、隠蔽するのが最良の方法である。バジルの理想であった過去のドリアンは、肖像画に塗り込められ、肖像画の中でドリアンの実人生を生きていく。この意味で肖像画はドリアンの無垢な魂に執着するバジルの役割を果たしており、この画家を疎ましく思い始めたドリアンに、肖像画を隠蔽したいという欲求が働くのも自然なことと思われる。

しかしながら、ドリアンに迷いが全くなかったわけではない。肖像画を屋根裏へ運ぶために呼び寄せた画商を待つ間、ドリアンはバジルのことを考える。

彼はバジルに絵を隠したがる本当の理由を話さなかったことを後悔した。バジルはヘンリー卿の影響や彼自身の気質から生じるなお一層有毒な影響に抵抗するために尽力してくれただろう。

[H]e regretted that he had not told Basil the true reason why he had wished to hide the picture away. Basil would have helped him to resist Lord Henry's influence, and the still more poisonous influences that came from his own temperament.（236）

このように、肖像画の秘密を自分一人で背負ったりせずにバジルに話していれば、ヘンリー卿の影響からも自分の中から湧き出てくる誘惑からも救われたであろうにという後悔の念がドリアンの胸をよぎる。ここから、ドリアンにとってバジルが無垢だった過去の自分を想起させ、快楽の追求に迷いをもたらす存在だったことが窺える。

自己の美に開眼した時といい、シビルの自殺の直後や、肖像画を隠す時など、転機を示す場面ではいつも、ドリアンはバジルとヘンリー卿との間で揺れている。そして、その度にドリアンはヘンリー卿に接近し、そのぶんバジルからは遠ざかっていく。ついに、ドリアンはヘンリー卿から借りた〈奇妙な本〉の影響によって飽くなき感覚の追求へと駆り立てられ、快楽に伴う罪悪へと身を貶めていくが、堕落や倦怠を経験する間、ドリアンがバジルと音信不通の状態になったことは示唆的である。

3

ドリアンがバジルに最後に会ったのは、シビルの事件が起きてから、十八年近い月日が流れた夜だった。バジルはドリアンに関する悪評を至る所で耳にし、真相を確かめにやって来たのだ。ドリアンについては、自身の素行の悪さもさることながら、関わった人々を二度と這い上がることのできない恥辱の底に突き落とし、破滅させるという悪評が立っていた。しかし、昔日と変わらぬ美貌を目の前にすると、そうした醜聞の信憑性を疑わずにはいられない。なぜなら、バジルは内面の美しさが外見に宿るものだという考えを変えておらず、罪を犯せば、その邪悪さが必ず容貌に変化を与えると信じているからである。

> 罪は人の顔に書きつけられるものだ。隠すことはできない。秘められた罪について人はとかく語る。だが、秘められた罪なんてありはしない。もしも哀れな男に悪徳があれば、彼の口もとの皺、瞼のたるみ、手の形にそれは表れるのだ。

Sin is a thing that writes itself across a man's face. It cannot be concealed. People talk of secret vices. There are no such things as secret vices. If a wretched man has a vice, it shows itself in the lines of his mouth, the droop of his eyelids, the moulding of his hands, even. (257)

こうしたバジルの論理に従えば、「純潔で、明朗で、無垢な顔」（"pure, bright, innocent face" 257）や「素晴らしい曇りのない若さ」（"marvellous untroubled youth" 257）を持つドリアンが身の毛のよだつような罪に身を浸しているということはあり得ない。

結局のところ、バジルはドリアンが噂を否定してくれることを望んでいるだけなのだが、ドリアンは自分の真の姿をバジルに知らせたいという抑え難い残酷な欲望を覚える。また、その日のドリアンは、「今夜、僕は自分自身にうんざりしている。誰か別人になりたいぐらいだ」（"I am tired of myself to-night. I should like to be somebody else." 257）と語っていることから、あらゆる感覚を知り尽くした倦怠のうちで、自分自身にも倦み飽きているように見受けられる。あれだけ必死に隠してきた肖像画――魂の堕落の記録――をなぜドリアンはバジルにだけは見せたのだろう。そうすることによって、自分に苦しみを与えてきた絵の作者を自分と同じ不幸に陥れてやろうという刹那の感情からだろうか。ドリアンの堕落の証拠である肖像画を見て全てを悟ったバジルは、「僕は君を崇め過ぎた。僕はその罰を受けているのだ。君は自分自身を崇め過ぎた。僕らは二人とも罰せられている」（"I worshipped you too much. I am punished for it. You worshipped yourself too much. We are both punished." 262）と、ドリアンを崇拝し過ぎたことに対する罪を認め、ドリアンに祈るように諭す。

祈るのだ、ドリアン、祈るのだ、……子供の時分暗誦するようにと教わった祈りの文句は何だった？〈われらを誘惑に導きたもうな。われらの罪を許したまえ。われらの不正を洗い清めたまえ。〉あの文句を一緒に唱えよう。君の驕慢の祈りは聞き入れられた。君の悔い改めの祈りもまた聞き入れられるだろう。

Pray, Dorian, pray,.... What is it that one was taught to say in one's boyhood? 'Lead us not into temptation. Forgive us our sins. Wash away our iniquities.' Let us say that together. The prayer of your pride has been answered. The Prayer of your repentance will be answered also. (262)

ある注釈によれば、この引用は、主の祈りの言葉とミサの奉献の後で行う洗手式で唱える「洗手詩篇」の祈りの言葉の要素をバジルが混合したものである。[2] バジルはドリアンのために罪を清めるための祈りの言葉を必死で探し、悔悛させようとした。

「遅過ぎる」と言って祈ろうとしないドリアンに向かって、バジルは「跪いて祈りを思い出せるかどうか試してみよう。どこかにこの一節がないか。〈たといあなたがたの罪は緋のようであっても、雪のように白くなるのだ〉」（"Let us kneel down and try if we can remember a prayer. Isn't there a verse somewhere, 'Though your sins be as scarlet, yet I will make them white as snow'?" 262）と、今度は旧約聖書の

「イザヤ書」第一章十八節から罪を清める言葉を引用して祈るよう促す。しかし、ドリアンの耳にはそれらの言葉は空虚に響くだけであった。

バジルがドリアンに懺悔と悔い改めを勧めていることから、バジルはキリスト教的倫理観の象徴として捉えることができよう。[3] そして、祈ろうとしないドリアンに対するバジルの口調からは、魂の美を失い、神に許しを乞うこともできないドリアンにもはや理想を見出せないでいることが窺える。神と対峙することを怖れるドリアンは、この直後に、追い詰められた動物の狂ったような衝動に駆られてバジルを刺殺する。

ドリアンはバジルがどれだけ自分に苦しみを与えたかを、バジルの死体隠滅のために呼び寄せたかつての友人アラン・キャンベルに次のように語っている。

> 君は「バジル」が僕をどれほど苦しめたか知らないんだ。僕の人生がどんなものであろうと、彼は哀れなハリーよりもずっと僕の人生の形成や破壊に関わっていたんだ。彼にはそんなつもりはなかったのかもしれないけれど、結果は同じことさ。

> You don't know what he [Basil] had made me suffer. Whatever my life is, he had more to do with the making or the marring of it than poor Harry has had. He may not have intended it, but the result was the same. (270)

ここからは、自分の苦悩の元凶は、肖像画を描いたバジルなのだという無意識の怨恨が見て取れる。ドリアンは、バジルが描いたもう一人の自分の存在に長年苦しめられてきた。その苦悩を分かち合うのは、バジルをおいて他にいない。ドリアンは、肖像画を見せる直前に、バジルに「君は僕のことを全て知る資格を持つ世界中でただ一人の人物だ。君は自分で考えているよりもずっと僕の人生に関わりがあったのだ」("You are the one man in the world who is entitled to know everything about me. You have had more to do with my life than you think." 260)と告白しており、二人は長い間会わなくても、肖像画を介して深い部分で結びついていたことがわかる。頻繁に顔を会わせ、有害な思想を吹き込んだヘンリー卿よりもバジルが激しく憎まれる理由は、ドリアンにより多くの苦悩を与えたのが、この善良で退屈な画家だったからに他ならない。

ここで思い出されるのは、ヘンリー卿の影響を受けて〈新快楽主義〉を実践しようと決心した頃、ドリアンがバジルに語った言葉である。ドリアンは、「僕は昔の僕とは違う。だからと言って僕を嫌わないで。僕は変わった。でもずっと僕の友人でいてくれなけりゃいやだ。……僕から離れていかないで、バジル、僕と口論なんてしないで。僕はあるがままの僕なのだから」("I am different, but you must not like me less. I am changed, but you must always be my friend... Don't leave me, Basil, and don't quarrel with me. I am what I am." 230)と、変化する時々の自分を理解してほしいと願っている。バジルはこの時、その願いを聞き入れる。だが、心中密かに、「彼[ドリアン]には善いところ、高貴なところがたくさんある」("There was so much in him[Dorian] that was good, so much in him that was noble." 230)と、ドリアンが善良で気品ある人物であることを疑わない。ドリアンがバジルを避けるのは、魂の堕落を決して許さないバジルの美意識ゆえである。肖像画が醜く変化するのと同様に、ドリアンの魂の正体を知れば、この画家の理想像に対する熱烈な崇拝の念は消滅してしまうからである。バジルの美意識は、ドリアンがその人生の最大の目的にしている〈新快楽主義〉を受け入れることはない。ドリアンによるバジル殺害は、苦悩の原因となった肖像画の創造者に対する深い恨みはもとより、デカダンな人生の実践を決して認めようとせず、頑なに過去の美に固執する画家、いわば、キリスト教的倫理観に基づいた美意識に対するドリアンの精一杯の抵抗を示していると言えよう。

その後、ドリアンはアランを呼び、バジルの死体を処理させる。増補改訂版では、その後ドリアンが気を取り直すために晩餐会に出かけたり、苦悩から逃れるために阿片窟に赴いたり、シビルの弟に復讐されそうになり、危うく命をとりとめる件を描いた第十五、十六、十七、十八章が加えられた。しかし、雑誌掲載版には、こうした部分が一切ないため、バジルの死体処理後、すぐにドリアンがヘンリーに善良な人間になる決心を告げる場面（増補改訂版の第十九章に当たる）に移行する。しかも、雑誌掲載版では、増補改訂版の第十九章と第二十章が一つの章にまとめられているため、バジルの死後、この小説は一気に終盤に向かうわけである。つまり、構成上、バジルの死がドリアンの死を誘発したような印象を与えるのだ。

しかしながら、「殺人は一瞬の狂気に過ぎない」（“The murder had been simply the madness of a moment” 279）という言葉が示すように、バジルを殺害した罪はドリアンにとって大した問題ではない。むしろ、彼の心をかき乱すのは、「魂の生きながらの死」（"the living death of his own soul" 279）であった。このことを意識してからというもの、ドリアンは、人が自分に憧憬のまなざしを向けることも厭わしく、新しい感覚を味わう気にもなれない。自分の美貌や若さにまで嫌悪感を抱く有様である。次の引用が示すように、ドリアンが求めるものは、もはや快楽ではなかった。ドリアンが欲するのは、「彼は少年時代の穢れのない純潔——彼の白薔薇のように純白な少年時代を激しく渇望した」（"He felt a wild longing for the unstained purity of his boyhood, — his rose-white boyhood...." 279）という一節が物語っているように、バジルのモデルになっていた頃の純白な自分、いわば、穢れを知らぬ魂だった。ドリアンは善を行う第一歩として、ヘッティという田舎の美少女とつきあい、純潔な関係のうちに別れたが、彼女を美しいと感じるのも、自分がすでに失ってしまった素朴な魅力ゆえであった。彼が善人になろうと決心したのも、失った〈無垢〉を取り戻したいがためである。

様々な感覚を知り、友人まで殺し、その果てにドリアンが行き着いた自己にふさわしい美とは、バジルが讃えた純粋無垢な魂のうちにあった。同時に、ドリアンは、若き日にあれだけ影響を受けたヘンリー卿との齟齬を経験する。ドリアンがバジルは殺害されたのではないかと仄めかしても、ヘンリー卿はその真実を看破することができない。妻に関する皮肉な警句をあれだけ口にしていたのに、離婚したことで気が滅入っている。こうしたヘンリー卿の言動は、かつてバジルがヘンリー卿に下した、「君は決して道徳的なことを口にしないし、決して悪いこともしない。君の冷笑は単なるポーズに過ぎない」（"[Y]ou never say a moral thing, and you never do a wrong thing. Your cynicism is simply a pose." 175）

という評価を想起させる。だからと言って、ドリアンがヘンリー卿に憎しみを覚えることはない。彼はドリアンが望むような批評だけを与える、いわば、洞察力を失った批評家だからである。ドリアンはヘンリー卿に「あなたは僕の全てを知っているわけではない」("You don't know everything about me." 277) とも言っており、ここへきて我々は、ヘンリー卿がドリアンの実体を知らないという事実に改めて気づかされるのである。

バジルが死に、ヘンリー卿が力を失ったいま、ドリアンに最大の影響力を持つのは、バジルの描いた肖像画である。自分の代わりに罪を負って醜くなっていく肖像画は、本来、ドリアンにとって都合のいいものだった。しかし、ドリアンは一つの悪事も見逃さない峻厳な肖像画に支配されることに耐え難くなっていく。他人に対しては隠しておけば済むが、自分の心までは騙せない。そこで、ドリアンは善人になって肖像画の醜悪さを退行させ、無垢な自分に立ち返ろうと考えた。しかし、肖像画は、彼の善行――ヘッティとの純愛――を評価するどころか、これを虚栄や好奇心や偽善の表れとみなし、醜悪さを増した。その凄まじいほどの醜さにドリアンは、ある啓示を読み取る。

懺悔?それは彼が懺悔するべきだという意味だったのだろうか?自首して死刑に処されるべきだというのだろうか?……懺悔して公衆の面前で恥を受け、公の贖いをすることが彼の義務だったのだ。自らの罪を天と同様に地にも告白せよと人に命じる神があった。自分の罪を告白するまで彼が何をしようとも浄められることはないだろう。

Confess? Did it mean that he was to confess? To give himself up, and be put to death? ....[I]t was his duty to confess, to suffer public shame, and to make public atonement. There was a God who called upon men to tell their sins to earth as well as to heaven. Nothing that he could do would cleanse him till he had told his own sin. (280)

ドリアンには肖像画が己の罪を告白し、罰を受けることを促しているように見えた。そうしなければ、罪が浄化されることはないのだ。だが、結局ドリアンはこの警告を無視し、肖像画そのものを抹殺しようとする。

この件が、バジルを殺害する時の状況と酷似していることは看過すべきではないだろう。バジルは、ドリアンが無垢を失っていくことに目を光らせ、その罪を知るや神に祈るように諭し、殺害された。肖像画もこの画家と同じ運命をたどろうとしているのだ。ドリアンが手にした凶器が、バジルを刺したナイフであることも注目に値する。次の引用はナイフを手にしたドリアンの心境を物語っている。

［ナイフ］は画家を殺したように、画家の作品とそれが意味する全てのものを抹殺するだろう。［ナイフ］は過去を抹殺するのであり、過去が死んだ時、彼は自由の身になるだろう。

As it [the knife] had killed the painter, so it would kill the painter's work, and all that that meant. It would kill the past, and when that was dead he would be free.（280）

明らかなことは、ドリアンにとって画家と肖像画が〈過去〉を意味するということである。ドリアンは過去がなくなれば解放されると考えているのである。つまり、過去のドリアンに美を見出し、そこから逸脱し、変化することを決して許さない徹底した美意識がドリアンに悔悛を迫っている点で、バジルと肖像画は共通の役割をドリアンに対して果たしていると言ってよい。バジル殺害後、肖像画を破壊するドリアンの行為は、バジルを遠ざけた後に肖像画の隠蔽に取りかかった時と同じ動機に起因しており、このことは、バジルと肖像画が対を成す存在であることを示している。少なくとも、雑誌掲載時のワイルドはそれを意図していたように思われる。

肖像画は、バジルの究極の理想を芸術化したものであるがゆえ、この画家自身を表していると言えるだろう。その意味で、画家の理想とした美しい魂を失っていくドリアンにとって、バジルと肖像画は同じ強迫観念や苦痛をドリアンに与えるものであり、深い憎しみを掻き立てる存在だったのではないか。しかも、この美しい魂というものが非常に微妙で、道徳的に振る舞い、模範的な行動をすればいいという単純なものではない。これは、慈善事業などにヴィクトリア時代特有の皮相的な道徳心や虚栄心、偽善を見たワイルドらしい美意識と言えよう。ヘッティの件が偽善の罪と判断されたことから察せられるように、魂から泉のように湧き出る自然発生的な善行にのみ、美は見出されるのである。

バジルも肖像画も、ドリアンに罪を告白させようとするのは、悔い改めという美しい行為の中に、ドリアンの罪の醜さが溶解することを望んでいたからではなかったか。つまり、肖像画もバジルも悔悛という行いに、失われた美の回復を賭けていると思われるのである。これは、マグダラのマリアがイエスに許される場面に美を感じ取った作者ワイルドの美意識と同一のものであろう。[4]デカダンな生活の末に精神的な美に覚醒する童話の主人公たちと同じ悔悛の機会を与えられながら、ドリアンはそれを拒絶し続けた挙句に破滅する。

　ドリアンがナイフを突き刺した肖像画が若き日のドリアンの姿を取り戻し、実物のドリアンが先刻まで肖像画に表れていたおぞましい姿になって死ぬ。こうした結末は、この小説が怪奇小説と評される所以であるが、美的倫理という観点から見る時、懺悔を拒み、自分の良心さえ捨てようとしたドリアンの救いようのない魂を、かつてバジルが肖像画に描き込んだ無垢で美しいドリアンの魂が罰したと考えることはできないだろうか。醜い魂には醜い容貌が与えられ、美しい魂には美しい肉体が与えられ、その美が永遠に肖像画の中で生き続けるという結末に、バジルの〈内外一致〉の芸術観が回復され、肯定されたことが示されているようにも思われる。だとすれば、バジルは生命を犠牲にして、無垢で純粋なドリアンの魂と肉体の調和から成る美を取り戻したことになる。精彩を欠いた印象を与えるバジルこそ、ペイターが評するように、真の審美眼を持ち、それを表現できる芸術家だったと言えるだろう。[5]

4

バジルとドリアンの関係を中心に、雑誌掲載版をテクストとして『ドリアン・グレイの肖像』について考えてみると、無垢で純粋な性質の美青年ドリアンに理想の美を見出した〈美の創造者〉で、キリスト教的倫理観の象徴であるバジルがこの小説のもう一人の主人公であることに気づかされる。バジルのドリアンに対する影響力は、ヘンリー卿よりも大きい。まず、ドリアンに自己の美に開眼させる契機を与えた。そして、快楽追求の日々にドリアンはバジルを遠ざけた。このことは、肖像画を人目から隠すのと同様に、自己欺瞞によって快楽を追求するドリアンにとって、自分の本質を知っており、精神と肉体の調和から成る美を理想とするバジルと肖像画が、邪魔な存在だったことを示している。同時にバジルの存在の大きさをも物語っている。バジル殺害と肖像画の破壊が続く後半では、ドリアンにとって絶対的だったヘンリー卿の影響は希薄になっていき、むしろ、ドリアンの美を創造したバジルや、その肉体と魂の美の調和を表す肖像画の方がドリアンと深い因縁で結ばれていたことがわかる。肖像画の変化は、悪行によって肖像画が醜悪さを増すという逆説的な形をとった内外一致の美の理念の表れであり、この意味で肖像画はバジルの美意識が具象化したものと考えられる。肖像画に脅かされるドリアンは、バジルを避けたつもりで、実は毎日彼の美的理念の象徴を目の当たりにしていたのである。この画家と美青年の複雑な関係は、バジル殺害後にふとドリアンがヘンリー卿に漏らす「僕はバジルが大好きだった」(“I was very fond of Basil” 276) という言葉から、読み取れるだろう。

華やかな社交と快楽の日々を送り、芸術家としての頂点を極めつつあったワイルドがデカダンになることで同性愛者としての自分の罪を直視することを避けたことは確かであろう。しかし、その果てに魂の美を失うことに対しては、不安感や危機感を抱いていたのではないか。芸術家であるバジルは、自分の外側に何も創造せずに、自己の人生を芸術化するドリアンより、ワイルドの立場に近い。バジルは、純白なものが快楽へと染まっていくことに美を見出せないワイルドの美的感覚を投影する存在であったと思われる。そうでなければ、ドリアンが影響された感覚の洗練、唯美主義思想や極度の快楽主義に共感と興味を示したワイルドが、芸術の世界から実人生へ踏み出したシビルを見捨てたドリアンの行為を罪とみなしていることや、ドリアンに醜い死を遂げさせることに対しての説明がつかない。道徳と美を切り離すことをワイルドは提唱したが、バジルは美しい肉体には美しい魂が宿ると考えていた。これは、ワイルドの考えと一見矛盾するようだが、バジルにとって大切なものは、道徳的な教訓を浸透させるという芸術の有用性ではなく、精神の美をも包含する美的感覚である。ドリアンは、ワイルドのデカダンへの憧れと、無垢な魂を美しいと感じる美意識の狭間で破滅した。ワイルドがこの物語をさかんに「倫理的」だと手紙に綴ったのは、自己宣伝のためだけではなく、こうしたワイルドのキリスト教的倫理観に支えられた審美眼がこの物語に働いているためということもあるのではないだろうか。この審美眼は『サロメ』においても大きな役割を果たしているように思われる。

二　ユダヤの王女の死

1

サロメの愛は、性愛のデカダンスを示す他、二項対立的なもの——異教的なものとキリスト教的なもの、肉体と魂——を融合させる媒介的な役割を果たすものと捉えることもできるだろう。ワイルドは『サロメ』執筆の約二年前、一八九〇年の夏に『ガーディアン』（*The Guardian*）の編集者の妻と目されるラスベリー夫人（Mrs Lathbury）に書き送った手紙の中で次のように書いている。

聖人と芸術的な快楽主義者は間違いなく合致している——多くの点で接点がある——のです……私としては、美学が倫理学の代わりになる時を、美的感覚が人生の規範となる時を待ち望んでいますが、そうなることは決してないでしょうし、だからこそ、そうなることを望んでいるのです。

[T]he Saint and the artistic Hedonist certainly meet — touch in many points....

For myself, I look forward to the time when aesthetics will take the place of ethics, when the sense of beauty will be the dominant law of life: it will never be so, and so I look forward to it.[6]

引用の言葉が物語っているように、ワイルドは美を享受する快楽主義者と聖者は多くの点で合致すると考えており、倫理ではなく、美が生活の規範となる時代を待ち望んでいた。

この手紙の内容を『サロメ』の登場人物に当てはめてみると、キリストに洗礼を授け、原始キリスト教の先駆者であったヨカナーンが聖人であり、ヨカナーンの美の虜になったサロメは快楽主義者に当てはまるだろう。ワイルドの美と信仰に関する示唆に富む考えを提示したフレイザーも、『サロメ』をキリスト教的なものとヘレニズム的なものとが共存する作品であると指摘している。[7]

こうした反目したものの融合は一八九三年から一八九五年の間に書かれたと推定される散文劇『聖娼婦』(*La Sainte Courtisane or The Woman Covered with Jewels*) において、聖なる者と快楽主義者の立場が逆転するという形で表れている。『サロメ』では、両者は反目のうちに終わるが、なぜ、サロメの愛は両者を接合させるに至らなかったのだろう。この点を以下テクストに沿って考えてみたい。

サロメがヨカナーンを愛したのは、官能を刺激する肉体美に惹かれたためであるが、だからと言ってサロメがヨカナーンと出会う以前から多情で淫乱な女性だったかというと、決してそうではない。サロメの官能的欲求は、ヨカナーンの苦行僧のような峻厳さに触れたいという潜在的欲求に端を発しているからである。

たとえば、宴の間じゅう自分を舐めまわす義父の執拗な視線から逃れ、庭のテラスに出て来たサロメが「ここの空気は何て爽やかなのだろう！　ここでなら息ができる！」（"How sweet the air is here! I can breathe here!" 555）と感嘆する場面は示唆的である。宴席の混沌とした状況に窒息しかかっていたサロメは、このテラスでヨカナーンに出会う。

また、サロメがヨカナーンを讃えた言葉に注意してみると、サロメはヨカナーンの瞳を暗い洞窟や暗い湖に喩えており、ヨカナーンの瞳に宿る峻厳さに厳しい自然と同様の美を見出していることがわかる。幽閉される以前のヨカナーンが、砂漠の野生の蜂蜜とイナゴで食いつないでいたこと、ラクダの毛で作った粗末な服にくるまっていたことは聖書の記述にも見られ、サロメを畏れさせた峻厳な美が、苦行から培われた宗教的な美だったことが推察できる。この他にも、サロメはヨカナーンの痩せ細った白い身体を見て「彼は月のように純潔にちがいない。……彼の肉体は象牙のように冷たいにちがいない」（"I am sure he is chaste as the moon is.... His flesh must be cool like ivory." 558）と言っており、サロメがヨカナーンの痩せた身体から、禁欲的な生活によって培われた〈純潔〉と〈冷たさ〉を感じ取っていたことがわかる。サロメは、ヨカナーンの醸し出す禁欲と苦行から生まれた崇高な美に惹かれていたのである。

つまり、サロメは無意識のうちに、自分を宮廷生活の腐敗から清浄な道へと導いてくれる〈何か〉を求めて宴席を飛び出して、出会うべくしてヨカナーンに出会ったのである。そして、その〈何か〉

とはキリスト教的な救いだったと思われる。このことは『サロメ』の原型と考えられる物語において、より顕著に表れる。ワイルドは、悔悛したサロメが事故で首が切断された時に聖人になる、という物語をメーテルリンクなどの友人に語った。ワイルドは〈サロメ〉を題材にした様々な物語を友人に話しており、[8] サロメが聖人になるというこの物語もその一つのバリエーションと考えられる。この友人に語ったという物語は、ワイルドが当初、「サロメの首切り」(“The Decapitation of Salome”) というタイトルをつけようとしていた草稿段階の『サロメ』のことを指すのではないかとエルマンは推測している。[9] そのあらすじは以下の通りである。

ヘロデはヘロディアスの願いを聞き入れて、サロメを処刑せず、追放することに甘んじる。サロメは砂漠に向かい、中傷を受け、孤独のうちに数年を過ごす。動物の皮を身に纏い、イナゴと野蜂で生き長らえるその姿は厳しい苦行に耐えたヨカナーンを彷彿とさせる。ある時、サロメはイエスに出会い、彼が今は亡きヨカナーンが語っていた人物だと気がつき、信じるようになる。しかし、自分には側近くに仕える資格はないと考えたサロメは、イエスの言葉を伝道して歩くことを決意し、イエスのもとを去り、旅に出る。やがて、サロメは雪の砂漠にたどり着く。ある時、足下の氷が砕け、サロメが水中に落ちると、氷の裂け目がサロメの肉に食い込み、首が切断されてしまう。その瞬間、サロメはヨカナーンとイエスの名を呼ぶ。二人が来てみると、氷でできた銀の皿の上に、黄金の後光の王冠を戴いた切断されたサロメの首が目に入った。[10]

このように、当初サロメが聖人になる設定だったことを考慮に入れるなら、サロメがヨカナーンの崇高な美に惹かれる出会いの場面に、後に聖人になるべく伏線が敷かれていたと捉えられなくもない。ところが、ワイルドが最終的に描いたサロメの愛はキリスト教信仰へ向かうことはなく、快楽の極限で終焉を迎える。

ヨカナーンとの血まみれの接吻に陶酔するワイルドのサロメは、まさに性愛のデカダンスの体現者である。しかし、サロメが「双面のヤヌス神に似て、純真な乙女の顔とfemme fatale の恐ろしい顔を併せ持つ女」であることを慮れば、[11] サロメの持つ、残酷と表裏一体の無垢、官能と背中合わせの純潔という面が自ずと姿を現わすのである。善にも悪にも染まりやすい純白の処女性は、ヨカナーンの頑なな拒絶を受けることで極度の快楽主義に染まる。純潔が穢れ、デカダンになっていくという設定は、ドリアンにも共通しているが、この変化にこそ、この劇の悲劇たる所以があるのではないだろうか。

さらに、注目に値する点は、サロメの処女の体内で眠っていた女の官能を目覚めさせたのが、他ならぬヨカナーンであったことである。ワイルドの作品には美しい男性が頻繁に登場する。ウェンライトとドリアンについてはすでに見てきた通りであるし、童話の主人公たちも、少年である場合が多い。彼らには類似的な美しさ——若さ、白い肌、美しい髪、赤い唇——が見られるが、ヨカナーンにも同じ特徴が見られる。サロメは、ヨカナーンの白い肉体、黒い髪、赤い唇を言葉を尽くして褒め称えるが、肌、髪、唇の執拗と思われるほどの賛美は、預言者としての活動と幽閉生活の間に失われていったヨカナーンの性的吸引力が、肌と髪と唇に凝縮され、あらん限りの力で鮮明な色を湛えてその存在を誇示しているかのような印象を与える。以上のことから、ヨカナーンは宗教的な厳しさを湛えた美だけでなく、ヘレニズム的な官能美をも多分に持ち合わせていたと考えられる。二項対立のうちの聖を代表するヨカナーンにも快楽主義の萌芽が内包されており、ヨカナーンの漂わせる宗教的な空気に惹かれたはずのサロメは、ヨカナーンを目の当たりにした途端、彼の官能美に吸い寄せられてしまう。

このことは、他の登場人物たちの台詞の中でサロメと結びつけて語られる月の変化によってより明らかになる。月は、ヨカナーンと出会う以前は「月は冷たくて貞淑だ。きっと月は処女なのだ。処女の美しさが備わっている。そう、月は処女なのだ」("The moon is cold and chaste. I am sure she is a virgin, she has a virgin's beauty. Yes, she is a virgin." 555) というサロメの言葉が示すように、純潔であった。しかし、ヨカナーンとの出会いを境に月もその様相を変えていく。このことは、後に登場するヘロデの「今夜、月は変な様子をしている。変な様子をしているではないか？ 彼女は狂女のようだ。恋人を至るところで探している狂女のようだ」("The moon has a strange look to-night. Has she not a strange look? She is like a mad woman, a mad woman who is seeking everywhere for lovers." 561) という台詞から明らかになる。月は、冷たい処女から、淫蕩の血に燃えて男を漁る気狂い女に変貌したサロメを投影していると言えるだろう。

ヨカナーンは自分を見つめるサロメの淫靡な視線に反応して、「私は彼女に見られたくない。……彼女が誰かはわからない。彼女に立ち去るように命じよ。私が話したいのは彼女ではない」("I will not have her look at me.... I do not wish to know who she is. Bid her begone. It is not to her that I would speak." 558) と言い放ち、歩み寄って来るサロメを受け入れようとはしない。この時点のヨカナーンはサロメがヘロデとヘロディアスの娘だということを知らない。この狼狽ぶりは、抑圧された自身の性が刺激されることを恐れているようであり、ワイルドが『サロメ』執筆の際、参考にしたと言われているフロベールの『聖アントワーヌの誘惑』(*La Tentation de saint Antoine*, 1874) のアントワーヌが女性に欲望を感じて、あわててその欲望を断ち切ろうとする様に似ている。[12] その容姿にヘレニズム的な美が見られるのと同様に、ヨカナーンには人間らしい性欲の残滓が見られ、信仰との心理的葛藤がサロメに対する不自然な拒絶という形で表出していると解釈することも可能であろう。[13]

このような観点から見ていくと、サロメが初めて耳にするヨカナーンの言葉は極めて暗示的である。「主はいらした。人の子がいらした。ケンタウロスは川に身を隠し、セイレーンは川を立ち去り、森の葉陰に横たわっている」("The Lord hath come. The son of man hath come. The centaurs have hidden themselves in the rivers, and the sirens have left the rivers, and are lying beneath the leaves of the forest." 555) というヨカナーンの台詞は、異教から新しいキリスト教の時代が到来したことを告げており、異教的な官能の世界を毛嫌いし、神のみを見つめようとする禁欲的なヨカナーンの態度を暗に示している。性に対して極度に潔癖なヨカナーンは、処女であるサロメを娼婦呼ばわりする。「さがれ！バビロンの娘！女によってこの世に悪がもたらされたのだ。私に話しかけるな。お前の言うことは聞かない。私は主である神の声だけを聞くのだ」("Back! Daughter of Babylon! By woman came evil into the world. Speak not to me. I will not listen to thee. I listen but to the voice of the Lord God." 559) という台詞からは、目の前の誘惑に抗するのに精一杯のヨカナーンの姿が窺われる。ヨカナーンの罵倒の言葉には、欲望から必死に身を護ろうとする男の心理が表れているように思われる。

しかしながら、サロメが処女であることを慮れば、たとえ性的夢想に身悶えしていたとしても、精神的にはヨカナーンの禁欲主義者としての苦しみが理解できず、ヨカナーンの拒絶を真に受け、ただやみくもに報われぬ愛を求めたと解釈することも可能であろう。ワイルドの『サロメ』を復讐劇として捉える批評もあるが、[14] サロメは〈エゴ・マニア〉的なデカダンスの要素を帯びてはいても、ことさらに相手の苦しむ姿を見たいというサディストとして描かれているわけではない。[15] ワイルドの心理学的伝記を書いたメリッサ・ノックスも、男の生殖器官ではなく、上半身に固執するサロメには成熟した女性の情念よりも幼児性が見られると指摘している。[16] つまり、愛する男を残酷な方法でしか手に入れられないという点に、サロメの無垢な性質、自分の欲するものに正直な情熱的な性質が見られるのではなかろうか。

主のもとへ赴いて悔い改めることを説くヨカナーンと肉体的接触を求めるサロメ。それぞれ一方通行の会話に匙を投げたヨカナーンが牢の中へ消えると、サロメはただ一つの欲求——ヨカナーンに接吻したい——に突き動かされ、目的を遂げる。サロメはヨカナーンの切断された首に向かって、自分の想いの丈を次のように語って聞かせる。

ヨカナーン、私はお前を見て、愛したのだよ。ああ、どんなにかお前を愛したろう！ヨカナーン、私はお前を愛した、お前だけを……私はお前の美しさに焦がれ、お前の肉体に飢えている。……

もしも、私を見たら、お前も私を愛してくれただろう。そう、お前が私を愛してくれただろうことは、わかっている。愛の神秘は死の神秘よりも大きい。愛こそ、人が考えるべき唯一のことなのだ。

I saw thee, Jokanaan, and I loved thee. Oh, how I loved thee! I loved thee yet, Jokanaan, I love thee only....I am athirst for thy beauty; I am hungry for thy body.... If thou hadst looked at me thou hadst loved me. Well I know that thou wouldst have loved me, and the mystery of love is greater than the mystery of death. Love only should one consider. (574)

自分の行為の残酷さなど自覚せず、ひたすら愛の神秘を説くサロメの有り様そのものが、心の中では欲望を抱きながらも、小市民的な暮らしに安住する大方のヴィクトリア社会の人々を圧倒しているように思われる。一方、自らの欲望に決して目を向けず、サロメを退け続けたヨカナーンの死は、彼らに対する批判のようにも受け取れる。ワイルドの『サロメ』が当時のジャーナリズムにほとんど好意的に受け取られなかったばかりか[17]、上演禁止の憂き目を見たのは、聖書上の人物は舞台に上げることはできないという理由ばかりではなく、サロメの生き方やヨカナーンの死に表出した社会批判に対する鋭敏な反応だったのかもしれない。

愛の罪を擁護することによってヴィクトリア社会を批判する方法は、ワイルドの常套手段であった。

その典型と言えるのが、第五章で言及したマグダラのマリアである。姦淫の罪を犯した女が、激しい愛欲の情熱を神への愛に転化することで聖人になったという逆説的な逸話には、自分の内なる欲望から目を背けて生きるヴィクトリア時代の人々に対するワイルドの痛烈な批判が潜んでいるのではなかろうか。

マグダラのマリアの逸話は、「サロメの首切り」やワイルドの童話「幸福な王子」、「若い王」に見られる快楽と改心の問題に通底する。物質的な美の世界から精神的な美の世界に覚醒する童話の主人公たちと同様に、「サロメの首切り」のサロメは、ヨカナーンという欲望の対象としての美から、ヨカナーンが信じた魂の美に目覚め、死して聖人となる。快楽主義者が聖人に変わる瞬間の中に、ワイルドはキリスト教的な美、つまり先に引用したラスベリー夫人宛ての手紙の中で主張した、低次元の社会が作り出した善悪の基準に代わる美的感覚を刺激する美を見出したのである。これは究極の審美眼の持ち主である神のみが見抜くことのできる美であったと言えよう。そして、この美的感覚こそ、『ドリアン・グレイの肖像』のバジルに投影されたワイルド独自の倫理観と言えるのではないか。曖昧な位置に甘んじる無個性な人々とは異なり、快楽主義者と聖人はそれぞれが両極端でありながら、共通項を持つと言える。激しい情熱は深い信仰へと人を導く可能性があるからである。二項対立的な要素を愛によって融合することによってワイルドは、罪を犯さないことに固執するあまり欲望を封印し、愛の情熱ゆえの魂の高揚や苦悩を経験しない人々を批判しているのである。

2

しかしながら、このドラマがサロメの愛の勝利によって、ワイルドの生きた世紀末のイギリス社会を批判する作品だとしたら、なぜサロメは死ななければならなかったのだろうか。なぜ、他の作品やメーテルリンクに語った物語のように、激しい情熱を信仰へと転化し、サロメを聖人にすることによって、その愛を称えなかったのか。

それは、良心を欠いたサロメが性愛のデカダンスの究極の姿を示しているからではないだろうか。ヘロデは、ヨカナーンがさかんに唱道していたまだ見ぬ神に対して、継娘が罪を犯したことを確信する。サロメを扱った多くの作家の中でも、ワイルドの書いたヘロデが最もヨカナーン殺害に躊躇していると評される通り[18]、ヘロデはヨカナーンを、「聖なる男」("a holy man" 563)、「神を見たことがある男」("a man who has seen God" 563) などと呼び、宗教的な畏怖の対象としてヨカナーンのことを見ていた。しかし、サロメには罪の意識というものが欠落している。接吻するためには、およそ手段を選ばない。相手が生きていようが、死んでいようが構わない〈エゴ・マニア〉である。もちろん、これらのことはサロメがあらかじめ意図したことではない。ヨカナーンに近づいていくうちに、サロメはヨカナーンの肉体の美に魅せられて、本能の赴くままに、官能の奴隷と化したのである。つまり、サロメの罪悪感を欠いた官能への耽溺ぶりは、この作品の中の異教的なデカダンの要素を代表しており、ヘロデの言うところの「まだ見ぬ神に対する罪」("a crime against an unknown God" 574)、すなわち、キリスト教的な見地から見た罪なのである。罪の報いを恐れるヘロデは、何者をも恐れず、ただ快楽に耽るサロメに言いようのない恐怖を覚え、その場を立ち去ろうとする。

サロメは自分の欲しているものを熟知していた。だからこそ、全ての目的を遂げることができた。しかし、自分が罪を犯したということは知らなかった。罪を認識する前に処刑されてしまったからである。ワイルドは『獄中記』の中で「もちろん、罪人は悔悛しなければならない。だが、なぜ?ただ、そうしなければ、自分がしたことを自覚することができないからだ。悔悛の瞬間はイニシエーションの瞬間である」(“Of course the sinner must repent. But why? Simply because otherwise he would be unable to realise what he had done. The moment of repentance is the moment of initiation.” 933)と述べている。罪を認識し、改心することで人は自己完成を遂げる。それこそがイニシエーションの始まりである。自分が何をしたかわからないうちに殺されるサロメは罪悪感に苛まれることもなく、ひたすら快楽に没する究極の快楽主義者である。それゆえに、自分の犯した罪を認識できずに、自己を完成しないまま終わったと言うこともできよう。

この問題は、『サロメ』と同様に愛の罪を扱ったワイルドの初期の悲劇『パデュア公爵夫人』(*The Duchess of Padua*, 1883)のヒロイン、公爵夫人の場合と比較することでさらに明らかになる。ある批評家も指摘しているように、『サロメ』と『パデュア公爵夫人』にはいくつかの共通点があり[19]、その一つとして情熱の大きさゆえに愛の罪を犯す、という点が挙げられる。グイードという青年との道ならぬ恋のために公爵夫人は邪悪な夫を殺害する。しかし、次の引用に明らかなように、公爵夫人が自分の罪を自覚している点にサロメとの相違点が見られる。

グイード：愛の罪を犯す者はみな、
罪など少しも犯してはいないのだ。
公爵夫人：いいえ、私は罪を犯しました。
でも、私の罪は許されるでしょう。
こんなに愛したのだもの。

GUIDO: They do not sin at all
Who sin for love.
DUCHESS: No, I have sinned, and yet
Perchance my sin will be forgiven me.
I have loved much. (645)

そして、この劇の最終幕では、「平和の大理石の像、神の許しのしるし」（"*the marble image of peace, the sign of God's forgiveness.*" 646）という公爵夫人の死に顔の様子がト書に記されており、自殺した公爵夫人が、神に許されたことが暗示されて幕となる。公爵夫人は、聖人とならないまでも、ワイルドの描くマグダラのマリアと同様に、愛の大きさゆえに神の許しを受ける。

ところが、サロメの死には神の許しというものがない。しかも、ヘロデの命令による処刑である。サロメの死については、道徳的寓意として扱われることもあり、ニュー・ウーマンとしての殉教、[20]あるいは、女性悪を代表するサロメを処刑することで「女性皆殺し《ガイニサイド》」という男性の欲望を具現しているという説、[21]ギリシア悲劇の法則に従って主人公を死なせたという説など、[22]様々な分析がなされている。ワイルドは作家でジャーナリストの友人クールソン・カーナハン（Coulson Kernahan）宛ての一八九二年六月付の手紙の中で「象徴主義は、一つの教訓に狭められるのではなく、多面的な、多くの意味を暗示するべきである」（"[A] symbolism [should be] suggestive of many meanings, not narrowed down to one moral, but many-sided"）と語っているが、[23]『サロメ』が象徴主義的な戯曲ならば、サロメの死が何を象徴するのか、という問題に対しても、多様な解釈が可能であると思われる。その一つとして、以下のことが言えよう。

ワイルドは、快楽主義や激しい愛の罪と許しの問題を主題としてしばしば作品を書いた。快楽主義が人を聖なる道へと導くという考えは、T・S・エリオットや三島の言葉を借りれば、「裏口から神へ近づく」ことであり、ワイルドはこの理念を単純化して提示したと捉えることもできよう。しかし、ワイルドの描く罪には愛という免罪符が用意されているため、壮絶な魂の苦悶から生まれる罪の意識と呼ぶには、楽観的に過ぎることは否めない。この場合、愛は救いへとエネルギーの方向を変えるための主軸であり、ワイルドは、この軸をどこかで方向転換するように操作すればいいはずだった。そのワイルドが、ここへきて急に純粋な愛の罪人サロメを罪の自覚のないまま、処刑させているのである。

ウェンライトのような過激なデカダンを理想に掲げたワイルドにとって、サロメは究極の理想像のはずである。ワイルドが憧れていたデカダンの観点からすれば、ドリアンは良心や倫理観を完全に排除することのできない、中途半端なデカダンとして描かれている。これに対し、サロメは罪と同化し、一つの芸術作品となっているからである。たとえば、この作品を高く評価していた三島由紀夫の場合、サロメの罪悪感を全く欠いたエクスタシーの只中での死が自決前に語ったエロティシズムの概念に結びついている。だが、もしもそこにメロドラマ風な救済劇があったなら、少年時代の三島はこの戯曲に魅力を感じなかったであろう。それは、三島がバジルに象徴されるキリスト教的な美的倫理観を排除し、『ドリアン・グレイの肖像』とは逆の設定にした「孔雀」を創作したことからも明らかである。

3

こう考えると、デカダンの化身であるサロメを死に追いやったものは、ドリアンの場合と同様に、三島が共感を示さなかったバジルや肖像画に投影されたワイルドの美的倫理観ではなかっただろうか。サロメも、魂の無垢を失い、全てを隈なく快楽に染めつくし、罪を認識することさえしなかった。快楽の化身となったサロメに精神的な美の世界へと繋がる扉を探すことはワイルドにはできなかった。

サロメはワイルドの手を離れ、聖人への道を選ばずに、罪と快楽のうちにとどまったのである。神を拒絶したドリアンにとって、残された良心を抹殺した時が死の瞬間であったように、罪の意識を持たぬサロメも神に許されることなく死すべき運命だったのではないか。

ドリアンとサロメの死には、同性愛に付随する罪悪感や劣等意識をデカダンスに仮託して乗り越えようとしながらも、それを肯定できないというワイルドの双価性が表れている。デカダンという仮面を被って世を渡ろうとするワイルドを引き戻すもう一つの側面――それはキリスト教的倫理観に基づく審美眼であったように思われる。ある批評家は、デカダンスには元来、相反する二つの価値観があるとし、「デカダンスは静的な概念ではなく、反対のものへ逆転することを内部に潜めた弁証法的概念」であると指摘している。[24] したがって、デカダンスが全面的に肯定されないこと、それもデカダンスに属すると感じている人々によっても全面的に肯定されないことは自明である。デカダンスに伴う感覚の先鋭化や信仰心からの逃避に憧れながらも、それらに安住できずに脱却したいと願う矛盾した感情はデカダンスが内包しているものである。ワイルドもこの例に洩れないということなのだろう。「ペン、鉛筆と毒薬」に始まった、九〇年代初頭のワイルドを襲ったデカダンスへの憧憬は、『サロメ』を最後に鎮静化されたように思われる。頽廃的な愛の罪の象徴であるユダヤの王女サロメを処刑することで、ワイルドはデカダンスから脱却し、新境地を拓こうとしていたのではないか。そのことは、ワイルドがその後次々と喜劇の傑作を創作し、やがてその座から零落することになる社交界の寵児の座へと邁進していくことから察することができる。

Theatre Royal Haymarket.

Sole Lessee ... ... Mr. TREE.
Managers ... Mr. LEWIS WALLER AND Mr. H. H. MORELL.

Mr. TREE begs to announce that during his absence in America his Theatre has been taken for the Spring Season by Mr. LEWIS WALLER and Mr. H. H. MORELL.

LAST NIGHTS of "An Ideal Husband," in consequence of the approaching termination of Messrs. WALLER & MORELL'S tenancy of this Theatre.

EXTENDED RUN.—Arrangements have been made with Mr. Tree whereby the run of "AN IDEAL HUSBAND" at this Theatre will be prolonged until Saturday, April 6th. On Thursday, March 28th, will take place the 100TH performance of "AN IDEAL HUSBAND."

TO-NIGHT at 8.30, A New and Original Play of Modern Life, entitled

AN IDEAL HUSBAND,

By OSCAR WILDE.

The Earl of Caversham, K.G. ... ... Mr. ALFRED BISHOP
Lord Goring ... (his Son) ... Mr. CHARLES H. HAWTREY
Sir Robert Chiltern ... ... Mr. LEWIS WALLER
(Under Secretary for Foreign Affairs)
Vicomte de Nanjac ... ... Mr. COSMO STUART
Mr. Montford ... ... Mr. HENRY STANFORD
Phipps ... ... Mr. CHARLES BROOKFIELD
Mason ... ... Mr. H. DEANE
Footman ... ... (at Lord Goring's) ... Mr. CHARLES MEYRICK
Footman ... (at Sir Robert Chiltern's) ... Mr. GOODHART
Lady Chiltern ... ... Miss JULIA NEILSON
Lady Markby ... ... Miss FANNY BROUGH
Lady Basildon ... ... Miss VANE FEATHERSTON
Mrs. Marchmont ... ... Miss HELEN FORSYTH
Miss Mabel Chiltern ... (Sir Robert's Sister) ... Miss MAUDE MILLETT
Mrs. Cheveley ... ... Miss FLORENCE WEST

図 32　ワイルドの大成功した風習喜劇の一つで，1895 年に初演された『理想の夫』

第七章　〈エロスの花園〉から〈悲哀の世界〉へ――『獄中記』を中心に

1

創作活動においては喜劇で成功を収め、デカダンスから脱却を図ったワイルドであったが、彼の創作した風習喜劇の中でも最高傑作と呼ばれる『真面目が肝心』（*The Importance of Being Earnest*, 1895）が上演され、好評を博していた矢先に図らずも破滅の道をたどることとなった。名誉も財産も愛する家族も一度に失ったワイルドは、獄中で破滅の原因を作ったダグラス宛てに手紙を書いた。後に『獄中記』と題されて出版されたこの手紙にはダグラスに対する愛憎とともにキリストについての言及が見られる。ワイルドの宗教性をどのように捉えるかについては様々な見解があるが、『獄中記』をどのように解釈するかが一つの鍵のように思われる。[1]

『獄中記』の中でワイルドは、他人の人生に自己を重ね合わせ、共感し得る点に芸術の奥義があることをキリストが指摘したとしている。ワイルドは、他者への共感は苦悩を媒介に生じ易いことをボードレールの『悪の華』収録の詩「シテールへの旅」（“Un voyage à Cythère,” 1855）の最後の二節を引用しながら説く。

> キリストは人間に「他者のために生きよ」と言わなかったが、他者の人生と自分の人生の間には何の径庭もないことを指摘した。……芸術的気質のある人々はダンテとともに追放され、他人のパンがどれほど塩辛いか、他人の昇る階段がどれほど急かということを知るのである。人々は一瞬ゲーテの晴朗と静謐を理解する一方で、ボードレールが神に向かって「おお主よ、我に力と勇気を与えたまえ。／わが心わが肉を厭離の念なく見んがため」と叫んだ理由を知りすぎるほどに知っているのである。
>
> [W]hile Christ did not say to men, “Live for others,” he pointed out that there was no difference at all between the lives of others and one’s own life.... Those who have the artisitc temperament go into exile with Dante and learn how salt is the bread of others and how steep their stairs: they catch for a moment the serenity and calm of Goethe, and yet know but too well why Baudelaire cried to God: O Seigneur, donnez-moi la force et le courage / De contempler mon corps et mon cœur [sic] sans dégoût.（926-927）

これは、失意と絶望の中でボードレールの苦悩の叫びに自己の魂の声を聞いたワイルド自身の経験を物語っていると言えるだろう。ワイルドはオックスフォード大学在学中のノートにもこの「シテールへの旅」の同じ部分を引用している。[2]

よく知られているように、ワイルドは「私の生涯における二つの大きな転換期は、父が私をオックスフォード大学へ入学させた時と、社会が私を牢獄に送り込んだ時だった」（"the two great turning-points of my life were when my father sent me to Oxford, and when society sent me to prison." 915）と『獄中記』に記しているが、「シテールへの旅」は、奇しくもオックスフォード大学と牢獄という彼の人生を劇的に変えた二つの場でワイルドによって引用されているのである。この章では、「シテールへの旅」を手がかりに、ワイルドに様々な影響を与えたボードレールとの比較を交えながら、ワイルドの宗教性について再考したい。

2

ヨーロッパの世紀末を論じる研究者はフランスのデカダンの代表的人物をボードレール、イギリスの代表をワイルドとみなす傾向がある。たしかに、両者は行為や信条において類似点が多い。また、ボードレールがイギリスのデカダンたちに与えた影響も見過ごすことはできない。ボードレールのダンディ、あるいは放蕩者としての悪名高さが興味をそそったのは言うまでもないが、献身的で妥協を

図 33　ボードレール（1861〜 62 年頃）

許さない芸術への姿勢がまさに世紀末の芸術家たちの理想であったこともあり、ボードレールの作品は世紀末の最後の数年にデカダンの作家たちの間にただちに広まった。[3] もちろん、ワイルド自身もボードレールを読んでいた。先に述べたように、ボードレールの名は、ワイルドのオックスフォード大学在学中のノートに見られ、作品や講演の中でも言及されており、ロバート・ロス宛てに送った出獄にあたって揃えておきたい本のリストの中にも見られる。[4]

ボードレールの芸術に対する情熱的で厳しい姿勢には、ブルジョワたちの偽善的な芸術解釈や表面的な芸術への参入を撥ねつける超俗性が付随しており、この超俗性もまたデカダンたちにとって魅力であったと思われる。ボードレールの作品が生前ほとんど無視されてきたのは、その作品に満ちた頽廃や官能の世界、麻薬中毒や性の描写、神への冒瀆の意味が理解されるのに時間が必要だったからであろう。孤立無援の状況の中で、ボードレールが真の理解者を希求しながら、自己の芸術に忠実たらんとするために孤独と闘っていたことは、『悪の華』の再版の序として書かれた「或る禁断の書のための題詞」（“Épigraphe pour un livre condamné,” 1868）に如実に表れている。この中で、ボードレールは平凡な良民のためではなく、自分を理解することができるほど孤独な病んだ魂のために『悪の華』

が書かれたことを示唆している。また、この詩集の中の六編が猥褻であるという理由から排除され、この裁判で敗訴した出版社が倒産の憂き目に遭ったという逸話は、新しい芸術を世に問うことがいかに困難だったかを物語っている。

ワイルドの作品も、不道徳だという理由でしばしば非難を受けたが、ワイルドはそうした批判に対して芸術の自立性を訴え、美と道徳は一体になってこそ真の美であるというラスキンまでの伝統的な芸術観を打ち破った。この美と道徳の分離という考えはすでにボードレールの日記『赤裸のこころ』（*Mon cœur mis à nu*, 1859-66）の中に見られる。

> 絶えず「不道徳な、不道徳性、芸術における道徳性」といった語だとか、その他の愚言を口にする〈ブルジョワジー〉の阿呆どもは皆、ルイーズ・ヴィルディウという三文娼婦を私に思わせるのであって、彼女はある時、それまで一度も行ったことのないルーヴル美術館へ、私と連れだって行ったのだが、たちまち赤くなって顔をおおい、不朽の彫像や絵の前で、ひっきりなしに私の袖を引いては、こんな淫らなものをどうして大っぴらに陳列できるのかと、私に尋ねるのだった。[5]

このように、ボードレールは芸術を道徳的観点から判断しようとする姿勢がいかに空疎かを皮肉を交えて示唆している。また、ここで注目すべき点はボードレールがこうした浅薄な芸術観しか持たないブルジョワジーを批判していることである。先のワイルドの引用とボードレールの引用から二人が偽善的な中産階級を嫌悪していたことは一目瞭然である。

また、ブルジョワジーに対し批判的であったボードレールが、社会的に恵まれない娼婦や特に乞食に目を向け、しばしば作品に取り上げていることは散文詩集『パリの憂鬱』(*Le Spleen de Paris*, 1869)収録の「貧民を撲殺しよう！」("Assommons les pauvres!")や「貧者の目」("Les Yeux des pauvres")から窺い知れる。特に「貧民を撲殺しよう！」は自尊心をなくして金を無心する乞食を殴りつけるという衝撃的な作品である。だが、何とも物騒なタイトルとは裏腹に、乞食に殴り返されることで自分も乞食も平等であることを証明し、財布の中身を分かち合うという結末には、矛盾だらけの社会への反発や、貧者の自尊心の奪回という問題が含まれている。

ワイルドも「社会主義下の人間の魂」の中で貧しい者が金持ちの慈悲に依存するのではなく、自尊心を持って平等を主張すべきであるという考えを打ち出している。ワイルドは慈善は私有財産所持者が社会階級制度を温存するために行うパフォーマンスであり、その慈善に縋るような貧者は自尊心を喪失していると考えた。ワイルドが貧者に知らしめたかったことは、抗うことを諦めて他人の施しに感謝するよりも、芸術を享受する権利が自分たちにもあるのだということを認識し、真に生きることの喜びを味わうべきである、ということであった。ワイルドはしばしば、『理想の夫』(*An Ideal Husband*, 1895)のゴーリング卿や『ドリアン・グレイの肖像』のヘンリー卿といったダンディで快楽主義的な登場人物たちに慈善を揶揄するような台詞を語らせている。このため、ワイルドは倫理性が欠けているような印象を与えることが多々あるが、彼が慈善に対して批判的なのは偽悪のためではなく、慈善が貧者の〈個性〉の発展を阻み、彼らを嬲り殺しにするものであるという思想を根底に持っているからである。これらのことから二人が表面的な慈悲ではなく、貧者の尊厳と〈個性〉を大切にしたことや自分たちの生きる社会に対して批判的であったという共通点を指摘することができるだろう。

二人が社会にとって〈無用〉な貧者に目を向けたのはなぜか。また、なぜ彼らは貧者に尊厳を取り戻させようとしたのだろうか。「有用な人間たることは、いつも私には何かひどく醜悪なことに思われた」というボードレールの言葉はこうした疑問に少なからず手がかりを与えてくれる。[6]

ボードレールは放蕩な生活を送ったことで有名だが、自分の属する社会に反旗を翻すために無用な人間になることに終始したと考えることもできよう。ワイルドも同じようなことを『獄中記』の中で述べている。

> 私はよく君に話したものだった。覚えているだろうね。どれほど私が「有用な」人間としてみなされることが不快だったか、芸術そのものと同様に芸術家の本質は全く無用であるため、どんなに芸術家というものがそのようにみなされたり、扱われたりしたがらないかを。

> I used to tell you[Alfred Douglas] —you remember, don't you? —how I loathed your regarding me as a "*useful*" person, how no artist wishes to be so regarded or so treated; artists, like art itself, being of their very essence

quite useless. (946)

ボードレールとワイルドに共通する〈有用性〉を嫌うという姿勢は、デカダンの特徴の一つ〈非活動〉にあたるが、このことはデカダンの病的な徴候を示すだけではない。十九世紀のヨーロッパでは工業化が進み、物質万能主義、つまり有用なものだけが重視されるという風潮が顕著になっていた。こうした功利主義的な社会を温床にして俗物的なブルジョワジーが台頭してきたことは周知の事実である。〈有用性〉の拒否はブルジョワ的な価値観と真っ向から対立するもので、利便性のない芸術を愛することによって自分たちの価値観の超俗性を保つという点にデカダンスの積極的な姿勢を見出すことができる。[7] こうした姿勢は、ワイルドの「全ての道徳はまったく無用である」という一見デカダンスの負のイメージをもたらすような一言に集約されている。

しかしながら、時代との関連から生まれる危機感は芸術だけにとどまらない。T・S・エリオットはボードレールが抱く罪の観念は「恒久的にキリスト教的な意味の罪」("Sin in the permanent Christian sense")であり、[8] そこが他の詩人たちと異なるボードレール特有の罪の認識であると指摘している。急速に近代化していく社会に追いつくために精神生活がおろそかになり、生きているのか死んでいるのかわからなくなっていく。そこから〈倦怠〉が生じるのだろう。ボードレールは〈倦怠〉について『悪の華』の冒頭に掲げられた「読者に」("Au Lecteur")の中で次のように書いている。

特別に醜くて、性悪《しやうわる》で、不潔な奴《やつ》が一つゐる！
こ奴《やつ》、大してあばれもしない、大きな叫びも立てないが、
そのくせ平気で地球をほろぼし
欠伸《あくび》しながら世界を鵜呑みにする位朝飯前。

こ奴、名は「倦怠《アンニュイ》」！——がらになく目許うるませ、
水煙管《みづきせる》吸いながら、断頭台を夢見てる。
読者よ、君は知っている、この厄介な悪魔奴を、
——偽善の読者よ、——同類よ、——わが兄弟よ！[9]

ボードレールにとって〈倦怠〉とは人間を堕落させ、緩慢に死に至らしめる恐ろしい悪魔である。この〈倦怠〉に襲われ、善悪の基準を失って何も感じなくなっていく人々を、パリの雑踏で眺めながら、ボードレールは自ら堕落していくことで苦しみを味わい、地獄に堕ちることで罪というものを肌で感じていたのだろう。そして、その痛みによって生きている証を立てていたのかもしれない。ワイルドもヘンリー卿に〈倦怠〉について「この世で唯一恐ろしいものは倦怠だ。これは許しがたい罪である」（"The only horrible thing in the world is *ennui*. That is one sin for which there is no forgiveness" 153）と語らせている。デカダンスはエリオットが指摘するように、神への冒瀆という側面を持つ。だが、

冒瀆するだけのエネルギーを内に秘めている。唯美主義も美に殉じようという情熱に支えられている。こうしたエネルギーや情熱には信仰への転化の可能性が潜んでいる。しかし、〈倦怠〉は何も持たない。神への信仰も倫理観も枯渇している。〈倦怠〉が蔓延することに対する危機感は、二人がデカダンや唯美主義の仮面の下で拠所にしているキリスト教が根底から揺さぶられることへの恐怖に根ざしているのではないだろうか。

このように、ボードレールとワイルドとの間にはいくつかの共通点を挙げることができる。そして、これらの共通点には「神なき時代」に独自の方法で神を摸索しようとする芸術家の姿が見て取れるのであり、それらはとりもなおさずニーチェなど、ノルダウによって病的であると判断されたデカダンたちの特徴でもある。

こうした共通点を考える時、エリオットがボードレールのデカダンスと宗教性を評価したのに対し、ワイルドを皮相的だと批判したのはなぜかという疑問が浮かび上がってくる。ワイルドの宗教性とボードレールの宗教性の相違とは何なのだろう。ワイルドがどのようにボードレールを解釈したのかを明らかにしながら、この問題を考えてみることにしよう。

次の引用はオックスフォード大学在学中のワイルドのノートに見られるボードレールについての記述である。

ヘレニズム

「おお主よ、我に力と勇気を与えたまえ。わが心わが肉を厭離の念なく見んがため」というボードレールの情熱的な叫びと同様に、道徳を科学的基準に依拠しようとする現代の試みには、「自然に従って生きる」という古代ギリシアの理想への回帰が見られる。

Hellenism
In the modern attempt to rest morals on a scientific basis, as well as in Baudelaire's passionate cry "O Seigneur! donnez moi la force et le courage [/] De contempler mon cœur et mon corps sans degout[sic]" A return to old Hellenic ideal ζῆν κατα φυσιν [sic] can be seen.[10]

引用から、ワイルドが「シテールへの旅」の最後の二節に古代ギリシアの「自然に従って生きる」という思想を読み取っていたことがわかる。オックスフォード大学時代のワイルドは古代ギリシア世界に対する憧憬と、カトリックへの改宗を願う気持ちとの間で揺れていた。これは「生まれたままの状態」を示す古典ギリシア語の〈自然〉とその対立概念に当たる人為的な

図34　ギリシアの民族衣装を着たワイルド（1877年4月）
オックスフォード大学時代にマハフィー教授とギリシアを旅行した際の一枚。心はカトリックへの改宗と異教的な美との間で揺れていた。

〈法〉との間の葛藤であったとも言える。つまり、魂の発露を示す〈ヘレニズム〉と律法の世界を示す〈ヘブライズム〉がワイルドの心の中で拮抗していたのである。

それにしても、異教的なものへの憧れとキリスト教の問題はワイルドとボードレールにとって生涯克服し難い大きな問題だったにちがいない。洞窟の中でヴィーナスと逸楽の日々を送った吟遊詩人タンホイザーが悔悛して許しを乞うが果たされず、最終的には彼を愛する女性エリザベートの自己犠牲によってその罪が許されるというワーグナーのオペラを二人が賞賛していることは偶然ではない。[11] 当時のワーグナー熱もさることながら、この作品に描かれている主題が二人にとって大きな問題を孕んでいると思われるからである。「シテールへの旅」でボードレールはヴィーナスの島、シテールについて書いているし、このモティーフがワイルドの初期の『詩集』にすでに見られ、愛の罪とキリストの許しを扱った『レディング牢獄の唄』(*The Ballad of Reading Gaol*, 1898) へと繋がっているところを見ると、二人の関心がタンホイザーに見られる生命の限りを尽くす官能への惑溺と色香の代償としての壮絶な罪の意識、悔悛という問題に向けられていたと言うことができよう。特にワイルドは「罪を悔悛するタンホイザー」に魅力を感じていたらしく、[12] このことは彼の生涯を暗示するようで興味深い。当時のワイルドは何にも囚われず自然のままに生きるという自由で明るいヘレニズム的なものを理想としていた。シテール島で邪恋の咎で残酷な刑を受けた死体を見ながら、自分の中のどす黒い肉欲と魂の穢れを目の当たりにしたボードレールの叫びを、ワイルドは神なき時代の道徳は本性のままに官能の世界に生きる〈ヘレニズム〉への回帰だと解釈したのである。

図35　ミヒュエル・エヒター　ミュンヘン宮廷・国民劇場で行われた『タンホイザー』に基づいて描かれたイラスト　1867年　ミュンヘン、演劇博物館

ヴェーヌスベルクで官能と逸楽に耽るヴィーナスとタンホイザー（左）ヴァッカンテたちが踊り、狂乱の宴はいまがたけなわである。異教的なエロスの世界にボードレールもワイルドも身を浸した。

エリオットがワイルドのデカダンスと宗教性を浅薄だと評したのは、彼が常に苦痛を避けようとしていたことが原因と思われる。ワイルドは、幸福の王子のように楽しいことだけに目を向けて、苦痛を味わうことを拒否してきた。大学時代からカトリックに憧れを抱きながらも、異教的な逸楽や美に心惹かれたワイルドは、唯美主義の使徒となった。同性愛の道へ入ってからはデカダンの仮面を被り、自らの罪に直面することを避け、罪が個性を強化すると主張した。そこに限界を感じると、風習喜劇によってデカダンスから脱け出そうとした。ワイルドが一貫してとり続けた姿勢は、仮初めの宿を見つけて中産階級の功利主義、物質主義、俗物根性を批判し、芸術の至高性を訴え、芸術に死にかけた宗教の代替物としての役割を付すこと、そして苦悩から逃げ回ることだったのかもしれない。ボードレールは苦悩を設定し、自らをその業火の中に投下して苦しみを通じて神へ近づこうとした。こうしたボードレールの壮絶な神への反逆に比して自己を正当化するための仮面であったワイルドのデカダンスに誠実さが欠けていたとしても無理はない。

3

しかしながら、ワイルドが絶えず予兆として〈苦痛〉を身近に感じていたことも事実である。たとえば、デカダンス文学から一転して風習喜劇を書いて成功していたワイルドは、投獄される前年の一八九四年六月に『スフィンクス』(*The Sphinx*, 1894) というデカダンスの要素が色濃く表れた詩を出版している。

『スフィンクス』は、一八七四年オックスフォード大学時代に書かれたものであるが、[13] 二十年の年月を経てリケッツの挿絵をつけて限定二百五十部で出版された。この詩には自分を肉欲の道に誘い込もうとつけ狙っているスフィンクスに象徴される魔力への抗いと、キリストと同化しようとする詩人の意志が表れている。そこには官能の呪縛による暗く重苦しい閉塞感とそこから逃れんとする詩人の切迫した危機感が見られる。次に引用する最後の四つのスタンザには、こうした詩人の心理が表れている。

ここを去れ、忌わしい不可思議のものよ！
おぞましい獣よ、ここを去れ！
お前は私の中にある獣のような肉欲を目覚めさせ
なりたくもないものに私をさせる。

お前は、私の信条を不毛の恥辱に変え、
官能に満ちた生活の不潔な夢に目覚めさせる、
血に汚れたナイフを持つアティスでさえ
私という人間よりはよい人間であったろう。

不貞のスフィンクス！不貞のスフィンクス！
葦の茂る三途の川のほとりにいる
年老いたカローンは櫂にもたれながら
私の渡し賃を待っている、
お前は先に行け、
十字架のもとに私を残して行っておくれ、

図36　詩集『スフィンクス』の表紙（1894年　デザインはリケッツによる）

私の十字架が背負う生気のない像は苦痛に青ざめ、
疲れた眼で世界を見つめ、
死に逝く魂のために涙を流し、
全ての魂のために空しく涙を流す。[14]

Get hence, you loathsome mystery! Hideous
animal, get hence!
You wake in me each bestial sense, you make me
what I would not be.

You make my creed a barren shame, you wake foul
dreams of sensual life,
And Atys with his blood-stained knife were better
than the thing I am.

False Sphinx! False Sphinx! By reedy Styx old

Charon, leaning on his oar,
Waits for my coin. Go thou before, and leave
me to my crucifix,

Whose pallid burden, sick with pain, watches the
world with wearied eyes,
And weeps for every soul that dies, and weeps for
every soul in vain. (842)

詩人はスフィンクスを呪い、閉め出そうとする。エルマンが指摘するように、結末において詩人の信仰心がいかほどかという疑問が生じる。苦痛の権化のようなキリスト像の描写には、どこかで苦しみを回避しようという詩人の心理が表れているように感じられるからである。[15] 身を滅ぼすような官能生活に耽ることへの恐怖心と同時に、キリストの苦痛に対しても懐疑的にならざるを得ない曖昧なワイルドの心理が最後のスタンザには如実に表れているように思われる。だが、そうした心理状態の中で最終的には邪恋から逃れ、キリスト教信仰に立ち返ろうという詩人の姿がかえって印象に残る。

さらに、最初部屋の隅で自分を凝視する「この奇妙な猫」(833)の存在に好奇心を駆り立てられ、自分のところに来て膝に頭を載せるように命令したのは詩人の方である。半分女で、半分動物であるスフィンクスはエキゾティックで獰猛、かつ物憂い性の魔力を感じさせる動物である。この〈猫〉はワイルドが『獄中記』の中で、下層階級の危険な美少年たちとの交遊を喩えた「豹たちとの饗宴」(“feasting with panthers” 938)という言葉を思い起こさせる。[16] ワイルドは〈豹〉たちとの交わりを次のように振り返っている。

> 危険は半分興奮剤だった。蛇使いが、コブラを入れた彩色を施した布や葦で編んだ籠からコブラを誘い出し、命ずるがままにそのからかさ状の頸部を広げさせ、植物が小川で静かに揺れるように前後に動かさせる時に感じるにちがいないような気持ちを味わったものだ。彼らは私にとって金の蛇の中でも最も燦然と輝く蛇たちだった。彼らの毒もその完璧さの一部だったのだ。

> The danger was half the excitement. I used to feel as the snake-charmer must feel when he lures the cobra to stir from the painted cloth or reed-basket that holds it, and makes it spread its hood at his bidding, and sway to and fro in the air as a plant sways restfully in a stream. They were to me the brightest of gilded snakes. Their poison was part of their perfection. (938)

ワイルドは、この引用に続いて〈豹〉たちとの交わりは芸術家として示唆的で刺激的な経験であり、恥ずべきことではないとしている。〈豹〉たちは、危険を孕むがワイルドに直接牙を剥くことはなく、あらゆる気分を味わおうとするデカダンの好奇心を満足させるものだったにちがいない。

だが、彼らを操っていたのは実はワイルドではなく、ダグラスであった。ネコ科の動物である〈豹〉が野卑な魅力溢れる下賤な少年たちだとすれば、多くの行人に謎をかけ、謎を解き得ない者を殺してきた気位の高い猫、スフィンクスは、放蕩で有名な名門貴族の血を引いたダグラスを思わせる。スフィンクスを飼い馴らしたいという欲求を持ちながら、詩人はこの猫の淫蕩の歴史を振り返らずにはいられない。〈猫〉は「怪物グリフォンス」、「ドラゴン」(835)、「象牙の角を持つ妖獣」、「アッシリアの神」、「大アムモン」(836) など多くの情人と臥所をともにした。

図 37　アルフレッド・ダグラス卿
世間の想像とは裏腹にワイルドを操っていたのは、母親譲りの美貌と父親譲りの強烈な個性の持ち主であるダグラスの方であった。

獄中のワイルドは、判決を受けた時のことを思い返し、世間はダグラスを年上の極悪非道な男にかどわかされた哀れな幼児サムエルのようにみなし、他方、自分のことを残酷で性倒錯の趣味を持つジル・ド・レ (Gilles de Retz) やサド公爵 (Marquis de Sade) のようにみなしたと書いている。だが、事実は逆であった。実際のダグラスは性的な熟練者であり、その強烈な個性とともにワイルドに対して圧倒的な支配力をふるった。『獄中記』によれば、ダグラスとともに快楽を貪る間、「ワイルドは自己の主であることをやめた」（"I[Wilde] ceased to be Lord over myself." 913）のであり、「ダグラスに自分を支配させることを許した」（"I[Wilde] allowed you[Douglas] to dominate me" 913）のである。その結果、ワイルドの生活はダグラスによって脅かされ、三ヶ月おきに友情を断ち切ろうとするなど、荒んだ不安定な日々を過ごすことになる。ワイルドはダグラスとの交遊の日々は世間が考えるほど、快楽や笑いに満ちたものではなく、むしろ「悲劇的で、辛く、不吉な前兆を内包し、泣いたり喚いたりの大騒ぎ、見苦しい暴力が繰り返される、沈んだ、恐ろしい瞬間と日々だった」（"it was full of moments and days tragic, bitter, sinister in their warnings, dull or dreadful in their monotonous scenes and unseemly violences" 884）のであり、獄中で「毎日私が自覚しなければならない様々な形の苦悩にふさわしい序曲」（"a prelude consonant with those varying modes of anguish which each day I have to realise" 884）であったと語っている。

このようにダグラスは、ワイルドから平穏な日々を奪い、毎日のように仕事場にやって来てはワイルドの創作活動を妨害した。だが、この手紙が牢獄で過酷な精神状態と肉体的疲労のうちにあったワイルドに手紙一本遣さなかったダグラスへの愛憎の入り混じった手紙であることを忘れてはならない。というのも、ワイルドがダグラスから得た官能の喜び、魅力ある人物のみに許されるわがままが自分だけに向けられていた時の感動などについては筆を省いているからだ。実際、ワイルドは投獄される前年の一八九四年、家族と最後の夏休みを過ごすためワージングに発つ前にも「君なしでは私は生きていけない」（"*I can't live without you.*"）、「君をどんなに愛しているか表現する言葉が見つからない」（"I live no words for how I love you.")と綴った手紙をダグラスに書き送っている。[17] 詩人がスフィンクスを追い出そうとするのは、この淫らな〈猫〉が詩人を破滅に陥れる存在だからである。ワイルドの悲劇の序曲がダグラスとの出会いから奏でられていたとすれば、次々と発表された風習喜劇とは趣の異なる『スフィンクス』、それも二十年も昔の青春時代に書いた詩を出版した裏には『ドリアン・グレイの肖像』や『サロメ』に見られるような心理が働いていたように思えてならない。ワイルドが内在させていたデカダン的な官能世界とキリスト教的なものの相克が『スフィンクス』には描かれているからである。[18] 同性愛の罪を正当化するために、ウェンライトのようなデカダンを理想としたワイルドであったが、作品で扱う内容に関してはデカダンスからの脱却を試み、成功していた。だが、実生活ではダグラスとの離別を果たせず、迫り来る不穏な影を完全に拭い去ることができなかった。

『スフィンクス』を出版した翌月、ワイルドはキリストに纏わる『散文詩』(*Poems in Prose*)を出版した。これらの詩には、軽妙な筆致の中にも童話に見出せるようなキリストの苦悩への共感が込められているものがいくつかある。「師」("The Master")はキリストと全く同じ行為をしたにもかかわらず、人々が磔刑に処してくれないがために涙に暮れる青年の話である。また、「知恵を授ける者」("The Teacher of Wisdom")では〈知恵〉よりも〈愛〉によって神の国に近づこうとする者を祝福する愛に満ちたキリスト像が描かれており、ワイルドが好んだマグダラのマリアの逸話を想起させる。

ワイルドの代表作とされる機智に富んだ軽妙な風習喜劇の間に出版されたこれらの作品が注目されることはほとんどない。しかし、『獄中記』を考える上で、快楽や官能への耽溺とキリストの贖罪への憧憬という主題がワイルドの中に常にあったことは大きな意味を持つように思われる。破滅を避けようとしたワイルドは意に反して破滅した。その時、無意識に書いたはずの文章がその言葉以上の重みをもって胸に迫ってくる瞬間があったとワイルドは『獄中記』に綴っている。ワイルドは、この結果「人生の一瞬一瞬において人はさっきまでの自分であると同時に未来の自分なのである。人間が象徴であるがゆえ芸術は象徴である」(“At every single moment of one's life one is what one is going to be no less than what one has been. Art is a symbol, because man is a symbol.” 922)という論に達する。この意味で『スフィンクス』も『散文詩』もワイルドの人生を象徴していると言えるのではないか。

4

ワイルドが若い頃から内在させていたもの、彼の芸術にしばしば予兆として描かれてきたものは、ダグラスとの毒々しい官能と快楽に満ちた交情を契機に現実のものとなった。投獄はこれまでのワイルドの人生観を大きく変える力を持っていた。ワイルドは避け続けてきた苦悩に直面せざるを得なくなった。『獄中記』がダグラスを観客に仕立て世間にワイルドという人物を理解させるために創作された自伝であると指摘する批評家もいるが、[19]「〈快楽〉と異なり、〈苦痛〉は仮面をつけない」(“Pain, unlike Pleasure, wears no mask.” 920)というワイルドの言葉が示すように、その圧倒的な苦悩の前で自殺さえ考えたワイルドにもはや仮面を身につける余裕はなかったのではないか。苦痛はワイルドがそれまで目を向けずにきた世界と彼を結びつけた。ワイルドは〈悲哀〉という人間の神秘の世界を知ったのである。

いま、私は、人間の抱くことのできる最高の感情であるがゆえ、悲哀が全ての偉大な〈芸術〉の典型であるとともにその試練であると思う。

I now see that sorrow, being the supreme emotion of which man is capable, is at once the type and test of all great Art.（919）

この新しい世界の中でワイルドが発見したものが、新たなキリスト像であった。ワイルドはキリストの中に〈苦痛〉と〈悲哀〉と〈美〉を一体化させる真の芸術家の姿を見出した。それも、数ある芸術分野の中でも〈詩〉を司る芸術家としての姿であることが、「キリストの場所は実に詩人とともにある。彼の人間観は全て想像力から湧き出たものであり、想像力によってのみこれを認識することができるのだ」（“Christ's place indeed is with the poets. His whole conception of Humanity sprang right out of the imagination and can only be realised by it.” 923）という言葉から明らかになる。さらに、ワイルドにとって、キリストはロマン派の詩人でなければならなかった。ワイルドはキリストを「ロマン主義運動の先駆者」として以下のように定義している。

キリストの中に私たちは古典主義的芸術とロマン主義的芸術との間の真の区別を形成し、キリストをロマン的な人生運動の真の先駆者にさせた、あの個性と完成との緊密な結合を認めることができるというだけでなく、キリストの資質そのものが芸術家の資質と同じもの、激しい炎のような想像力だったことを認めることができる。

Nor is it merely that we can discern in Christ that close union of personality with perfection which forms the real distinction between classical and romantic Art and makes Christ the true precursor of the romantic movement in life, but the very basis of his nature was the same as that of the nature of the artist, an intense and flamelike imagination.（923）

ワイルドのキリスト像は、万人の痛み、苦しみに共感を寄せることができる想像力に富んだ芸術家であった。この芸術家の道徳観は律法ではなく、共感であった。想像力をもって相手の立場や心情に心を寄せることがキリストの道徳律であり、それは律法を守ることに躍起になっている人々とは異なる。キリストが想像力による例外を作って度あるごとに闘った俗物たちは、ワイルドを牢獄へと追い込んだ社会の人々を彷彿とさせる。さらに、ワイルドは、世間ではまだ理解されない捉え方であると断った上で、キリストを〈罪〉と〈苦悩〉を〈美〉とみなす美的感覚の持ち主であると定義している。

キリストが最も真実味があるという意味で、最もロマン的なのは、〈罪人〉と対処する時である。……キリストは自己の内にある神々しい本能によって、人間の完成に最も近い者として罪人を常に愛したように思われる。……彼は罪と苦悩をそれ自体で美しい、聖なる物、完全な様式とみなしたのである。

[I]t is when he deals with the Sinner that he is most romantic, in the sense of most real... Christ, through some divine instinct in him, seems to have always loved the sinner as being the nearest possible approach to the perfection of man. ... [H]e regarded sin and suffering as being in themselves beautiful, holy things, and modes of perfection. (933)

引用文に見られるキリストは、ロマン派の詩人であるだけではない。罪人の涙、嘆きに共感を示すのみならず、その中に人間の完璧な姿を見出し、その芸術作品のような人生に積極的に美を感じる唯美主義者である。ワイルドは「芸術家としての批評家」、「社会主義下の人間の魂」でも言及したマグダラのマリアの俗信を、ここでも引き合いに出している。

キリストによって罪から救われた人たちは、ただその生涯における美しい瞬間ゆえに救われた。

マグダラのマリアは、キリストを見ると、七人の情夫の一人からもらった高価なアラバスターの壺を割って、彼の疲れた、埃にまみれた足に芳香を放つ香油を滴らす。そしてその一瞬のためにこそ、ルツやベアトリーチェと並んで雪のように白い幾重もの〈天国の薔薇〉の中に永遠に座るのである。

Those whom he saved from their sins are saved simply for beautiful moments in their lives. Mary Magdalen, when she sees Christ, breaks the rich vase of alabaster that one of her seven lovers had given her and spills the odorous spices over his tired, dusty feet, and for that one moment's sake sits for ever with Ruth and Beatrice in the tresses of the snow-white Rose of Paradise. (932)

キリストがマグダラのマリアに美を感じたのは、彼女の一瞬の想像力が際立っていたからである。彼女が疲れ傷ついたキリストの心中を察して高価な香油でもって彼を労ろうとした時、その想像力から湧き出た行為が鮮やかにキリストの心に刻まれ、その美しさにキリストが感動したからである。それは、芸術が人に与える感動と同種の効果を及ぼすとワイルドは考えたのではないか。ワイルドは苦悩の中にも美を探し出さずにはいられない唯美主義者の性をキリストの愛に満ちた共感に投影したのだと思われる。ワイルドがキリストの中に真の唯美主義者を見ていたということは、『獄中記』以前の作品にも見出せる傾向である。だが、『獄中記』におけるキリスト像の新しさは、ワイルド自身がそれを苦しみという実体験を通して改めて認識した点にあるのではないだろうか。キリストという存在の中に〈悲哀〉の意味と〈美〉、〈個人主義〉と〈詩〉、さらに異教的なものの要素までが融和されたことをワイルドは身をもって知ったのである。律法の対立概念である魂の発露の行為を法は裁くが、キリストは許すのである。それまで何度となく作品の中に描きながら、ワイルドの心の中では〈ヘブライズム〉と対立するため融合しきれなかった〈ヘレニズム〉が、『獄中記』によって初めて罪を美として捉えるキリストに包含されたのである。

ワイルドは、キリストが芸術に与えた影響についても考え、「我々はキリストにまことに様々な物と人物を負うている。ユーゴーの『レ・ミゼラブル』、ボードレールの『悪の華』……」(“We owe to him[Christ] the most diverse things and people. Hugo's *Les Misérables*, Baudelaire's *Fleurs du Mal*....” 928)と書いている。ワイルドが『悪の華』をキリストに負うていると考えるのは、官能と瀆神に満ちたこの作品に潜む深い宗教性を見出したからであろう。換言すれば、図らずも辛酸を嘗めることになったワイルドに必要だったのは、もはや自ら欲するまま官能に生きるボードレールの側面ではなく、自ら堕落し、苦しむという経験を通して、キリストの共感を得る罪人としてのボードレールの側面であったと考えられる。こうしたワイルドのボードレール観はエリオットの言うところの「キリスト教に裏口から入ろうとする」信仰心とほぼ同義であるように思われる。

ワイルドとボードレールは中産階級への批判的態度から始まって、功利主義に対して懐疑的である点や、芸術と道徳を切り離している点など、デカダンとしての共通点を有している。二人は約三十年の差はあるものの、十九世紀という時代の病巣を鋭く抉り出す慧眼の持ち主だったという点で共通していると言えるだろう。また、学生時代のノートから『獄中記』に至るまで、ほぼ一貫してワイルドはボードレールに言及してきた。その解釈にはワイルドのその時代、時代の精神の軌跡が残されている。その中にはエリオットが批判する通り、デカダンを気取るワイルドの偽悪の部分が決してないとは言えない。しかし、芸術観や時代意識、社会観、そして何よりもキリスト教における罪の意識と救済に関しては、ただの物真似ではなく、真の共通性が見られるのではないだろうか。
　以下はワイルドが獄中で学生時代を振り返って書いた部分である。

　私はオックスフォードにいた時、学位を受ける前の六月の朝、モーダレン学寮の小鳥の囀る狭い通路に沿って歩きながら、この世の庭にある全ての木々の果実を味わいたいと友人の一人に語ったことを思い出す……

I remember when I was at Oxford saying to one of my friends — as we were strolling round Magdalen's narrow bird-haunted walks one morning in the June before I took my degree — that I wanted to eat of the fruit of all the trees in the garden of the world,.... (921)

イギリスの六月と言えば、薔薇の花が最も美しい季節である。小鳥が囀る小道を歩きながら、朝の穏やかな光の中で甘い空気に包まれ、華麗な〈薔薇色の人生〉に向かっていま、まさに未来の扉を開こうとしている若き日のワイルドが目に浮かぶようである。こうした明るい希望に満ちた学生時代のノートに書き込んだボードレールの「おお主よ、我に力と勇気を与えたまえ。わが心わが肉を厭離の念なく見んがため」という一節に、ワイルドがヘレニズムの思想を読み取っていたことは先に述べた通りである。獄中で再びこの「シテールへの旅」の全く同じ部分を引用することになろうとは、輝かしい未来を前にしたワイルドにどうして想像できただろう。いや、この時すでに、邪恋に身を窶して罰を受けた亡骸に自己を投影するボードレールの悲鳴を解する日が来ることを予知してワイルドは筆を取ったのかもしれない。

ワイルドは唯美主義者、デカダンという仮面のもと、愛欲にまみれて過ごした倒錯的な日々を思い返し、快楽と奇妙な喜びに彩られた自分の行いを次のように自覚している。

私は長い間わが身を愚かしい官能の安逸へ誘われるままにした。遊び人、ダンディ、社交人であることで楽しんだのである……私は自分の才能を濫費する男となり、永遠の青春を浪費することに奇妙な喜びを覚えた。高い所にいることに飽きると、新しい興奮を求めてわざと底辺まで降りていった。私にとって思考の領域において逆説であったものが、情熱の領域においては倒錯となった。欲情はついに病、または狂気、またはその両方となった。私は他人の人生に無頓着になった。私は好むがままに快楽を貪りながら進んでいった。

I let myself be lured into long spells of senseless and sensual ease. I amused myself with being *flâneur*, a dandy, a man of fashion... I became the spendthrift of my own genius, and to waste an eternal youth gave me a curious joy. Tired of being on the heights I deliberately went to the depths in the search for new sensations. What the paradox was to me in the sphere of thought, perversity became to me in the sphere of passion. Desire, at the end, was a malady, or a madness, or both. I grew careless of the lives of others. I took pleasure where it pleased me and passed on. (913)

ダグラスとの恋によって法の裁きを受けて全てを失い、ギリシア語の福音書を暗誦することに喜びを見出す獄中のワイルドには、自分の深奥に巣食う膿のような邪淫と罪の意識にのたうちまわりながら、神に手を差し伸べるボードレールの信仰心が理解できたはずである。それは律法を遵守して導かれるキリスト教信仰ではなく、自分の魂の欲するままに生きるというヘレニズム的な生命の躍動と、その結果湧き起こる罪悪感を潜り抜けて初めてたどり着く罪の救済としてのキリスト教信仰なのである。ワイルドは〈想像力〉をもって人間のあらゆる感情を認知する芸術家キリストに全てを委ねた時にボードレールの宗教性に共感したのである。

ワイルドは過去を振り返って、常に人生の光の部分だけに目を向け、影の部分から顔を背けてきたことを過失だと認めている。さらに、獄中に入って影の部分を味わうことで〈悲哀〉の意味を知ったとも綴っている。イエィツはいみじくも言う。

我々は人生が悲劇だと認識した時に生き始めるのだ。

We begin to live when we have conceived life as tragedy.[20]

ワイルドは人生を悲劇だと認識した時に初めて真の自己に向かい合ったのではないだろうか。そのことによってワイルドの中でそれまで並立していた価値観がキリストの中に凝集されていき、悲劇的な一編の詩のような生涯を送り、想像力によって人間の罪深さや愚かしさを解し、官能の罪に頭を垂れた罪人を許すキリスト像に出会うことができたのではないだろうか。ワイルドは罪の意識に苛まれ、仮面をかなぐり捨ててキリストに縋った時、学生時代に書き留めていたボードレールの苦悩の叫びの意味を察知したのかもしれない。泥沼でのたうちまわりながら捧げられたボードレールの詩は、まさしく官能の罪から逃れ得ない人間が渇望する神への救済を描いている。その意味で、ワイルドが指摘した通り、この詩はキリストに負うており、以下に示す、ボードレールが『タンホイザー』の序曲から感じた宗教性に通底しているのである。

けだるさ、熱が混入し苦悶に中断される歓楽、渇きを消すことを約束するが決して消してはくれぬ逸楽へ向っての絶え間ない回帰。心と官能の狂暴な脈動、肉体の有無をいわせぬ命令、愛の擬音語辞典のすべてが、ここに聴かれる。……宗教的な主題が、荒れ狂う悪のさなかに侵入して、少しずつ秩序を再建し、権威を取り戻し始める時、この瀕死の逸楽の混沌の上方に、宗教的な主題がその堅固な美しさのすべてをもって新たに立ち上る時、魂全体はある一種の爽快感、贖罪の至福感のようなものを覚える。[21]

ここには肉欲への隷属の毒々しさと、宗教的救済の美しさが見事に表されている。これはエリオットが看破したボードレールの本質とも言えよう。涙と嘆息に暮れる日々を送ったワイルドはボードレールの詩の中にエリオットが見出した宗教性と同じものを見ていたのではないだろうか。

5

『獄中記』は次に示すようにダグラスへの言葉で結んである。

君は〈人生の喜び〉と〈芸術の喜び〉を学ぶために私のもとにやって来た。おそらく、私は君に、もっとずっと素晴らしいもの、〈悲哀〉とその美しさを教えるために選ばれたのだ。

You came to me to learn the Pleasure of Life and the Pleasure of Art. Perhaps I am chosen to teach you something much more wonderful, the meaning of Sorrow, and its beauty. (957)

キリストによって〈悲哀〉とその美しさを教えられたワイルドもまた、自分の知った新たな世界をダグラスに教えるために選ばれ、苦しみを負わされたというのである。ここからは、ワイルドがキリストに自己を同一化しようとしていた痕跡が見られる。この結びに、ダグラスへの執着を断ち切れず、キリストに自己投影してその執着を中和しようとするワイルドの意志の薄弱さ、中年男の貪欲な官能への渇望を読み取ることも可能であろう。だが、「神々は不可思議である。神々が私たちを懲らす道具にするのは私たちの悪徳だけではない。私たちの中にある善良なもの、優しいもの、人間らしいもの、愛を通じても神々は私たちを破滅へと導かれる」(“The gods are strange. It is not of our vices only they make instruments to scourge us. They bring us to ruin through what in us is good, gentle, humane, loving.” 889) と神に対して懐疑的になりながらも、「その時私は一切を受け入れるのが自分のなすべきたった一つのことだとわかった」(“I saw then that the only thing for me was to accept everything.” 926) と従容として運命を受け入れたワイルドの心情は、やはり自己欺瞞ではないように思われる。

　キリストが無理解な人間に愛の意味を教えるために神から選ばれたように、ワイルドは牢獄に繋がれている恋人の苦しみをまるで解そうとしないダグラスに大きな愛を教えようと本気で考えていたのかもしれない。そして、それはダグラスという手紙の受け手を超えて、ワイルドに理解を示さない全ての人々への愛を示していると考えられないだろうか。[22] 富士川義之が指摘しているように、アルゼンチンの作家ボルヘス（Jorge Luis Borges）が評するところの「びくともしない無垢」がワイルドにはたしかにあったように思われるからである。[23]

ワイルドは作品の中で異教的な美と愛欲、デカダンスの中にキリスト教的要素を交錯させた。さらに、実生活においてもカトリックに改宗するか否かで迷うなど、二つの要素を内在させていたが、獄中で「私がたどり着いたのはもちろん、自己の魂の究極の本質であった。多くの点で私はその敵だったが、友人としてそれが私を待ち受けているのを知った」（"It was of course my soul in its ultimate essence that I had reached. In many ways I had been its enemy, but I found it waiting for me as a friend." 926）と綴った時、自己の赤裸の魂を見出したのではないだろうか。この時のワイルドは、まさに三島が述べているように、意図せずに神の反逆者となり、裏側から神に達したと言えるのではないか。

出獄直後のことを記したワイルドの女友達アダ・レヴァーソン（Ada Leverson）によると、ワイルドはローマ・カトリック修道院宛てに六ヶ月間の入居を希望する旨の手紙を書いた。だが、修道院から入居を拒否されると、ワイルドは落胆し、激しく啜り泣いたという。[24] ワイルドは新しい人生をカトリック教会から始めようとしたが、挫折せざるを得なかった。

ワイルドが出獄後から死ぬまでの三年間に書いたものは、イギリスの監獄の制度を改正すべきことを訴えた『デイリー・クロニクル』の編集者宛ての手紙二通と愛する女に裏切られ、彼女を殺害したため死刑を宣告された囚人について詠ったバラッド『レディング牢獄の唄』のみである。『デイリー・クロニクル』宛ての手紙には出獄の十日後の一八九七年五月二十八日付で送られた「マーティン看守の場合：監獄生活の悲惨さ」（"The Case of Warder Martin: Some Cruelties of Prison Life"）と一八九八年三月二十四日付の「監獄改革」（"Prison Reform"）がある。特に、前者はワイルドに親切にしてくれた看守が、些細な罪で投獄された子供にビスケットを与えたために罷免された事件に関するものである。この中でワイルドは規律に従うことよりも、事情にあった対応をすることの方が大切であるとした上で、「単に情深い性質から生じた親切な行い」（"this act of kindness...out of the simple humanity of his nature" 961）によって罰せられた看守を弁護し、監獄における子供の取り扱いを見直すべきことを提言している。実際に監獄の制度が見直されるきっかけを作ったというそれらの手紙に、ワイルドの苦悩と他人に対する真の共感が表れているという指摘もある。[25] 衒いを払拭した途端、常に逆説やポーズの裏に見え隠れしていたワイルドの愛他主義が全面に押し出されたかのようなエピソードである。

『レディング牢獄の唄』も様々な意味でそれまでのワイルドの作品と異なる。絢爛たる美文調ではなく直截な表現で書かれており、内容的にも一囚人の目から見た死刑囚の姿を描いたものであり、華やかさはない。また、キリスト教的な要素が見られる点も注目に値する。たとえば、死刑に処された罪人をキリストと同一化している点、法では罰せられた彼の罪がキリストによって許されることが暗示されている点などが挙げられる。

かれは獣が絞め殺されるように絞め殺された。

かれの惑乱した魂に憩いを
　もたらしたかもしれぬ鎮魂の鐘をかれらは
　　鳴らしさえせず、
いそいでかれをはこび出すと、
　穴に隠してしまった。

かれらはかれのズックの服を剝ぎとり、
　死体を蝿に与えた。
腫れあがった紫色の喉を、
　かっと見ひらいた目を嘲笑した。
そして大笑いをしながらこの囚人の
　屍衣を積みあげた。[26]

They hanged him as a beast is hanged!
　They did not even toll
A requiem that might have brought
　Rest to his startled soul,

図 38　ワイルドが『レディング牢獄の唄』の大半を書いた家
北フランスの海岸に位置する寒村ベルヌヴァールの家。ワイルドは、この淋しい田舎町で牢獄以上の孤独を味わった。

But hurriedly they took him out,
And hid him in a hole.

The warders stripped him of his clothes,
And gave him to the flies:
They mocked the swollen purple throat,
And the stark and staring eyes:
And with laughter loud they heaped the shroud
In which the convict lies.（856）

この部分にはキリストの受難と死の場面が暗示されており、ワイルドは哀れな犠牲者とキリストを同一化している。[27] ワイルドは、この犠牲者に愛欲に取り憑かれた自己の罪を投影していたにちがいなく、この囚人を介してキリストと同化したと言えるだろう。また、ワイルドは愛ゆえに殺人を犯したこの男のことを「キリストが救うために降臨してくださった者の一人」（"the man was one of those / Whom Chrsit came down to save" 857）と書いている。ここには神に許されるべき資質の持ち主であった男を葬った人間の愚かしさ、高慢に対する批判が見られる。

このように、『レディング牢獄の唄』にはいくつかのキリスト教的要素が見られる。そして、その中で、ワイルドにとって最も魅力があったのは、罪人に対するキリストの寛容な愛、贖罪であった。

血の涙でかれは手を清めた、
　刃を握ったその手を。
血だけが血を拭いとることができ、
ただ涙だけが癒しうるからだ。
カインのものであった真紅のしみは
　キリストの純白のしるしとなった。（ワイルド 77）

And with tears of blood he cleansed the hand,
　The hand that held the steel:
For only blood can wipe out blood,
　And only tears can heal:
And the crimson stain that was of Cain
　Became Christ's snow-white seal.（859）

ここに見られる「キリストの純白のしるし」は、贖罪の意味を知り、神の許しを得て天国へ召されたわがままな大男の体を覆っていた白い花を想起させる。この「純白のしるし」は現世では苦い涙に暮れ、血を流した罪人が神の国ではキリストに許されることを示している。ワイルドは、キリストの愛を理解することは、罪人の資質に応じてその罪を許すことに他ならないこと、それが悲哀の世界を知った者の美であることを人々に訴えようとしたのではないだろうか。

しかしながら、フランスの片田舎で偽名を用い、友人たちに金を無心しながら、浴びるように酒を飲んだ晩年のワイルドは、この作品を最後に二度と創作活動をすることがなかった。身につける仮面も話題にしてくれる観客も失ったワイルドは「書くことはできるが、書く喜びを失ってしまった」(“I can write, but have lost the joy of writing.”)と語った。[28] 獄中のワイルドは財産も名誉も家族も失ったが、芸術に対する情熱だけは失っていなかった。『獄中記』によれば、ワイルドにとって芸術は「まず自分自身に、そして世間に自己を映し出してみせる第一義の調べであり、私の人生の真の情熱」(“the great primal note by which I had revealed, first myself to myself, and then myself to the world; the real passion of my life” 895)であった。だが、出獄後の社会の冷酷さはワイルドを支えてきた芸術の喜びさえ奪い去ったのだ。

最晩年のワイルドは、「カトリシズムは魂を委ねて死ねる唯一の宗教だ」(“Catholicism is the only religion to die in.”)と口にした。[29] その理由は、獄中で友人に語った「カトリック教会は聖人と罪人のためだけにある。立派な人々には英国国教会が役に立つだろう」(“The Catholic Church is for saints and sinners alone. For respectable people the Anglican Chruch will do.”)というワイルド自身の言葉が明瞭に物語っていると言えるだろう。[30] ワイルドは、若い頃から姦淫の女をその愛の大きさゆえに許す、想像力に富む寛大なキリスト像に惹かれていた。奇しくも愛の罪人になり、全てを失ったワイルドは神に懺悔し、許されることを望んでいたのではないだろうか。ワイルドは死の三週間前に『デイリー・クロニクル』の記者に次のように語っている。

私の道徳的逸脱の多くは、父が私をカトリック信者になるのを許そうとしなかったせいである。教会の芸術的側面とその教えの香気によって私の堕落は治癒しただろうに。もうすぐ私は信者として受け入れてもらいたいと思っている。

Much of my moral obliquity is due to the fact that my father would not allow me to become a Catholic. The artistic side of the Church and the fragrance of its teaching would have cured my degeneracies. I intend to be received before long.[31]

死の床でのカトリックへの改宗は、若い頃からワイルドに定められていた運命であったのだろう。異教的な美の世界から悲哀の世界へ移り住んだワイルドは、死の間際になって罪人を許すキリストに見《まみ》えることでようやく魂の平安を得たのではないか。[32] さらに、次の引用が示すように、ワイルドが、懺悔する人間の真摯な姿に至高の美を感じていたことにも目を向ける必要があるだろう。

人間の崇高な瞬間とは、塵芥の中に跪き、自らの胸を叩きながら、生涯の罪を全て告白する時であると私は確信している。

> A man's very highest moment is, I have no doubt at all, when he kneels in the dust, and beats his breast, and tells all the sins of his life. (947)

晩年のワイルドはその崇高な美しい瞬間を待ち望んでいたのではないだろうか。かつてワイルドは「キリスト自身が一つの芸術作品のようである」("He[Christ] is just like a work of art himself." 934) と表現した。芸術を創作することができなくなったワイルドは、罪と悔悛を通して神の目に映る美しい一つの芸術作品になろうとしていたのかもしれない。

図 39　死の床に横たわるワイルド
ワイルドは 1900 年 11 月 30 日に逝去した。前日の朝に病床で洗礼を受け、学生時代からの願いであったカトリック信者になった。

おわりに

本書の題名が示す〈オスカー・ワイルドの曖昧性〉はこれまで内外の研究者たちが注目してきた問題であり、ワイルドの摑み所のなさ、魅力を語る上で欠かせない特徴である。私は、ワイルドの生きた時代の象徴と考えられるデカダンスとキリスト教という二つの要素がその作品、生涯にどのように絡み合い、表れているかという問題を考察することによって、ワイルドの曖昧性がどのようなものだったのかを明らかにしようと試みた。

大きな、しかも難解なテーマであり、どのような観点から論じるべきか考えあぐねていた時に、エリオットの「ボードレール」を読んだ。時代に横たわっている〈神の死〉という危機的状況と芸術家が内面世界に生み出そうとしている新たなキリスト教、それらの鬩ぎ合いにデカダンスの精神を見た思いがした。ところが、ボードレールを評価したエリオットは、ワイルドを始めとする世紀末の作家たちの宗教を皮相的だと酷評した。私はこのエリオットの見解に素朴な疑問を感じた。

私がワイルドを知ったのは、幼少時に読んだ「ナイチンゲールと薔薇の花」を通してである。当時どれだけの理解力があったかは定かではないが、とにかくナイチンゲールの真剣さと純粋さが心に刻まれ、いつまでも記憶に残っていた。後年、ワイルドの童話における〈無垢〉について論じた富士川義之の研究書を読み、幼い心に訴えたワイルドの真髄はこれだったのかと膝を打った。この時キリストの「心をいれかえて幼な子のようにならなければ、天国に入ることはできないであろう」(「マタイによる福音書」第十八章三節)という言葉が心に浮かび、ワイルドの〈無垢〉と宗教性が自然に重ね合わされた。それらのことが脳裡にあったため、エリオットのワイルド批判には首肯できなかったのである。

以上のような動機から、三島由紀夫を始め、内外の専門家の研究や意見に励まされ、この問題を考察するに至った。本書では、ワイルドの曖昧性を十九世紀末の特徴を示すデカダンスとキリスト教という二つの点に絞って考察している。デカダンの理想像としてのウェンライトから反転し、キリストを究極の理想像に掲げて自己同一化したワイルドの芸術と宗教性の融合に、彼の中で二つの要素が分かち難く結ばれていることを確認した。

人生を芸術とみなし、罪さえも個性の強化の一助とするウェンライトにワイルドがデカダンの理想像を見出したのではないかという、これまで指摘されることがほとんどなかった考えに立脚し、ワイルドの作品に表れるデカダンスの要素とキリスト教的要素を考察した。そうすることで、作品に投影された二つの要素の間で揺らぐワイルドの心理に同性愛による罪の意識が潜んでいることを炙り出した。また、私は、ワイルドがウェンライトに自己を同一化しようとしながら、そこに安住することができなかったことに注目した。この理由として、彼に内在し、彼の作品にもしばしば表象するキリスト教的要素が挙げられることを、三島の慧眼を援用して論証している。内外でまだワイルドとの影響関係が研究されていない新資料や「孔雀」を用いて三島におけるワイルドの影響をたどった部分は、誰も試みていない本書の特徴であると思う。この比較文学的考察によってワイルドの二面性が浮き彫りになり、新たな視点が開けたのではないだろうか。さらに、ワイルドのキリスト教的要素を探ることで、彼が没落の予感を抱いていたこと、意図せずに破滅することで裏口から神に達し、真の理想像であるキリストを見出したという結論に達した。

罪人になったワイルドは、それまで自作に書き込んできた人間の愚かさを許す慈愛に満ちたキリストの魅力を、身をもって理解した。ジョン・アルバートは死の床で神に召されたワイルドに最もふさわしい言葉は、「ヘブライ人への手紙」の次の一節（第十二章五〜六節）ではないかと示唆している。

わたしの子よ、主の訓練を軽んじてはいけない。主に責められるとき、弱り果ててはならない。主は愛する者を訓練し、受け入れるすべての子をむち打たれるのである。（訳は口語訳聖書による）

My son, desipise not thou the chastening of the Lord, nor faint when thou art rebuked of him; for whom the

Lord loveth he chasteneth, and scourgeth every son whom he receiveth.

私もアルバートの考えに賛同する。かつて息子たちに「わがままな大男」の話を聞かせながら、その美しさに涙を流したこの唯美的な大男は、白い花の咲く木の下ではなく、フランスの片田舎の安ホテルで昇天し、自ら〈美しいもの〉と化したのではないだろうか。

ワイルドは獄中で自らを自分の生きた時代と文化に象徴的な立場にあると書いた。〈神の死〉が宣告され、精神的な混乱状態に陥っていた時代に芸術家たちは分離した人類の心を統合しようと芸術を崇めた。芸術が宗教の代替物になった時、彼らが自己の苦悩をキリストに投影させたのは自然のことのように思われる。人間としての魅力をもたされたキリスト像は美的なもの、異教的なものと同化され、アイデンティティを失った。多くの仮面を被ったワイルドの複合性、彼に内在した曖昧性は、このような混沌とした時代の精神性を映し出す鏡のような役割を果たしたのではないか。この意味で彼の生涯は十九世紀末という時代を物語る一つの芸術作品になったように思われる。

芸術と宗教の結合の試みとその挫折にこそ、この時代が求めた新しいキリスト教を見出すことができるのであって、この奇矯な芸術家の中に息づく宗教性を表層的だとは言い切れないはずである。以上のことから、エリオットの厳格な宗教性の範疇には入らないかもしれないが、ワイルドの宗教性が浅薄だという断定に少なくとも疑問を投げかけることはできたのではないだろうか。

今後は、本書では扱うことができなかった世紀末文学全体とキリスト教の関係について研鑽を積み、広い文化的視野の中でキリスト像を捉え、世紀末文学のコンテクストにおけるワイルド、三島由紀夫における世紀末文学の関係などに研究の視野を広げていきたい。最後に、本書がエリオットに代表されるワイルドの宗教性に対する批判を再考する一助となることを望んで筆を置く。

註

はじめに

1 Richard Ellmann, *Oscar Wilde* [以下 *OW* と略す] (1987; London: Penguin, 1997), 288-315.

2 Oscar Wilde, *The Complete Works of Oscar Wilde* [以下 *CW* と略す], ed. J.B. Foreman (1948; London: Collins, 1983), 912. 以下同書からの引用には、原文の頁数を括弧内に記し、拙訳を付す。尚、原文の引用、あるいは翻訳を省略する場合もある。翻訳に際しては、西村孝次訳『オスカー・ワイルド全集』全六巻（青土社、一九八八～八九年）を参照させていただいた。

3 ヘルムート・ショイアー、「一九〇〇年前後の文学におけるキリスト像」、岡部仁訳、J・A・シュモル＝アイゼンヴェルト他編、『論集　世紀末』、種村季弘監訳（平凡社、一九九四年）、四五二頁。

4 富士川義之、『英国の世紀末』（新書館、一九九九年）、六三頁。

5 ショイアー、四六七頁。

6 ヤロスラフ・ペリカン、『イエス像の二千年』、小田垣雅也訳、（講談社、一九九八年）、三四八～三六八頁。

7 フリードリヒ・ニーチェ、『悲劇の誕生』、秋山英夫訳、（一九六六年；岩波書店、二〇〇一年）、六頁。

8 エックハルト・ヘフトリヒ、「「芸術のための芸術」とは何か」、岡部仁訳、シュモル＝アイゼンヴェルト編、二九頁。

9 Max Nordau, *Degeneration*, trans. of *Entartung*, 1892 Introd. George L. Mosse, 1968(1895; Lincoln: U of

Nebraska P, 1993), 299.

10 Richard Gilman, *Decadence: The Strange Life of an Epithet* (New York: Farrar, Straus and Giroux, 1979), 89.

11 Robert Baldick, Introduction, *Against Nature*, trans.of *À Rebours* by J. K. Huysmans (London: Penguin, 1959), 13.

12 W. B. Yeats, *Autobiographies* (London: Macmillan, 1956), 277-349.

13 T. S. Eliot, "Baudelaire," *Selected Essays*［以下、*SE* と略す］(London: Faber & Faber, 1951), 421. 翻訳に際しては、吉田健一訳「ボオドレエル」『エリオット選集』第三巻（彌生書房、昭和三十四年）を参照させていただいた。

14 Nordau, 294.

15 Eliot, "Baudelaire in Our Time," *Essays Ancient and Modern* (London: Faber & Faber, 1951), 68. 拙訳を付す。

16 Eliot, *SE*, 434-435.

17 Eliot, *SE*, 442.

18 川西進、「解説」『ヘンリー・ジェイムズ短編選集 2芸術と芸術家』（音羽書房、一九六九年）、五〇五～五〇六頁。ここでは、ヘンリー・ジェイムズの芸術観とオスカー・ワイルドの唱える審美主義の相違がT・S・エリオットの見解を交えて論じられている。

19 "Unsigned notice, *Critic* [New York], 12 May 1894," *Oscar Wilde: The Critical Heritage*, ed. Karl Beckson (London: Routledge & Kegan Paul, 1970), 143.

20 Stephen Calloway, "Wilde and the Dandyism of the Senses," *The Cambridge Companion to Oscar Wilde*, ed. Peter Raby (Cambridge: Cambridge UP, 1997), 37.

21 Arthur Symons, "An Artist in Attitudes: Oscar Wilde," *Writing of the 'Nineties from Wilde to Beerbohm*. ed. Derek Stanford. (New York: Everyman, 1971), 26. 以下、拙訳を付す。

22 Symons, 27-28.

23 Ellmann, *Eminent Domain: Yeats among Wilde, Joyce, Pound, Eliot and Auden* (Oxford: Oxford UP, 1967), 12-13.

24　Oscar Wilde, *The Letters of Oscar Wilde* [以下 *Letters* と略す], ed. Rupert Hart-Davis (New York: Harcourt, 1962), 352.　一八九四年二月十二日付、Ralph Payne宛ての手紙。以下、拙訳を付す。

25　三島由紀夫、『決定版　三島由紀夫全集』全四十二巻（新潮社、二〇〇〇〜二〇〇四年）、第二十七巻、二八五頁。以下、三島由紀夫の作品からの引用はこの全集により、本文中括弧内に、使用する巻数と頁数を記す。尚、この全集に付されているふりがなは本書の引用では割愛した。

26　George Woodcock, *The Paradox of Oscar Wilde* (London: T.V. Boardman, 1949).

27　Hilary Fraser, *Beauty and Belief: Aesthetics and Religion in Victorian Literature* (Cambridge: Cambridge UP, 1986).

28　G. Wilson Knight, *The Christian Renaissance* (New York: Norton, 1962)

29　Philip K. Cohen, *The Moral Vision of Oscar Wilde* (London: Assoc. UP, 1978)

30　John Albert, "The Christ of Oscar Wilde," *Critical Essays on Oscar Wilde*, ed. Regenia Gagnier (New York: Macmillan, 1991), 241-257.

31　Guy Willoughby, *Art and Chrsithood: The Aesthetics of Oscar Wilde* (London: Assoc. UP, 1993)

32　Ronald Schuchard, "Wilde's Dark Angel and the Spell of Decadent Catholicism," *Rediscovering Oscar Wilde*, ed. C. George Sandulescu, (Buckinghamshire: Colin Smythe, 1994), 371-396.

33　Ellis Hanson, *Decadence and Catholicism* (Cambridge Mass: Harvard UP, 1997).

第I部　デカダンとしてのワイルド

第一章　華麗なる毒殺者——「ペン、鉛筆と毒薬」

1　Beckson(ed.), 90-106.　一八九一年に出版された『意向集』に関する書評には、「嘘の衰退」、「芸術家としての批評家」に議論が集中し、「ペン、鉛筆と毒薬」について言及していないものもある。

2 Regenia Gagnier, *Idylls of the Marketplace: Oscar Wilde and the Victorian Public* (Stanford: Stanford UP, 1986), 34. ヴィクトリア時代の聴衆とワイルドの関係を研究している著者は、従来の「ペン、鉛筆と毒薬」観を否定し、芸術至上主義の諷刺としてこの作品を捉えている。

3 Holbrook Jackson, *The Eighteen Nineties: A Review of Art and Ideas at the Close of the Nineteenth Century* (1913; London: Grant Richards Ltd., 1922), 72-73.

4 Calloway, "Wilde and the Dandyism of the Senses," ed. Peter Raby, 40. 富士川義之・鶴岡真弓「徹底討議　オスカー・ワイルド、複数の肖像」、『ユリイカ　総特集オスカー・ワイルドの世界』（青土社、二〇〇〇年）、三一～三六頁。

5 Gagnier, 34. イギリスでは、『ニューゲイト・カレンダー』（*Newgate Calendar*）に記載された実話の犯罪に基づいて小説が書かれるということが一八七〇年代まで盛んであり、ウェンライトも大衆を慄かせるスリル小説に取り上げられる場合があった。『ニューゲイト・カレンダー』は、一七七三年に初めて出版されてから、一八四五年まで悪名高い極悪犯の記録を書き写したもので、ブルワー・リットン（Bulwer-Lytton）などは、強盗、追いはぎ、詐欺や殺人のためにページを限なく繰った傑出した作家の一人だった。

6 ブルワー・リットンの『ルクレティア』（*Lucretia*, 1846）やディケンズ（Charles Dickens）の『追いつめられて』（*Hunted Down*, 1870）やド・クインシー（Thomas De Quincey）の「殺人芸術論」（"On Murder Considered as One of the Fine Arts," 1827-39）の登場人物は、ウェンライトをモデルにしたと言われている。

7 Ellmann, *OW*, 283.

8 Nordau, 320.

9 Wilde, "The Beauties of Bookbinding," *The Collected Works of Oscar Wilde*. Vol. X IV "Miscellanies," (London: Routledge & Thoemmes P, 1993), 103.

10 Ellmann, *OW*, 237.

11 Nordau, 319. ノルダウはワイルドが活動しないことを生活の理想にしたことを指摘し、これをワイルドに見出せるデカダンスの特徴とし、「ペン、鉛筆と毒薬」の例を挙げている。

12 Wilde, *Essays and Lectures*［以下 *EL* と略す］(1908; London: Methuen, 1911), 146.

13 Wilde, *EL*. 151.

14 Wilde, *EL*, 137.

15 Wilde, *EL*, 137.

16 ジャン・ピエロ、『デカダンスの想像力』渡辺義愛訳（白水社、一九八七年）、二八頁。

17 吉田健一、『英国の近代文学』（一九七四年；筑摩書房、一九八五年）、一六頁。吉田は、「英国では、近代はワイルドから始まる」という有名な一節で始まる同書で、「芸術家としての批評家」の存在意義を高く評価している。

18 Lawrence Danson, *Wilde's Intentions: The Artist in his Criticism* (Oxford: Clarendon, 1998), 88.

19 ブランメルは、ブルワー・リットンの『ペラム』（*Pelham, or the Adventures of a Gentleman*, 1828）、十九世紀末のアメリカの劇作家W・C・フィッチ（William Clyde Fitch）の『ボー・ブランメル』（*Beau Brummel*, 1890）などのモデルとされている。

20 Jackson, 105-116; Calloway, 34-54; Gagnier, 49-99. ダンディの分類は様々であるが、ブランメルに代表される摂政時代のダンディたちを〈初期ダンディ〉、十九世紀中期のフランスのダンディズムを代表するボードレールから世紀末までのダンディを〈後期ダンディ〉、〈魂のダンディ〉、あるいは彼らのダンディぶりを一つの概念と捉え、〈知性のダンディズム〉、〈気質のダンディズム〉と呼んで区別するのが一般的である。さらに細分化して、イギリス世紀末のダンディズムを〈新しいダンディズム〉、〈世紀末ダンディズム〉と呼ぶ研究者もいる。また、キャロウエイのように、ブランメルやボードレール、彼らの影響を受けたワイルドたちを、美的感覚を共通項に〈感覚のダンディズム〉として一括りにして捉える研究者もいる。また、ガニエのように、従来は服装の上のダンディとしか評価されないイギリスの摂政時代のダンディたちこそ、破滅を内包する知的なダンディの原型であり、フランスのダンディはその模倣であるとする研究者もいる。

21 Charles Baudelaire, "The Painter of Modern Life," *The Painter of Modern Life and Other Essays*, trans. and ed. Jonathan Mayne (New York: Da Capo P, 1964), 29. 拙訳を付す。

22 Jackson, 105. の中の前掲書に "The New Dandyism" という章がある。

23 Danson, 91. ダンソンは、「ペン、鉛筆、毒薬」のウェンライトとシリルは「詐欺、偽作」の罪を犯すという共通点があるとして、その源泉をチャタトンに見ている。

24 Nordau, 319-322. ノルダウによれば、「エゴ・マニア」とは、自己や自己の職業を病的に重視し、社会性を失う傾向を指し、この傾向がデカダンおよび唯美主義者を生み出したという。彼らは、自己を重要視するあまり、自分たちを無視する鼻持ちならない自然を嫌うのだ、とノルダウは述べている。

25 フーゴー・フォン・ホーフマンスタール、「セバスティアン・メルマス」『フーゴー・フォン・ホーフマンスタール選集３』、富士川英郎他訳（河出書房新社、昭和四十七年）、三八六頁。

26 Ellmann, *OW*, 260-261. エルマンの伝記ではワイルドの同性愛の始まりを、一八八六年としている。デカダンとしてのワイルドのイメージに大きな貢献をしたとも言える Rupert Croft-Cooke の *Feasting with Panthers* (London: W. H. Allen, 1967) では、ワイルドの同性愛的徴候をオックスフォード大学在学中から見ており、結婚した時にはすでに同性愛の経験があったとしているが、いまでは信憑性の点で問題があるとされている。ワイルドの同性愛はロスとの情事をきっかけに本格的に始まったが、ワイルドの美的感覚は若い頃に出会った美青年たちにも向けられていたのではないか。

27 Wilde, *Letters*, 247.

28 Frank Harris, *Oscar Wilde* (London: Constable, 1938), 84.

29 Harris, 84.

30 Elaine Showalter, *Sexual Anarchy: Gender and Culture at the Fin de Siècle* (New York: Viking Penguin, 1990), 176.

31 H. Montgomery Hyde, *The Trials of Oscar Wilde* (1962; New York: Dover, 1973), 201.

32　ニーチェ、『悲劇の誕生』、一六頁。
33　Nordau, 320.
34　ニーチェ、『悲劇の誕生』、一六頁。
35　Beckson(ed.), 95.

第二章　頽廃と官能と罪の宝石箱——『ドリアン・グレイの肖像』・『サロメ』

1　Ellmann, *OW*, 288. 以下、拙訳を付す。
2　ヴォルフディートリヒ・ラッシュ、「終末と発端としての世紀末」、シュモル＝アイゼンヴェルト編、五二頁。たとえば、ラッシュはその論考の中でヨーロッパの世紀末文学を概観し、イギリスの世紀末文学の代表作として、『ドリアン・グレイの肖像』と『サロメ』を挙げている。
3　Beckson(ed.), 72.
4　Wilde, *Letters*, 257-272. 一八九〇年六月二十五日付の *St James's Gazette* の編集者宛ての手紙から、一八九〇年八月十三日付の *Scots Observer* の編集者宛ての手紙に至るまでワイルドは『ドリアン・グレイの肖像』を擁護する手紙を書いた。
5　Gagnier, 57.
6　Wilde, *The Picture of Dorian Gray*［以下 *DG* と略す］（New York: Norton, 1988）, ed. Donald L. Lawler, 121.　同書には、一八九一年に単行本として出版された現在流布しているテクストが一頁から一七〇頁に収録されている。批判を受けて加筆修正を行う前の『リッピンコッツ・マンスリー・マガジン』に掲載された版も一七一〜二八一頁に収められている。この雑誌掲載版には、作者の制作上の意図が如実に表れていると考えられるため、第Ⅲ部で論じる。以下、本書の第二章と第六章における『ドリアン・グレイの肖像』の引用は全て同書による。また、同書からの引用は、括弧内に頁数を記す。尚、場合により、原文の引用を省略し、訳と原文の頁数を括弧内に記す。

7 シビルは、芝居について「影にはうんざりしてしまいました。」（"I have grown sick of shadows." 70）と言う。これはアルフレッド・テニスン（Alfred Tennyson）の初期の詩「シャロット姫」（"The Lady of Shalott," 1832）の同名のヒロイン、シャロット姫の発した言葉から想を得たものである。シャロット姫は、外界に目を向けてはならないという掟に従って機織をして暮らしているが、鏡に映ったランスロットに恋をして外界に出て行き、その結果死に至る。シャロット姫の機織とシビルの演技を芸術として捉えれば、二人の運命に類似性を見出すことは容易だろう。二人は芸術という虚の世界にとどまっていれば幸福だったものを、恋という実人生に足を踏み出した途端に破滅してしまうからである。このように、ワイルドはシャロット姫のイメージをシビルに投影させ、シビルが芸術と実人生の問題の象徴的役割を果たしていることを暗示している。

8 Wilde, *CW*, 985.「嘘の衰退」からの一節。以下、第二章と第六章における『ドリアン・グレイの肖像』以外のワイルドの作品からの引用は、同書による。また、同書からの引用は、本文中に括弧とともに頁数のみを記すこととする。尚、場合により、訳と原文の頁数を括弧内に記す。

9 Wilde, *DG*, 96.　テクストの註によれば、雑誌掲載版の前にワイルドがタイプで書いた原稿では、この本のタイトルは "The Secret of Raoul by Catulle Sarrazin" となっている。Catulle Sarrazin という名はフランスの文人二人の名を組み合わせたものと推測されるにとどまっており、この小説の正体は謎のままであるという。

10 フリッツ・シャルク、「世紀末」、シュモル＝アイゼンヴェルト編、一七頁。

11 J.-K. Huysmans, *Against Nature* (London: Penguin, 1959) 118-129.『さかしま』の第十章では、デ・ゼッサントが様々な匂いを嗅ぎ、匂いの流体から芸術を創り出そうとする様が具体的に示される。彼は、聴覚や視覚と同様に嗅覚も、専門的な修練を積めば、味わった感覚から新たな快楽を得ることができると信じている。こうした考えに影響を受けてワイルドはドリアンが香りに没頭する様子を描いたと考えられる。

12 ワイルドは、『タンホイザー』について、初期の詩、「芸術家としての批評家」、『レディング牢獄の唄』の中でも言及している。ワイルドは、愛欲の罪による壮絶な罪の意識、悔悛という『タンホイザー』のテーマに心惹かれていたと言われている。ドリアンが様々な音楽の中でも特に『タンホイザー』に心酔しているのは、彼にとってもこのオペラのテーマが共感を呼び起こすものだからではないか。

13 Huysmans, 54-57.

14 Walter Pater, *The Renaissance: Studies in Art and Poetry*, ed. with an introduction and notes. Donald L. Hill (Berkeley: U of California P, 1980), 189.

15 Beckson(ed.), 117.

16 テオフィル・ゴーチエ、「手の習作　IIラスネール」『七宝とカメオ』、『世界名詩集（全26巻）12』、斎藤磯雄訳、（平凡社：昭和四十三年）、二一頁。

17 Nordau, 319.

18 Wilde, *Letters*, 255.

19 Cohen, 118-119.

20 Wilde, *Letters*, 352.「はじめに」の［註］24と同じ。

21 Wilde, *Letters*, 259. *St. James's Gazette* の編集者宛てに書かれた一八九〇年六月二十六日付の手紙。

22 Wilde, *Letters*, 263-264. *The Daily Chronicle* の編集者宛てに書かれた一八九〇年六月三十日付の手紙。

23 Wilde, *Letters*, 264. ワイルドが一八八九年九月まで編集長を務めた女性向けの雑誌 *The Woman's World* の編集助手をしていたArthur Fish 宛ての結婚を祝う手紙からの抜粋。日付は一八九〇年七月初旬となっている。

24 井村君江、『「サロメ」の変容――翻訳・舞台』（新書館、一九九〇年）、二四頁。

25 Ernst Bendz, *Oscar Wilde: A Retrospect* (Vienna: Alfred Hölder, 1921), 97. この指摘は、フロベールの「エロディアス」との比較からなされたもので、必ずしも公正とは言えないが、ワイルドのサロメ像の核心を突いていると言えよう。

26 Katharine Worth, *Oscar Wilde* (London: Macmillan, 1983), 71.

27 Wilde, *Letters*, 333. 一八九三年二月二十三日付の作家で図像学者のCampbell Dodgson宛ての手紙。

28 Showalter, 144-168. Jane Marcus, "Salomé: The Jewish Princess Was a New Woman," *Bulletin of the New York Public Library* (autumn 1974), 105. 宗教界で影響力を持つヨカナーンと政治的権力者のヘロデを思い通りにするサロメが十九世紀末の父権制社会を攻撃するニュー・ウーマンであるという結論が導かれる。

29 Hesketh Pearson, *The Life of Oscar Wilde* (London: Methuen, 1946), 230. 河村錠一郎編・著、『オーブリー・ビアズリー——世紀末、異端の画家』（河出書房新社、一九九八年）九四～九五頁。

30 Ellmann, *OW*, 323. ワイルドは宝石店のショー・ウィンドウに飾ってある宝石を身につけた人形を見て裸の上に宝石をいっぱいつけた自分のサロメのイメージを語ったという。サロメをモデルにした多くの絵の中でワイルドを満足させたのは、モローのサロメだけだった。この時のワイルドはモローの描いたサロメを思い浮かべていたのではないかと思われる。

31 J・K・ユイスマンス、『さかしま』、澁澤龍彦訳（昭和五十九年；光風社、平成七年）、七七頁。

32 Mario Praz, *The Romantic Agony*, trans. of *La carne, la morte e il diavolo nella literature romantica*, 1930 by Angus Davidson(1933; London: Oxford UP, 1951), 289-389.

33 ハイデ・アイラート、「世紀末抒情詩における贅美な＝えりすぐりの物質にたいする偏愛」、シュモル＝アイゼンヴェルト編、四九九～五〇一頁。

34 アイラート、シュモル＝アイゼンヴェルト編、五〇一頁。

第II部　三島由紀夫との比較を通して

第三章　ワイルドのデカダンス——『サロメ』と平岡公威の作品

1 井村君江、「明治期のワイルド」、『オスカー・ワイルド事典——イギリス世紀末大百科——』

山田勝編（北星堂書店、一九九七年）、五〇〇～五〇一頁。井村、「明治期の翻訳――森鷗外その他」、『サロメの変容』。『明治翻訳文学全集《新聞雑誌編》ワイルド集』10 川戸道昭・榊原貴教編（大空社、一九九六年）。平井博、「日本におけるOscar Wilde」、「日本におけるOscar Wilde 書誌」、『オスカー・ワイルド考』（松柏社、昭和五十五年）を参照。

2 石崎等、「ワイルドと大正文学」、『オスカー・ワイルド事典』五〇二～五〇三頁。井村、『サロメの変容』、平井、「日本におけるOscar Wilde」、「日本におけるOscar Wilde 書誌」前掲書を参照。特に、井村の「大正期の舞台――松井須磨子から浅草へ」に大正期におけるサロメの受容が詳しく論じられている。

3 平井、前掲書、一五三～一五四頁。平井は明治から大正を通して調べ上げた外国作家の全集を挙げ、英文学と目される全集としては、米国を含めて、シェイクスピア、エマーソン、ラスキン、ワイルド、カーライルの五人のものが刊行され、シェイクスピアとワイルド以外の三人は思想家、評論家であるため、文学のジャンルでは、シェイクスピアとワイルドだけだとしている。

4 石崎、「ワイルドと現代文学」、『オスカー・ワイルド事典』、井村、「日夏耿之介の「院曲撒羅米」」、「三島由紀夫の『サロメ』演出」、『サロメの変容』、平井、「日本におけるOscar Wilde」、「日本におけるOscar Wilde 書誌」前掲書参照。

5 三島瑶子・島崎博編、『定本三島由紀夫書誌』（薔薇十字社、一九七二年）、三〇三～四六八頁。

6 佐伯彰一が『評伝　三島由紀夫』（新潮社、一九七八年）の中で両者の気質的類似を、堀江珠喜が『薔薇のサディズム――ワイルドと三島由紀夫』（一九九二年；英潮社、一九九七年）で、三作品を検証しながら、二人の類似を指摘しており、井村君江は『サロメの変容』の中で、三島における『サロメ』の影響について論じている。先田進は「三島由紀夫とオスカー・ワイルド――習作期のワイルド受容について」（『日本文芸論稿』7、昭和五十二年三月）の中で学習院時代の三島におけるワイルドの影響を指摘している。拙論「美に憑かれた男たちの憂鬱――オスカー・ワイルドと三島由紀夫をめぐる比較文学的一考察」（『想像力の飛翔――英語圏の文学・文化・言語』手塚リリ子・手塚喬介編、北星堂書店、二〇〇三年）では、ワイルドの『ドリアン・グレイの肖像』と三島の「孔雀」を比較し、両者の美学について論じている。拙論「オスカー・ワイルドと三島由紀夫にとってのジャーナリズム」（*Ferris Wheel* 第七号、二〇〇四年）では、ジャーナリズムを逆手に取って身を処そうとするワイルドと三島の行動を比較している。その他にも比較文学的視点からいくつかの研究論文が発表されている。

7　澁澤龍彦、「三島由紀夫とデカダンス――個人的な思い出を中心に」『国文学解釈と鑑賞　三島由紀夫とデカダンス』（一九七六年二月号、至文堂）、九頁。

8　ウェンライトについては、前出の「オスカア・ワイルド論」で「最高の趣味生活」を営む毒殺者であり、ワイルドの芸術に暗示を与えたとして、詳しく論じている（二十七・二九四～二九七）。その他、昭和三十六（一九六一）年三月の『毎日新聞』に掲載された「暗黒のまつり」の書評でも、「この風変はりな小説を読んでゐるあひだ、私は何度も、オスカア・ワイルドの「インテンションズ」中の「ペン・鉛筆・毒薬」といふ、あの繊細な芸術愛好家であり、同時におそるべき毒殺犯人であつたウェンライトなる人物について書かれた評伝を思ひ出した」（三十一・五四〇）と書いている。また、昭和四十三年の「デカダンス意識と生死観」という鼎談では、ウェンライトを「非常に美的センスの豊かな男で、美的評論も書いていて、生活も豊かですばらしい趣味人」と評し、「デカダンスの典型」と定義している（四十・一九二）。

9　昭和二十六（一九五一）年、六月の「戯曲を書きたがる小説書きのノート」（二十七・二二三）でローマ頽唐期のデカダンたちの歴史を読むにあたり、『ドリアン・グレイの肖像』の第十一章をイメージの喚起に役立てていると書いている。

10　磯田光一、『磯田光一著作集1』（小沢書店、一九九〇年）、一七五頁。磯田によれば、〈滅亡の美学〉とは、「華麗な〈死〉においてこそ〈美〉と〈完成〉とが具現するという考え方」であり、三島における芸術の基本テーマの一つであると言う。

11　井村、「三島由紀夫の『サロメ』演出」、『サロメの変容』、二三二～二六四頁。佐伯、前掲書、八二頁。佐渡谷重信、『三島由紀夫における西洋』（東京書籍、昭和五十六年）、一七四～

一七六頁。平井、「日本におけるOscar Wilde」前掲書、一六二頁。堀江、「サロメ」、前掲書、一六五～一九五頁。

12 先田、二～六頁。

13 『三島由紀夫事典』松本徹、佐藤秀明、井上隆史編（勉誠出版、平成十二年）、一九五頁。

14 奥野健男、『三島由紀夫伝説』（新潮社、一九九三年）、九一頁。

15 オスカー・ワイルド、『サロメ』、佐々木直次郎訳、（昭和十一年：岩波書店、昭和十三年）、一五頁。ここでは、三島が上記の翻訳本でワイルドを読んでいたことを考慮して、これをテクストとして用いる。以下、同書からの引用は本文中の括弧内に頁数を記すこととする。尚、三島が『サロメ』の演出を日夏訳で行ったためか、佐渡谷（前掲書、一七四頁）、堂本正樹（『三島由紀夫の演劇――幕切れの思想』（劇書房、一九七七年、一八〇頁）は最初に三島が手にした岩波文庫の『サロメ』を日夏訳のように記しているが、佐々木直次郎訳である。それは、出版年（三島が所持していた版は昭和十三年発行のもの）、岩波文庫出版という事実から推定されるだけでなく、日夏訳が英語読みで人物名を表記しているのに対し、佐々木訳はワイルドが最初に書いたフランス語から翻訳しているため、フランス語読みになっていて、三島もこれに倣ってヘロデをエロドと表記していることからもわかる（筆者も、第Ⅰ部、第Ⅲ部では英語読みにしている登場人物を、第Ⅱ部においては便宜上フランス語読みで表記する）。また、佐々木訳の『サロメ』にはビアズリーの挿絵もついており、『サロメ』との出会いがビアズリーの挿絵によってさらに衝撃的になったという三島の記述と合致する。

16 堂本、一八〇頁。堂本正樹は、「東の博士たち」のエロドの怖れについて、「この年は第二次世界大戦の勃発の年である。平沼内閣が「複雑怪奇」といって総辞職した世界が、押し寄せて来たのだ。それが、エロドの怖れだったのか」と推察している。

第四章　それぞれの美学の相違――『ドリアン・グレイの肖像』と「孔雀」

1　『禁色』の年老いたフランス文学の批評家檜俊輔にヘンリー卿、女性を愛せない美青年南悠一にドリアンの影響が見られる他、作品全体に漂う同性愛的な雰囲気も『ドリアン・グレイの肖像』と共通している。

2　たとえば、昭和二十七（一九五二）年に書かれた短編「真夏の死」では、二人の子供を事故で失った母親が気も狂わんばかりの思いで苦しみを乗り越えるが、日常に回帰した時から〈生〉の感覚を失い、事故の再発をどこかで待ち望むという、人間の心の闇を描いている。また、昭和三十一（一九五六）年に刊行された『金閣寺』にも〈滅亡の美学〉のテーマが見られる。

3　先田、八頁。

4　福田宏年、「耽美的な短編集――三島由紀夫「三熊野詣」」、『日本経済新聞』（昭和四十年九月六日）

5　梶谷哲男、『三島由紀夫――芸術と病理』（金剛出版、昭和四十六年）、一六三頁。

6　堀江、前掲書、一二二頁。

7　「ドリアン・グレーの畫像」、『オスカー・ワイルド選集1』、平井呈一訳、（改造社、昭和二十五年）、二八～二九頁。『ドリアン・グレイの肖像』からの引用については、三島が翻訳でこの作品を読んだとみなし、彼の蔵書に含まれていた同書を用いる。引用には本文中括弧内に頁数を記す。

8　磯田光一、「失われた過去の再建――芸術家の苦渋にみちた裸形の心」、『日本讀書新聞』（昭和四十年九月二十日）。この書評は第三章の〔註〕10に掲げた磯田の全集にも収められているが、新聞掲載時のものには書評の内容を明らかにする見出しがついているのでこちらを用いた。

9　磯田、前掲書評。清水昶、『三島由紀夫―荒野からの黙示』（小沢書店、一九八〇年）、七〇頁。磯田は、「殺されることによってしか完成されぬ」孔雀を、失われた美少年のイメージと重ねて、「醜悪な〈世俗〉に対する〈滅亡の美学〉」の象徴と考えている。また、清水昶も孔雀に対する美の認識の仕方は、『金閣寺』において金閣寺の美が放火によって初めて自分のものになるという発想と全く同じだと指摘している。

10 三島、「「花ざかりの森・憂国」解説」、第三十五巻、一七三頁。この中で三島は航海者を行動家としている。

11 Beckson(ed.), 84.

12 坊城俊民、『焔の幻影——回想三島由紀夫』（角川書店、昭和四十六年）、一五九頁。

13 三谷信、『級友　三島由紀夫』（笠間書院、昭和六十年）、一八六頁。三島由紀夫、『三島由紀夫十代書簡集』（新潮社、一九九九年）、一六頁。平岡梓、『伜・三島由紀夫』（文藝春秋、昭和四十七年）、一一一～一一二頁、二七七～二七八頁。

14 渡辺一民、「昭和の精神史に新しい地平を拓《ひら》いた作家論」、奥野、『三島由紀夫伝説』（文庫版、新潮社、平成十二年）、四八八～四八九頁。この書評は、同書が単行本（第三章の［註］14を参照）として刊行された時に『リテレール』第五号で発表されたものであり、文庫版に再録された。

15 「最高の偽善者として——皇太子殿下への手紙」の中で、三島はワイルドの「幸福な王子」のあらすじの後に「十九世紀末ならともかく、現代はそんな涙と乏しい身の廻りの財宝で不幸な人たちの救はれるやうな感傷的な時代ではない」（二十七．七〇一）と書いている。

16 「オスカア・ワイルド論」（二十七．二九五）の中で三島は、「世のつねの作家は作品のなかで犯罪を犯す。「サロメ」と「ドリアン・グレイ」は作品によるかかる犯罪である。ワイルドはそれだけでは満ち足らない。彼は美の判断力がもつと直接に鋭利に兇暴に人間の肉体を切り苛なむ場面を夢みた。それにしては後年彼が犯した罪は、あんまりささやかすぎるやうに思はれる。「獄中記」の悔恨は、あんまり大仰すぎるやうに思はれる」と書いている。

17 「オスカア・ワイルド論」（二十七．二九九）の中で三島は、『獄中記』のことを、「彼の一生のあらゆる大切な観念が、たちまち翼を得、羽蟻の結婚のやうにおびただしく空中で結婚するこの書物には、「彼が罪から救つた人々は、単に彼等の生涯中の美しい瞬間のために救はれたのであつた」といふ基督への讃美が強引に設定されてゐる」と評している。

18 平岡、二七七～二七八頁。

19 「死後も演出する三島――劇場での〝葬儀〟追悼公演初日　ナマ首にドキッ!」、『毎日新聞』(昭和四十六年二月十六日)。

第III部　ワイルドとキリスト教的要素

第五章　美の使徒の苦悩――初期の詩、童話、「社会主義下の人間の魂」

1 Cohen, "Dynamics of Faith and Genre: The Fairy Tales," 73-104. Willoughby, "Jesus as a Model for Selfhood in *The Happy Prince and Other Tales*," "Toward a New Aestheticism: Christ's Vision in *A House of Pomegranates*," 19-47.

2 Norbert Kohl, *Oscar Wilde: The Works of a Conformist Rebel*, trans. of *Oscar Wilde: Das Literarische Werk Zwischen Provokation and Anpassung*, 1980 by David Henry Wilson (Cambridge: Cambridge UP, 1989), 123.

3 Willoughby, 22.　ウィロビーは「社会主義下の人間の魂」が『獄中記』と並んでワイルドのキリスト観が表れた作品だと指摘しており、この作品の新しい読みの可能性を提示している。

4 Wilde, *Letters*, 34-35.

5 ワイルドの父親がカトリックに改宗するのなら財産を譲渡しないと脅迫していたことも、改宗断念の理由と考えられる。いずれにしろ、ワイルドの優柔不断さを物語るものである。

6 William Ward, "Oscar Wilde: An Oxford Reminiscence," Vyvyan Holland, *Son of Oscar Wilde* (London: Rupert Hart-Davis, 1954), 251-252.

7 Ellmann, *OW*, 32, 136-137.

8 Harris, 37.

9 以下、第五章におけるワイルドの詩には拙訳を付す。尚、翻訳に際しては日夏耿之介訳の『ワイルド全詩』(創元社、昭和二十五年)を参考にさせていただいた。

10 Albert, 241.

11 Wilde, "Commonplace Book," *Oscar Wilde's Oxford Notebooks: A Portrait of Mind in the Making*［以下 *OWON* と略す］(New York: Oxford UP, 1989), 135. 以下、拙訳を付す。同書の注釈（Wilde, "Notes to Commonplace Book," *Notebooks*, 190.）によれば、ワイルドは引用の部分を含めた七行分の文章に"Science and Hellenism"という小見出しをつけ、その大部分をシモンズの意見に拠って書いているという。その中でワイルドが使っているシモンズの言葉は、キーツの"Ode to a Nightingale"からの引用を含む。*Studies of the Greek Poets*, 3rd edn., 2vols. (London: Adam and Charles Black, 1893), II, 361.

12 Albert, 243.

13 Wilde, "Commonplace Book," *OWON*, 111. ワイルドは、大学時代のノートにルナンの"Combien de ceux qui nient' l'immortalite[sic] meriteraient une belle deception."という一節を書き写している。

14 Willoughby, 32. ウィロビーは、学生や教授の娘のような自己中心的な人間には抽象的な美は理解できず、同情心に富む人たちだけが真の唯美的本能を持つのであり、この物語の大団円は、それゆえにナイチンゲールがキリストの真の弟子であることを示唆していると指摘している。

15 Wilde, *Letters*, 219.

16 Beckson(ed.), 113-114.

17 Yeats, 286-287.

18 富士川義之、『幻想の風景庭園――ポーから澁澤龍彦へ』（沖積舎、昭和六十一年）、八三頁。

19 ワイルドは、マグダラのマリアを姦淫の罪を犯した女として扱っているが、マグダラのマリアが姦淫の罪を犯したという記述は聖書には一切見られない。「芸術家としての批評家」の場合は、姦淫の罪を犯したことを前提としてマグダラのマリアを引き合いに出している。「社会主義下の人間の魂」の場合は、三人の女が混合されている。新約聖書の「ヨハネによる福音書」の第七章五節から第八章十一節の姦淫の現場を捕らえられ、石打の刑を受けようという時にイエスに救われた女と「ルカによる福音書」の第七章三十六節から五十節の過去に不道徳な罪を犯したが、イエスの足を清めたという、その素晴らしい愛の行為によってイエスから多くの罪を許された女と「マルコによる福音書」の第十四章三節から九節（「マタイによる福音書」第二十六章六〜十三節、「ヨハネによる福音書」第十二章一〜八節）のイエスに高価な香油を注いだある女を指している。また、ワイルドはこの女が聖人になったと記しているが、この聖人が誰なのかは明記していない。しかし、以前は娼婦で後に聖人になったという俗信を持つ聖書の人物といえば、マグダラのマリアということになる。荒井献によれば、こうした考え方は聖アウグスティヌスの時代からあり、何の根拠もないにもかかわらず広く流布した俗信であるという。このことから、ワイルドの聖書解釈が不正確というよりは、俗信を利用して〈個人主義〉や愛の罪を正当化しようと考えていたと想定することができる。荒井献、『新約聖書の女性観』（岩波書店、一九八八年）、「付録1「姦淫の女」の物語と正典の問題」、「付録2イエスとマグダラのマリア」三三五〜三九四頁参照。

20 Ernest Renan, *The Life of Jesus*. trans. of *Vie de Jésus* (1927; New York: Random House, 1955), 113. 以下、本文にはルナンの原書を英訳したものからの拙訳を付し、註には英訳書の該当頁を記す。尚、翻訳に際しては、津田穣訳『イエス伝』（一九四一年；岩波書店、一九九八年）を参照させていただいた。

21 Renan, 120.

22 Renan, 200.

23 Holland, 53-54.

24 高階秀爾、『世紀末芸術』（一九六三年；紀伊國屋書店、一九九四年）、四〇頁。

第六章　主人公たちを死に至らしめたもの——『ドリアン・グレイの肖像』・『サロメ』

1 『ドリアン・グレイの肖像』は、雑誌掲載時から不道徳だという非難を浴びたが、このような攻撃を受けた原因として、ドリアンをめぐるバジルとヘンリー卿の同性愛的三角関係の構図が当時の読者に不快感を与えたことが挙げられることは第二章ですでに述べた。ワイルドは、増補改訂版では社交の場面を設けるなどして濃密だった三人の関係を中和している。この意味で、筆者は雑誌掲載版の方がバジルとドリアンの関係を摑みやすいと考えた。

2 Wilde, *DG*, 122. 脚注4を参照。

3 Cohen, 124-125. コーエンは、バジルが『ドリアン・グレイの肖像』においてキリスト教的要素の代表であることを示唆している。たとえば、ワイルドがバジルを通して、罰を受けることよりも救済の可能性を強調していると指摘し、新約聖書の慈悲に訴えるように諭すバジルは、内的変化と再生をもたらすことができる良心の表象であるとしている。また、ドリアンは自分の魂を見るという神のみが果たせる役割を肖像画の創造者バジルに押しつけており、彼を抹殺することで、悔悛を通じての救済の可能性が解放されることのない罪の意識と化したとしている。

4 Willoughby, 74. ウィロビーは、マグダラのマリアは自己を十全にさせることによってイエスに許されたが、ドリアンは自分と向き合うことを拒絶したため堕落して死んだと指摘している。たしかに、ドリアンの生き方は皮相的な美の追求に終始し、マグダラのマリアのように人の心を動かす美的瞬間を見せることはなかったように思われる。

5 Beckson(ed.), 84-85を参照。ペイターは、ドリアンが本物のエピキュリアンではないと論じる過程で、その対照的な存在としてバジルを挙げ、彼こそ真のエピキュリアンで芸術家であると書いている。

6 Wilde, *Letters*, 265.

7 Fraser, 210.

8 井村、『「サロメ」の変容』、二四頁。

9 Ellmann, *OW*, 325.

10 Ellmann, *OW*, 325.

11 川崎淳之助、「「表面と象徴」の美学——サロメ考」、『研究紀要』（聖徳大学人文学部、第一号、一九九〇年）、六九頁。

12 Gustave Flaubert, *La Tentation de saint Antoine* (Paris: Garnier Frères, 1954), 247-248.

13 Christopher S. Nassaar, *Into the Demon Universe: A Literary Exploration of Oscar Wilde* (New Haven: Yale UP, 1974), 94-95. ヨカナーンに抑圧された性欲があり、その対象がヘロディアスからサロメに移行したという分析や、ヨカナーンの死顔はサロメと性交中の表情であるという分析は飛躍し過ぎとの批判を散見するが、ヨカナーンの不自然な態度に抑圧された欲望が潜んでいるという指摘には説得力がある。

14 Sylvia C. Ellis, "The Figure of the Dancer: Salome," *The Plays of W. B. Yeats: Yeats and the Dancer* (New York: St. Martin's, 1995), 55.

15 Kohl, 184.

16 Melissa Knox, *Oscar Wilde: A Long and Lovely Suicide* (New Haven: Yale UP, 1994), 26.

17 Beckson(ed.), 133, 143 を参照。

18 Ellis, 55. 井村、「サロメ伝説について――問題史的考察」、『鶴見女子大学紀要』第二号（昭和三十九年）、五二～五三頁。史実のヘロデは、ヨハネ（ヨカナーン）が民衆を扇動して反乱を起こすことを恐れて処刑を命じたとされる。一方、聖書では「マルコによる福音書」にヘロデが預言者としてのヨカナーンに畏怖の念を抱いていたことが記されている。ワイルドやフロベールは、後者のヘロデの心理を描いており、特に、ワイルドの描いたヘロデはサロメにヨカナーン殺害を思いとどまらせようと、最も努力していると言われている。

19 Worth, 56.

20 第二章の［註］28と同じ。

21 ブラム・ダイクストラ、『倒錯の偶像――世紀末幻想としての女性悪』富士川義之他訳、（パピルス、一九九四年）、六一八頁。ダイクストラによれば、当時の男性の歪んだ心理が見出したスケープ・ゴートの役割を果たしたのが、サロメであり、ユダヤ人であるサロメの処刑は「女《ガイ》性皆殺《ニサイド》し」と「民族皆殺《ジェノサイド》し」という二つの欲求を満たすものである。

22 Patricia Kellogg-Dennis, "Oscar Wilde's Salome: Symbolist Princess," Sandulescu(ed.), 229-230. この論考

では、悲劇は主人公の死によって幕を閉じるため、ワイルドは単にこの悲劇の法則を遵守したとも考えられるとしている。

23 Wilde, *Letters*, 315.

24 ラッシュ、「終末と発端としての世紀末」、シュモル＝アイゼンヴェルト編、五七〜五九頁。

第七章　〈エロスの花園〉から〈悲哀の世界〉へ——『獄中記』を中心に

1 Albert, 247.

2 Wilde, "Commonplace Book," *OWON*, 135.

3 イギリスにおけるボードレールの作品の翻訳状況及びその普及については概ね Carol Clark and Robert Sykes, Introduction, *Baudelaire in English* (London: Penguin, 1997) を参照した。特に、スウィンバーンから十九世紀末デカダンへの影響については二三〜二七頁に詳しい。

4 Wilde, *Letters*, 521.

5 シャルル・ボードレール、『ボードレール全集VI』（筑摩書房、一九九三年）、阿部良雄訳注、八〇頁。

6 ボードレール、前掲書、阿部訳注、四五頁。

7 Edouard Roditi, *Oscar Wilde* (1947; New York: New Directions, 1986), 100. ワイルドとボードレールの共通性には他のデカダンの作家が共有しているものもある。ロディティによれば、自分の属する社会制度に対する良心的な反抗者として、多くの十九世紀の芸術家たちは自らの無用性の中に高潔であることの証を求めたのである。

8 Eliot, *SE*, 427.

9 ボードレール、『悪の華』堀口大学訳注（昭和二十八年；新潮社、平成九年）一五〜一六頁の訳を参照した。

10 Wilde, *OWON*, 135.

11 ワイルドは「芸術家としての批評家」と『ドリアン・グレイの肖像』の中で、ボードレールは「リヒァルト・ヴァグナーと『タンホイザー』のパリ公演」というパンフレットの中で『タンホイザー』を賞賛している。

12 タンホイザー伝説に関しては、富士川義之の論考「タンホイザー伝説——異端者の系譜」を参照した。『英国文化の世紀5』（研究社、一九九六年）、二五～四八頁。

13 Ellmann, *OW*, 34. ワイルドは後にロバート・ロスに一八七四年七月頃に『スフィンクス』を書いたと語った。

14 拙訳を付す。翻訳に際しては日夏耿之介訳の『ワイルド全詩』（創元社、昭和二十五年）を参考にさせていただいた。

15 Ellmann, *OW*, 87. エルマンは、この詩の最後の行でワイルドらしき詩人は贖罪の教義を受け入れ難く感じているため、彼の信心深さに疑問が残ると指摘している。

16 Rupert Croft-Cooke のワイルドに関する研究書 *Feasting with Panthers* のタイトルともなった言葉。ワイルドの男色家としてのイメージを印象づけた。

17 Wilde, *Letters*, 358.

18 Ellmann, *OW*, 87. エルマンは『スフィンクス』を、石の怪物に古代ギリシアとキリスト教的な伝説の寄せ集めを一身に負わせた実に唯美主義的な作品であると評し、この作品にワイルドに内在する異教的な要素とキリスト教的な要素が投影されていることを暗に示している。

19 Gagnier, 180.

20 Yeats, 189.

21 ボードレール、前掲書Ⅳ（筑摩書房、一九八六年）、阿部訳注、二七五～二七六頁。

22 Willoughby, 118.

23 富士川、『幻想の風景庭園』、七七頁。

24 Wilde, *Letters*, 563-564.

25 Albert, 250.

26　ワイルド、「レディング牢獄の唄」、『オスカー・ワイルド全集』第三巻、西村孝次訳（青土社、一九八八年）、六九頁。以下、「レディング牢獄の唄」の翻訳は同書により、括弧内に作者の名と頁数を記す。

27　Albert, 250.

28　Ellmann, *OW*, 527.

29　Ellmann, *OW*, 548.

30　Ellmann, *OW*, 548.

31　Ellmann, *OW*, 548.

32　Schuchard, 371-396.　この論考では、カトリシズムへの改宗はオックスフォード大学在学中からワイルドが抱いていた願望であり、死の床に至って初めて成就されたことが実証的に論じられている。

あとがき

本書は、平成十四（二〇〇二）年度にフェリス女学院大学に受理された博士論文『オスカー・ワイルドの曖昧性――その作品に見られるキリスト教的要素とデカダンス』に修正加筆を施したものです。この度、フェリス女学院大学博士論文刊行費の助成を受け、出版の運びとなりました。

本書には、すでに独立した論文として出版された内容が含まれています。博士論文を編むに当たって全体的な統一を図る必要性があったため、それぞれの論考にはかなりの修正補筆を施しました。また、一つの論考がいくつかの章に分散されていたり、部分的に用いられている場合もあります。対応する章と初出の表題及び掲載誌は、次の通りです。

第一章

「ダンディたちの意匠――落日の最後の煌《きらめ》き」（『〈衣裳〉で読むイギリス小説――装いの変容――』

ミネルヴァ書房、二〇〇四年）

第二章

「ダンディたちの意匠――落日の最後の煌《きらめ》き」（『〈衣裳〉で読むイギリス小説――装いの変容――』

ミネルヴァ書房、二〇〇四年）

「性愛のデカダンス――ワイルドの『サロメ』をめぐる一考察――」（*Ferris Wheel* 第六号、フェリ

ス女学院大学大学院人文科学研究科英米文学英語学研究会、二〇〇三年三月）

第四章

「美に憑かれた男たちの憂鬱――オスカー・ワイルドと三島由紀夫をめぐる比較文学的一考察」

（『想像力の飛翔――英語圏の文学・文化・言語』北星堂書店、二〇〇三年）

第五章

「赤い薔薇と白い花―― Oscar Wilde の童話に見られる芸術と宗教について――」（『文学部英文学

会会誌』第三十三号、フェリス女学院大学文学部英文学会、二〇〇〇年三月）

「愛の罪人たち―― Wilde の作品に見られる姦淫の女たちとイエスの許し」（*Ferris Wheel* 第三号、

フェリス女学院大学大学院人文科学研究科英米文学英語学研究会、二〇〇〇年三月）

「唯美的社会の青写真――Oscar Wilde: "The Soul of Man under Socialism"」（*Ferris Wheel* 第四号、フェリス女学院大学大学院人文科学研究科英米文学英語学研究会、二〇〇一年三月）

第六章

「ある芸術家の肖像――*The Picture of Dorian Gray* の Basil Hallward を中心に――」（*Ferris Wheel* 第五号、フェリス女学院大学大学院人文科学研究科英米文学英語学研究会、二〇〇二年三月）

「ユダヤの王女の死」（『オスカー・ワイルド研究』第二号、日本ワイルド協会、二〇〇〇年十一月）

第七章

「罪の意識と救済――Oscar Wilde と Charles Baudelaire――」（『フェリス女学院大学大学院共同研究報告――キリスト教と英語・英文学』第二号、フェリス女学院大学、二〇〇〇年三月）

こうして自分の研究を振り返ってみる時、その時々に励ましやご助言を下さった先生方のお顔が思い浮かんできます。同時に、「文学を続けたい」という自分を突き動かす気持ちに従って博士課程に進学したものの、当時フェリスのキャンパスがあった横浜は山手の高台から冬の夜の坂道を一人下って行く時、近隣の家々の明るい窓から伝わってくる夕飯の支度の様子、温かな家庭の匂いにわけもなく泣き出したくなった日のこと、坂の曲がり道から開けた視界に飛び込んできたみなとみらいの夜景に元気づけられた日のことが、昨日のことのように蘇ってきます。

活字離れが社会問題になり、文学が軽視される風潮の昨今ですが、それにもかかわらず、文学の道に分け入ったことで私の人生は何と豊かになったことでしょう。オスカー・ワイルドや三島由紀夫といった文学そのものが与えてくれる感動や発見は言うに及ばず、本書を刊行するまでの道程で遭遇した多くの事柄が私自身をどれだけ富ませてくれたかについて思いを馳せずにはいられません。

指導教授の久守和子先生には、フェリスの門を叩いてから八年間お世話になっています。先生からは、文学を楽しむポジティブな姿勢をご教示いただいたように思います。先生の周囲にはいつもたくさんの人が集まっていて、授業や研究会に楽しく参加させていただきました。感謝致しております。

博士後期課程に進んで以来ずっとご指導いただいている川西進先生には、ひとかたならぬお世話になりました。先生にご指導いただいたおかげでここまでがんばることができました。さらに、先生の学識の深さ、学問に対する厳しさはもとより、人間としての誠実さ、優しさ、奥の深さに触れる度に、私の人生もまた豊かになっていったように思います。深い感謝の意を捧げます。

論文審査に当たられた駒澤大学の富士川義之先生は、時には叱咤、時には激励して下さりながら、広い視野から文学という海へと導いて下さり、その深さを教えて下さいました。心より感謝申し上げます。富士川先生に初めてお目にかかったのは、私が博士後期課程一年の時にフェリスに講演にいらしていただいた時でした。当時、すでに先生のご論考に感銘を受けていた私は、先生の前で学生発表をするという大役を仰せつかり、直前まで屋上でストップウォッチ片手に原稿読みの練習をするほどの力の入れようで、前日も眠れないほど緊張していたことを懐かしく思い出します。

本書には日本比較文学会で口頭発表した内容も含まれています。若い研究者に門戸を広げようと常にご尽力下さり、私にも発表の機会を与えて下さった青山学院大学の小玉晃一先生、並びに日頃お世話になっている日本比較文学会の諸先生方にこの場を借りてお礼を申し上げます。

論文審査に当たられ、三島由紀夫を研究する上で学部を超えてご助言を下さった日本文学科の宮坂覺先生、ティーチング・アシスタントをさせていただいて以来、様々な面で大変お世話になっている榎本義子先生、博士前期課程在学中より良きアドバイザーとして応援していただいている早稲田大学のエイドリアン・ピニングトン先生、青山学院時代の恩師手塚喬介先生、また高階秀爾先生を始め大学院の研究会にご協力いただいた学外の先生方、そして一人一人お名前を挙げることはかないませんが、博士論文執筆中にお世話になった先生方、さらに、助成金の制度を整えて下さった前学長の佐竹明先生に心よりお礼申し上げます。

本書の刊行を快く引受けて下さった開文社社長の安居洋一さんにも心から感謝しています。慣れない私の作業を忍耐強く見守って下さり、私の様々な希望を汲んで長年夢見ていた本に仕上げて下さいました。本当にありがとうございました。また、本書の製作過程では、三島由紀夫文学館に貴重な原稿のネガを貸していただきました。ご好意に感謝致します。

本書は、いわば文学研究という大海に漕ぎ出した小船の最初の寄港地であり、この小さな船は力一杯漕いだつもりでも、それほど遠方にたどり着けていないというのが現状です。これから荒波にさらされることもあると思いますが、帆をはって新たな港を目指して邁進していきたいと思います。忌憚のないご意見、ご教示をいただければ、幸いです。

最後に、博士論文執筆の間いつも私の健康を気づかい、応援してくれた両親と姉、そして、結婚後間もなく博士論文に取り組み、家庭を顧みる余裕さえなかった私を、いつも温かく包み込んで惜しみなく協力してくれた最愛の夫にこの本を捧げたいと思います。

二〇〇四年　十二月

鈴木ふさ子

『新潮　臨時増刊　三島由紀夫読本』昭和46年第2号、新潮社。

『新潮　新発掘　三島由紀夫　師・清水文雄への手紙』2003年2月号、新潮社。

『ユリイカ　詩と批評　特集：三島由紀夫　傷つける美意識の系譜』昭和51年10月号、青土社。

『ユリイカ　三島由紀夫』昭和61年5月号、青土社。

『ユリイカ　三島由紀夫――三十年後の新たな地平』2000年11月号、青土社。

『三島由紀夫展』池袋東武百貨店、昭和45年11月12日（木）～17日（火）。

『山中湖文学の森　三島由紀夫文学館開館記念展』三島由紀夫文学館、平成11年。

『新文芸読本　三島由紀夫』河出書房新社、1990 年。

『文芸読本　三島由紀夫』昭和 50 年。河出書房新社、昭和 52 年。

B.　雑誌記事、論文その他

磯田光一。「失われた過去の再建——芸術家の苦渋にみちた裸形の心」『日本讀書新聞』昭和 40 年 9 月 20 日。

落合清彦。「撩乱たる頽廃——粒ぞろいの四つの短編集」『図書新聞』昭和 40 年 9 月 25 日。

桑原幹夫。「マンと由紀夫——『禁色』と『金閣寺』の成立におけるマンの影響について」『帝京大学文学部紀要』　昭和 52 年 9 月。

先田進。　「『禁色』と『ドリアンン・グレイの肖像』」『人文科学研究』（新潟大学人文学部）（73 輯）、昭和 63 年 7 月。

———。　「三島由紀夫とオスカー・ワイルド——習作期のワイルド受容について」『日本文芸論稿』7、昭和 52 年 3 月。

鈴木ふさ子。「オスカー・ワイルドと三島由紀夫にとってのジャーナリズム」*Ferris Wheel* (フェリス女学院大学大学院人文科学研究科英米文学英語学研究会) 第 7 号、2004 年 3 月。

許昊。　　「谷崎と三島——『ドリアン・グレイの肖像』」『日本文化研究』（1）、平成 1 年 12 月。

平野謙。　「絢爛たる人工世界」『日本讀書新聞』昭和 27 年 1 月 1 日。

福田宏年。「耽美的な短編集　三島由紀夫著『三熊野詣』」『日本経済新聞』昭和 40 年 9 月 6 日。

山口哲夫。「オスカー・ワイルドと三島由紀夫の覚書」『和光大学人文紀要』13、昭和 54 年、3 月。

“The Death of Mishima,” *Newsweek,* December 7, 1970.

“The Last Samurai,” *Times*, December 7, 1970.

『國文學　没後三十年 三島由紀夫特集』2000 年 9 月号、學燈社。

『國文學　三島由紀夫の遺したもの』昭和 51 年 12 月号、學燈社。

『國文學　三島由紀夫——物語るテクスト』1993 年 5 月号、學燈社。

『国文学　解釈と鑑賞　美と殉教・三島由紀夫』1972 年 12 月号、至文堂。

『国文学　解釈と鑑賞　三島由紀夫とデカダンス』1976 年 2 月号、至文堂。

『サンデー毎日　緊急増大号』昭和 45 年 12 月 13 日号、毎日新聞社。

「死後も演出する三島——劇場での〝葬儀〞追悼公演初日　生首にドキッ！」、『毎日新聞』（昭和 46 年 2 月 16 日）

『週刊現代増刊　三島由紀夫緊急特集号』1970 年 12 月 12 日号、講談社。

『週刊新潮』48　昭和 45 年 12 月 5 日号、新潮社。

『週刊新潮』49　昭和 45 年 12 月 12 日号、新潮社。

徳岡孝夫。『五衰の人――三島由紀夫私記』1996年。文藝春秋、1997年。

―――、キーン、ドナルド。『悼友紀行――三島由紀夫の作品風土』中央公論社、昭和48年。

ネイスン、ジョン。『三島由紀夫――ある評伝』1974年。野口武彦訳、新潮社、2000年。

長谷川泉、武田勝彦編。『三島由紀夫事典』明治書院、昭和51年。

―――、森安理文、遠藤祐、小川和佑編。『三島由紀夫研究』右文書店、昭和45年。

平岡梓。『倅・三島由紀夫』文藝春秋、昭和47年。

平野幸仁。『三島由紀夫とG・バタイユ――近代作家と西欧』開文社出版、1991年。

福島鑄郎。『資料　三島由紀夫――増補改訂版』1975年。双柿社、1982年。

福島次郎。『三島由紀夫――剣と寒紅』文藝春秋、平成10年。

坊城俊民。『焔の幻影――回想三島由紀夫』角川書店、昭和46年。

堀江珠喜。『薔薇のサディズム――ワイルドと三島由紀夫』1992年。英潮社、1997年。

野口武彦。『三島由紀夫の世界』講談社、昭和43年。

松本徹編。『年表作家読本　三島由紀夫』河出書房新社、1990年。

―――。『三島由紀夫の最期』文藝春秋、平成12年。

―――、佐藤秀明、井上隆史編。『三島由紀夫事典』勉誠出版、平成12年。

三島由紀夫、芥正彦、木村修、小阪修平、橋爪大三郎、浅利誠、小松美彦。『三島由紀夫　VS　東大全共闘 1969-2000』藤原書店、2000年。

三谷信。『級友　三島由紀夫』笠間書院、昭和60年。

光栄堯夫。『三島由紀夫論』沖積舎、2000年。

三好行雄編。『三島由紀夫必携』學燈社、1989年。

美輪明宏。『紫の履歴書』平成4年。水書房、平成12年。

村松剛。『三島由紀夫の世界』平成2年。新潮社、平成8年。

―――。『三島由紀夫――その生と死』文藝春秋、昭和46年。

矢代静一。『旗手たちの青春――あの頃の加藤道夫・三島由紀夫・芥川比呂志』新潮社、1985年。

ユルスナール、マルグリット。『三島由紀夫あるいは空虚のヴィジョン』澁澤龍彦訳、『三島あるいは空虚のヴィジョン』(1982年) 改題、河出書房新社、1995年。

山本舜勝。『自衛隊「影の部隊」――三島由紀夫を殺した真実の告白』講談社、2001年。

渡辺みえこ。『女のいない死の楽園――供犠の身体・三島由紀夫』パンドラ、1997年。

『グラフィカ三島由紀夫』新潮社、1990年。

本分まで）新潮社、2000 ～ 2004 年。

―――。『三島由紀夫　短編全集』全 6 巻、講談社、昭和 46 年。

―――。『三熊野詣』新潮社、昭和 40 年。

―――。『三島由紀夫詩集』三島由紀夫文学館、2000 年。

―――。『三島由紀夫十代書簡集』新潮社、1999 年。

―――。『三島由紀夫未発表書簡――ドナルド・キーン氏宛の 97 通』中央公論社、1998 年。

Ⅱ. 参考文献

A. 書誌、研究書

安藤武編。『三島由紀夫全文献目録』夏目書房、2000 年。

―――。『三島由紀夫研究文献目録』私家版、制作年月日不詳。

石原慎太郎。『三島由紀夫の日蝕』新潮社、1991 年。

磯田光一。『磯田光一著作集 1』小沢書店、1990 年。

―――。『殉教の美学』冬樹社、昭和 46 年。

―――他。『昭和文学全集　別巻』小学館、平成 2 年。

―――編。『新潮日本文学アルバム 20　三島由紀夫』1983 年。新潮社、1997 年。

猪瀬直樹。『ペルソナ――三島由紀夫伝』文藝春秋、1995 年。

奥野健男。『三島由紀夫伝説』新潮社、1993 年。

梶谷哲男。『三島由紀夫――芸術と病理』金剛出版、昭和 46 年。

川島勝。『三島由紀夫』文藝春秋、1996 年。

キーン、ドナルド。『日本の作家』昭和 53 年。中央公論社、昭和 62 年。

小島千加子。『三島由紀夫と檀一雄』構想社、1980 年。

佐伯彰一。『評伝　三島由紀夫』新潮社、1978 年。

佐渡谷重信。『三島由紀夫における西洋』東京書籍、昭和 56 年。

篠山紀信（撮影）。『三島由紀夫の家　普及版』1995 年。美術出版社、2000 年。

澁澤龍彦。『三島由紀夫おぼえがき』1983 年。中央公論社、1998 年。

島崎博、三島瑤子編。『定本三島由紀夫書誌』薔薇十字社、1972 年。

清水昶。『三島由紀夫――荒野からの黙示』小沢書店、昭和 55 年。

白川正芳編。『批評と研究――三島由紀夫』芳賀書店、昭和 49 年。

ストークス、ヘンリー・スコット。『三島由紀夫――死と真実』徳岡孝夫訳、ダイヤモンド社、昭和 60 年。

菅原洋一。『三島由紀夫とその海』近代文藝社、1982 年。

田坂昴。『増補三島由紀夫論』昭和 45 年。風濤社、平成 2 年。

田中美代子。『ロマン主義者は悪党か』新潮社、1971 年。

堂本正樹。『三島由紀夫の演劇――幕切れの思想』劇書房、1977 年。

井村君江。「サロメ伝説について——問題史的考察」『鶴見女子大学紀要』第2号、昭和39年。

———。「日本における「サロメ」: 明治及び大正時代」『鶴見大学紀要』第11号、昭和49年。

川崎淳之助。「「表面と象徴」の美学——サロメ考」『研究紀要』聖徳大学人文学部 第1号、1990年。

『ユリイカ 臨時増刊号 総特集オスカー・ワイルドの世界』青土社、2000年4月号。

2 三島由紀夫に関するもの

I. 著作

川端康成、三島由紀夫。『川端康成・三島由紀夫往復書簡』新潮社、1997年。

平岡公威。「紫陽花」三島由紀夫文学館蔵、自筆原稿コピー書き写し、昭和15年。

———。「これらの作品をお見せするについて」三島由紀夫文学館蔵、自筆原稿コピー書き写し、昭和16年。

———。「詩論その他」三島由紀夫文学館蔵、自筆原稿コピー書き写し（執筆年月日無記入）

———。「環」三島由紀夫文学館蔵、自筆原稿コピー書き写し、昭和17年。

———。「童話三昧」三島由紀夫文学館蔵、自筆原稿コピー書き写し、昭和15年。

———。「東の博士たち」『輔仁会雑誌』学習院中等科、昭和14年3月1日号。

———。「平岡公威自傳」三島由紀夫文学館蔵、自筆原稿コピー書き写し、昭和19年。

———。「本のことなど」三島由紀夫文学館蔵、自筆原稿コピー書き写し、昭和17年。

———。「路程」三島由紀夫文学館蔵、自筆原稿コピー書き写し、（執筆年月日無記入）。

———。「館（第一回）」『輔仁会雑誌』学習院中等科、昭和14年11月30日号。

———。「館（第二回）」三島由紀夫文学館蔵、自筆原稿コピー書き写し、昭和14年。

三島由紀夫。『三島由紀夫全集』全35巻、補巻1、新潮社、昭和48～51年。

———。『決定版 三島由紀夫全集』全42巻、第1～40巻（2004年7月配柳沼重剛訳、筑摩書房、1985年。

久守和子、窪田憲子編。『〈衣裳〉で読むイギリス小説——装いの変容』ミネルヴァ書房、2004年。

富士川義之。『ある唯美主義者の肖像——ウォルター・ペイターの世界』青土社、1992年。

———。『英国の世紀末』新書館、1999年。

———。『幻想の風景庭園——ポーから澁澤龍彦へ』沖積舎、昭和61年。

ピエロ、ジャン。『デカダンスの想像力』渡辺義愛訳、白水社、1987年。

ファルク、フリッツ。『西ドイツ　フォルツハイム装身具美術館　ヨーロッパのジュエリー——アール・ヌーヴォーとその周辺』紫紅社、1984年。

プラーツ、マリオ。『肉体と死と悪魔』倉智恒夫他訳、国書刊行会、1986年。

ペリカン、ヤロスラフ。『イエス像の二千年』小田恒雅也訳、講談社、1998年。

本間久雄。『英国近世唯美主義の研究』東京堂、昭和9年。

マーティン、ジェイ。『世紀末社会主義』今村仁司 / 大谷遊介訳、法政大学出版局、1997年。

前川光永。『カメオの美術館—— The Cameo Museum』柏書店、1999年。

前川祐一。『イギリスのデカダンス——綱渡りの詩人たち』晶文社、1995年。

———。『ダンディズムの世界——イギリス世紀末』晶文社、1990年。

松浦暢。『宿命の女——愛と美のイメジャリー』平凡社、1987年。

松村昌家、川本静子、長島伸一、村岡健次編。『英国文化の世紀5』研究社、1996年。

———編。『谷崎潤一郎と世紀末』思文閣出版、2002年。

ルナン、エルネスト。『イエス伝』津田穣訳、1941年。岩波書店、1998年。

山田勝編。『オスカー・ワイルド事典——イギリス世紀末大百科』北星堂書店、1997年。

———。『ダンディズム——貴族趣味と近代文明批判』NHKブックス、1988年。

吉田健一。『英国の近代文学』1974年。筑摩書房、1985年。

———。『ヨオロッパの世紀末』新潮社、1970年。

渡曾好一。『世紀末の知の風景——ダーウィンからロレンスまで』南雲堂、1992年。

B. 雑誌記事、論文その他

Marcus, Jane. “Salomé: The Jewish Princess Was a New Woman,” *Bulletin of the New York Public Library*, autumn, 1974.
Eliot, T. S. “Lettre d'angleterre,'” *La Nouvelle Revue Française*, 1er mai, 1922 (Nendeln: Kraus Reprint, 1971).

シュモル＝アイゼンヴェルト、 J. A. 編。 『論集　世紀末』種村季弘監訳、平凡社、1994年。

ジョンソン、R. V. 。『文学批評ゼミナール3　唯美主義』中沼了訳。研究社、昭和46年。

ダイクストラ、ブラム。 『倒錯の偶像――世紀末幻想としての女性悪』富士川義之他訳、パピルス、1994年。

高階秀爾。 『西欧絵画の近代――ロマン主義から世紀末まで』青土社、1996年。

―――。 『西欧芸術の精神』青土社、1993年。

―――。 『世紀末芸術』1963年。紀伊国屋書店、1994年。

―――。 『世紀末の美神たち』集英社、1989年。

―――。 『想像力と幻想――西欧十九世紀の文学・芸術』青土社、1994年。

―――、千足伸行責任編集。 『世界美術大全集　西洋編　第24巻』 小学館、1996年。

高橋康也（司会）。 『「シンポジウム」英米文学4　ロマン主義から象徴主義へ』学生社、昭和54年。

高松雄一。 『イギリス近代詩法』研究社、2001年。

チャンパイ、アッティラ、ディートマル・ホラント。 『名作オペラブックス16　ワーグナー　タンホイザー』1988年。大崎滋生訳、音楽之友社、1993年。

辻邦生編。 『世紀末の美学と夢』全5巻、集英社、1986年。

デ・カール、ローランス。『ラファエル前派――ヴィクトリア時代の幻視者たち』高階秀爾監修、創元社、2001年。

出口保夫編。 『世紀末のイギリス』研究社、1996年。

手塚リリ子、手塚喬介編。 『想像力の飛翔――英語圏の文学・文化・言語』北星堂書店、2003年。

トーマス、ゴードン。 『イエスを愛した女――聖書外典：マグダラのマリア』柴田都志子・田辺希久子訳、光文社、1999年。

利倉隆。 『エロスの美術と物語――魔性の女と宿命の女』美術出版社、2001年。

トムソン、ポール。 『ウィリアム・モリスの全仕事』白石和也訳、岩崎美術社、1994年。

富山太佳夫。 『ダーウィンの世紀末』青土社、1995年。

並木浩一、川島重成、絹川正吉、川田殖、荒井献。『ヘブライズムとヘレニズム――合理性と非合理性をめぐって――』1985年。新地書房、1987年。

日本比較文学会編。 『滅びと異郷の比較文化』思文閣出版、1994年。

平井博。 『オスカー・ワイルド考』松柏社、昭和55年。

―――。 『オスカー・ワイルドの生涯』昭和35年。松柏社、平成元年。

ハイエット、ギルバード。 『西洋文学における古典の伝統』上・下、1969年。

Tydeman, William and Steven Price. *Wilde: Salome.* Cambridge: Cambridge UP, 1996.
Von Eckardt, Wolf, Sander L. Gilman, and J. Edward Chamberlin. *Oscar Wilde's London.* 1987. London: Michael O'mara Books, 1988.
Wilson, A. N. *God's Funeral.* 1999. London: Abacus, 2000.
Willey, Basil. *Nineteenth-Century Studies: Coleridge to Matthew Arnold.* 1949. Harmondsworth: Penguin, 1964.
Willoughby, Guy. *Art and Christhood: The Aesthetics of Oscar Wilde.* London: Assoc. UP, 1993.
Woodcock, George. *The Paradox of Oscar Wilde.* London: T. V. Boardman, 1949.
Worth, Katharine. *Oscar Wilde.* London: Macmillan, 1983.
Zagona, Helen Grace. *The Legend of Salome and the Principle of Art for Art's Sake.* Geneve: Librairie E. Droz, 1960.

荒井献。『新約聖書の女性観』岩波書店、1988年。

生田耕作。『ダンディズム――栄光と悲惨』1975年(底本)。中央公論社、1999年。

池内紀。『世紀末と楽園幻想』1981年。白水社、1992年。

五木寛之編。『NHK　エルミタージュ美術館　第二巻』、日本放送出版協会、1989年。

井村君江。『サロメの変容 ――翻訳・舞台』新書館、1990年。

宇佐美道雄。『早すぎた天才――贋作詩人　トマス・チャタトン伝』新潮社、2001年。

エルネスト、ラクラウ / シャンタル・ムフ。『ポスト・マルクス主義と政治――根源的民主主義のために』山崎カヲル / 石沢武訳、大村書店、1992年。

エルマン、リチャード。『ダブリンの４人』大澤正佳訳、岩波書店、1993年。

川西進。「解説」『ヘンリー・ジェイムズ短編選集　２芸術と芸術家』音羽書房、1969年。

河村錠一郎。『世紀末の美学』研究社、1996年。

―――編。『オーブリー・ビアズリー――世紀末、異端の画家』河出書房新社、1998年。

川本静子・北條文緒編。『ヒロインの時代』国書刊行会、1989年。

工藤庸子。『サロメ誕生――フローベール / ワイルド』新書館、2001年。

クラン、ジャクリーヌ。『マグダラのマリア――無限の愛』福井美津子訳、岩波書店、1996年。

グロス、ジョン。『イギリス文壇史―― 1800年以降の文人の盛衰』橋口稔、高見幸郎訳。みすず書房、1972年。

ケンプ、ロジェ。『ダンディ――ある男たちの美学』桜井哲夫訳、講談社、1989年。

澁澤龍彦。『悪魔のいる文学史――神秘家と狂詩人』中央公論社、昭和47年。

The Marquess of Queensberry. *Oscar Wilde and the Black Douglas*. London: Hutchinson, 1949.

McCormack, Jerusha Hull, ed. *Wilde the Irishman*. New Haven: Yale UP, 1998.

———. *The Man Who Was Dorian Gray*. Basingstoke: Palgrave, 2000.

———. *John Gray: Poet, Dandy, & Priest*. Hanover: UP of New England, 1991.

Mikhail, E. H, ed. *Oscar Wilde: Interviews & Recollections*. London: Macmillan, 1979.

Motion, Andrew. *Wainewright the Poisoner: The Confession of Thomas Griffiths Wainewright*. New York: Alfred A. Knopf, 2000.

Nassaar, Christopher S. *Into the Demon Universe: A Literary Exploration of Oscar Wilde*. New Haven: Yale UP, 1974.

Nordau, Max. *Degeneration*. 1895 trans. from the second edition of *Entartung*, (first ed.) 1892 by George L. Mosse, Lincoln: U of Nebraska P, 1993.

Pearce, Joseph. *The Unmasking of Oscar Wilde*. 2000. London: Harper Collins, 2001.

Pearson, Hesketh. *The Life of Oscar Wilde*. London: Methuen, 1946.

Pine, Richard. *Oscar Wilde*. 1983. Dublin: Gill & Macmillan, 1997.

Praz, Mario. *The Romantic Agony*. trans. of *La carne, la morte e il diavolo nella literature romantica*, 1930 by Angus Davidson. 1933. London: Oxford, 1951.

Price, Jody. *"A Map with Utopia": Oscar Wilde's Theory of Social Transformation*. New York: Peter Lang, 1996.

Raby, Peter, ed. *The Cambridge Companion to Oscar Wilde*. Cambridge: Cambridge UP, 1997.

Roditi, Edouard. *Oscar Wilde*. 1947. New York: New Directions, 1986.

Sandulescu, C. George, ed. *Rediscovering Oscar Wilde*. Buckinghamshire: Colin Smythe, 1994.

Satzinger, Christa. *The French Influences on Oscar Wilde's* The Picture of Dorian Gray *and* Salome. Lewiston: Edwin Mellen, 1994.

Sherard, Robert H. *Oscar Wilde: The Story of an Unhappy Friendship*. London: Greening, 1905.

Showalter, Elaine. *Sexual Anarchy: Gender and Culture at the Fin de Siècle*. New York: Viking Penguin, 1990.

Small, Ian. *Oscar Wilde Revalued: An Essay on New Materials & Methods of Research*. Gerrards Cross: Colin Smythe, 1993.

Soderholm, James, ed. *Beauty and the Critic: Aesthetics in an Age of Cultural Studies*, Tuscaloosa: U of Alabama P, 1997.

———. *Oscar Wilde: Myths, Miracles, and Imitations*. Cambridge: Cambridge UP, 1996.

Symonds, John Addington. *Studies of the Greek Poets*, 1873. 3rd edn., 2vols. London: Adam and Charles Black, 1893.

1998.
Dowling, Linda. *Hellenism & Homosexuality in Victorian Oxford*. Ithaca: Cornell UP, 1994.
———. *Language and Decadence in the Victorian Fin de Siècle*. Princeton: Princeton UP, 1986.
Ellis, Sylvia C. *The Plays of W. B. Yeats: Yeats and the Dancer*. New York: St. Martin's, 1995.
Ellmann, Richard. *Eminent Domain: Yeats among Wilde, Joyce, Pound, Eliot and Auden*. Oxford: Oxford UP, 1967.
———. *Oscar Wilde*. 1987. London: Penguin, 1997.
Fraser, Hilary. *Beauty and Belief: Aesthetics and Religion in Victorian Litrature*. Cambridge: Cambridge UP, 1986.
Gagnier, Regenia, ed. *Critical Essays on Oscar Wilde*. New York: Macmillan, 1991.
———. *Idylls of the Market Place: Oscar Wilde and the Victorian Public*. Stanford: Stanford UP, 1986.
Gere, Charlotte with Lesley Hoskins. *The House Beautiful: Oscar Wilde and the Aesthetic Interior*. Aldershot: Lund Humphries, 2000.
Gillespie, Michael Patrick. *The Picture of Dorian Gray: "What the World Thinks Me"*. New York: Twayne, 1995.
Gilman, Richard. *Decadence: The Strange Life of an Epithet*. New York: Farrar, Straus and Giroux, 1979.
Hanson, Ellis. *Decadence and Catholicism*. Cambridge, Mass: Harvard UP, 1997.
Harris, Frank. *Oscar Wilde*. London: Constable, 1938.
Hoare, Philip. *Wilde's Last Stand: Decadence, Conspiracy & the First World War*. London: Duckworth, 1997.
Holland, Merlin. *The Wilde Album*. New York: Henry Holt, 1997.
Holland, Vyvyan. *Oscar Wilde*. 1966. London: Thames and Hudson, 1997.
———. *Son of Oscar Wilde*. London: Rupert Hart-Davis, 1954.
Hyde, H. Montgomery. *The Trials of Oscar Wilde*. New York: Dover, 1973. rpt. of *Famous Trials, Seventh Series: Oscar Wilde*. 1962.
Jackson, Holbrook. *The Eighteen Nineties: A Review of Art and Ideas at the Close of the Nineteenth Century*. 1913. London: Grant Richards, 1922.
Jenkyns, Richard. *The Victorians and Ancient Greece*. Cambridge, Mass: Harvard UP, 1980.
Kermode, Frank. *Romantic Image*. 1957. London: Routledge & Kegan Paul, 1966.
Knight, G. Wilson. *The Christian Renaissance*. New York: Norton, 1962.
Knox, Melissa. *Oscar Wilde: A Long and Lovely Suicide*. New Haven: Yale UP, 1994.
Kohl, Norbert. *Oscar Wilde: The Works of a Conformist Rebel*. trans. of *Oscar Wilde: Das Literarische Werk Zwischen Provokation and Anpassung*, 1980 by David Henry Wilson, Cambridge: Cambridge UP, 1989.

ワイルド、オスカー。『オスカー・ワイルド全集』1～6　西村孝次訳、青土社、1988～89年。

———。『幸福な皇子（ワイルド童話集）』本間久雄訳、春陽堂、昭和7年。

———。『獄中記』昭和4年。神近市子訳、改造社、昭和5年。

———。『柘榴の家』守屋陽一訳、角川書店、昭和26年。

———。『サロメ』昭和11年。佐々木直次郎訳、岩波書店、昭和13年。

———。『サロメ』昭和27年。日夏耿之介訳、角川書店、昭和37年。

———。「ドリアン・グレーの畫像」『オスカー・ワイルド選集1』平井呈一訳、改造社、昭和25年。

———。『明治翻訳文学全集《新聞雑誌編》10　ワイルド集』川戸道昭・榊原貴教編、大空社、1996年。

———。『ワイルド全詩』日夏耿之介訳、創元社、昭和25年。

Ⅱ. 参考文献

A. 書誌、研究書

Allen, Charlotte. *The Human Christ: The Search for the Historical Jesus.* New York: Free Press, 1998.
Bashford, Bruce. *Oscar Wilde: The Critic as Humanist.* London: Assoc. UP, 1999.
Beckson, Karl. *London in the 1890s: A Cultural History.* New York: Norton, 1992.
———, ed. *Oscar Wilde: The Critical Heritage.* London: Routledge & Kegan Paul, 1970.
———. *The Oscar Wilde Encyclopedia.* New York: AMS P, 1998.
Bendz, Ernst. *Oscar Wilde: A Retrospect.* Vienna: Alfred Hölder, 1921.
Blanchard, Mary Warner. *Oscar Wilde's America: Counterculture in the Gilded Age.* New Haven: Yale UP, 1998.
Bloom, Harold, ed. *Oscar Wilde.* New York: Chelsea House, 1985.
Brown, Julia Prewitt. *Cosmopolitan Criticism: Oscar Wilde's Philosophy of Art.* 1997. Charlottesville: UP of Virginia, 1999.
Calloway, Stephen and David Colvin. *Oscar Wilde: An Exquisite Life.* London: Orion, 1999.
Campos, Christophe. *The View of France: From Arnold to Bloomsbury.* London: Oxford UP, 1965.
Cohen, Philip K. *The Moral Vision of Oscar Wilde.* London: Assoc. UP, 1978.
Croft-Cooke, Rupert. *Bosie: The Story of Lord Alfred Douglas, His Friends and Enemies.* London: W. H. Allen, 1963.
———. *Feasting with Panthers: A New Consideration of Some Late Victorian Writers.* London: W. H. Allen, 1967.
Danson, Lawrence. *Wilde's Intentions: The Artist in his Criticism.* 1997. Oxford: Clarendon,

エリオット、T. S.。『エリオット選集』第3巻、彌生書房、昭和34年。

ゴーチエ、テオフィル。「七宝とカメオ」、『世界名詩集（全26巻）12』斎藤磯雄訳、平凡社、昭和43年。

ジイド、アンドレ。『ジイド全集』第6巻、生島遼一訳、新潮社、昭和26年。

———。『一粒の麦もし死なずば』堀口大学訳、『世界文学全集54　ジイド』、河出書房、1961年。

シモンズ、アーサー。『象徴主義の文学運動』樋口覚訳、国文社、昭和53年。

谷崎潤一郎。『谷崎潤一郎全集』第2巻、第3巻、第4巻、中央公論社、昭和56年。

ニーチェ、フリードリッヒ。『この人を見よ』1969年。手塚富雄訳、岩波書店、2001年。

———。『善悪の彼岸』1970年。木場深定訳、岩波書店、1988年。

———。『ツァラトゥストラはこう言った』上・下　1967〜70年。氷上英廣訳、岩波書店、2001〜2002年。

———。『道徳の系譜』1940年。木場深定訳、岩波書店、2001年。

———。『悲劇の誕生』1966年。秋山英夫訳、岩波書店、2001年。

ハイネ、ハインリッヒ。「アッタ・トロル」『ハイネ全詩集Ⅲ』井上正蔵訳、角川書店、昭和47年。

バタイユ、ジョルジュ。『エロチシズム』1968年。室淳介訳、ダヴィッド社、1995年。

ブールジェ、ポール。『現代心理論集　デカダンス・ペシミズム・コスモポリタニズムの考察』平岡昇、伊藤なお訳、法政大学出版局、1987年。

フロベール、ギュスターヴ。「ヘロディアス」「聖アントワーヌの誘惑」『フロベール全集4』1966年。渡辺一夫、平井照敏、山田九朗訳、筑摩書房、1976年。

ペイター、ウォルター。『ルネサンス——美術と詩の研究』1986年。富士川義之訳、白水社、2004年。

ボードレール、シャルル。『ボードレール全集』Ⅰ〜Ⅵ　阿部良雄訳、筑摩書房、1983〜93年。

———。『悪の華』昭和28年。堀口大学訳注、新潮社、平成9年。

ホーフマンスタール、フーゴー・フォン。「セバスティアン・メルマス」『フーゴー・フォン・ホーフマンスタール選集3』富士川英郎他訳、河出書房新社、昭和47年。

マラルメ、ステファン。「エロディアード」『マラルメ詩集』佐藤朔、立仙順朗訳、ほるぷ社、昭和58年。

ラフォルグ、ジュール。「サロメ」『ラフォルグ全集Ⅲ』広田正敏訳、創土社、昭和56年。

ユイスマンス、J. K.。『さかしま』昭和59年。澁澤龍彦訳、光風社、平成7年。

Prose. 1982. Chicago: Academy Chicago, 1993.

D'Aurevilly, Barbey. *Barbey D'Aurevilly Œuvres Romanesques Complètes*. II. Paris: Gallimard, 1966.

Eliot, T. S. *After Strange Gods*. London: Faber & Faber, 1933.

———. *Essays Ancient & Modern*. London: Faber& Faber, 1951.

———. *Selected Essays*. London: Faber & Faber, 1951.

Flaubert, Gustave. "Salammbô," *Flaubert Œuvres*. I. ed. Thibaudet et R. Dumesnil. Paris: Gallimard, 1951.

———. *La Tentaion de saint Antoine*. Paris: Garnier Frères, 1954.

———. *Trois Contes*. Paris: Générale Française, 1999.

Gautier, Thèophile. *Émaux et camées*, Paris: Garnier Frères, 1954.

———. *Mademoiselle de Maupin*, Paris: Garnier Flammarion, 1966.

Gide, André. *Si le grain ne meurt*. Paris: Gallimard, 1955.

———. *Oscar Wilde*. Paris: Mercure de France, 発行年不詳。

Huysmans, J.-K. *Against Nature*. trans. of *À Rebours*, 1884 by Robert Baldick. London: Penguin, 1959.

Pater, Walter. *Marius the Epicurean*. ed. with an introduction and notes. Michael Levey, London: Penguin, 1985.

———. *The Renaissance: Studies in Art and Poetry*. (The 1893 Text) ed. with notes. Donald L. Hill. Berkeley: U of California P, 1980.

Poe, Edgar Allan. "Life in Death (The Oval Portrait)," *Collected Works of Edgar Allan Poe: Tales and Sketches 1831-1842*. ed. Thomas Olive Mabbott. Cambridge Mass: Belknap P of Harvard UP, 1978.

Renan, Ernest. *The Life of Jesus*. 1st published, 1927. trans. of *Vie de Jésus*, 1863. New York: Random House, 1955.

Ruskin, John. *John Ruskin: Selected Writings*. chosen and annotated by Kenneth Clark. London: Penguin, 1964 rpt. of *Ruskin Today* by John Murray. 1991.

Symons, Arthur. "An Artist in Attitudes: Oscar Wilde," *Writing of the 'Nineties: From Wilde to Beerbohm*. ed. Derek Stanford, New York: Everyman, 1971.

Tennyson, Alfred. *The Poems of Tennyson*. 3 Vols. 1962. ed. Christopher Ricks, Harlow: Longman, 1987.

Yeats, W. B. *Autobiographies*. London: Macmillan, 1956.

———. *Short Fiction*. New York: Penguin, 1995.

Zola, Émile. "L'Œuvre," *Les Rougon-Macquart: Histoire naturelle et sociale d'une famille sous le second empire*. IV. Paris: Gallimard, 1966.

岩野泡鳴。「悪魔主義の思想と文芸」、『岩野泡鳴全集』第10巻、臨川書店、1996年。

参考文献一覧

1　Oscar Wilde に関するもの

Ⅰ．著作

Wilde, Oscar. *The Complete Works of Oscar Wilde.* 1948. ed. J. B. Foreman. London: Collins, 1983.

———. *The Artist as Critic: Critical Writings of Oscar Wilde.* ed. Richard Ellmann. rpt. of Random House. 1969. Chicago: U of Chicago P, 1982.

———. *The Collected Works of Oscar Wilde.* Vol. XIV "Miscellanies," London: Routledge & Thoemmes P, 1993.

———. *Essays and Lectures.* 1908. London: Methuen, 1911.

———. *The Letters of Oscar Wilde.* ed. Rupert Hart-Davis. New York: Harcourt, 1962.

———. *More Letters of Oscar Wilde.* ed. Rupert Hart-Davis. London: John Murray, 1985.

———. *Oscar Wilde's Oxford Notebooks: A Portrait of Mind in the Making.* New York: Oxford UP, 1989.

———. *The Picture of Dorian Gray.* ed. Donald L. Lawler. New York: Norton, 1988.

———. *Reviews.* London: Methuen, 1908.

Arnold, Matthew. *Culture and Anarchy.* ed. J. Dover Wilson. London: Cambridge UP, 1935.

Baudelaire, Charles. *Baudelaire Œuvres Romanesques Complètes.* I, II Paris: Gallimard, 1975.

———. *Baudelaire in English.* ed. with introduction by Carol Clark and Robert Sykes. Harmondsworth: Penguin, 1997.

———. *Intimate Journals.* tran. by Christopher Isherwood, intro. by W. H. Auden. Boston: Beacon, 1957.

———. *Les Fleurs du Mal.* Paris: Flammarion, 1991.

———. *Fusées. Mon cœur mis à nu. La Belgique déshabillée.* 1975. ed. d'André Guyaux. Paris: Gallimard, 1986.

———. *Les Paradis artificiels.* Paris: Gallimard, 1961.

———. *Petits Pöems en prose (Le Spleen de Paris).* ed. Robert Kopp. Paris: Gallimard, 1973.

———. *The Painter of Modern Life and Other Essays,* trans. and ed. Jonathan Mayne. New York: Da Capo P, 1964.

Beckson, Karl, ed. *Aesthetics and Decadents of the 1890's: An Anthology of British Poetry and*

図 24　オスカー・ワイルド、『幸福な皇子（ワイルド童話集）』本間久雄訳、春陽堂、昭和 7 年。

図 25　ワイルド、前掲書。

図 26　五木寛之編、『NHK　エルミタージュ美術館　第二巻』、日本放送出版協会、1989 年。

図 27　利倉、前掲書。

図 28　Merlin Holland, 前掲書。

図 29　Merlin Holland, 前掲書。

図 30　Oscar Wilde, *The Picture of Dorian Gray*, ed. Donald L. Lawler. New York, Norton, 1988.

図 31　Vyvyan Holland, 前掲書。

図 32　Vyvyan Holland, 前掲書。

図 33　シャルル・ボードレール、『ボードレール全集 II 』阿部良雄訳、筑摩書房、1984 年。

図 34　Merlin Holland, 前掲書。

図 35　アッティラ・チャンパイ、ディートマル・ホラント編、『名作オペラブックス 16　ワーグナー　タンホイザー』1988 年。大崎滋生訳、音楽之友社、1993 年。

図 36　Vyvyan Holland, 前掲書。

図 37　Merlin Holland, 前掲書。

図 38　Vyvyan Holland, 前掲書。

図 39　Merlin Holland, 前掲書。

掲載図版出典一覧

図 1　Merlin Holland, *The Wilde Album*, New York: Henry Holt, 1997.

図 2　Merlin Holland, 前掲書。

図 3　Andrew Motion, *Wainewright the Poisoner: The Confession of Thomas Griffiths Wainewright*, New York: Alfred A. Knopf, 2000.

図 4　Charlotte Gere with Lesley Hoskins, *The House Beautiful Oscar Wilde and the Aesthetic Interior*, Aldershot: Lund Humphries, 2000.

図 5　前川光永、『カメオの美術館―― The Cameo Museum』柏書店、1999 年。

図 6　山田勝、『ダンディズム――貴族趣味と近代文明批判』NHK ブックス、1998 年。

図 7　ローランス・デ・カール、『ラファエル前派――ヴィクトリア時代の幻視者たち』高階秀爾監修、創元社、2001 年。

図 8　利倉隆、『エロスの美術と物語――魔性の女と宿命の女』美術出版社、2001 年。

図 9　Merlin Holland, 前掲書。

図 10　フリッツ・ファルク、『西ドイツ　フォルツハイム美術館　ヨーロッパのジュエリー――アールヌーボーとその周辺』紫紅社、1894 年。

図 11　Vyvyan Holland, *Oscar Wilde*, 1966; Thames and Hudson, 1997.

図 12　澁澤龍彦、『悪魔のいる文学史――神秘家と狂詩人』中央公論、昭和 47 年。

図 13　利倉、前掲書。

図 14　高階秀爾・千足伸行責任編集、『世界美術大全集　西洋編 第 24 巻』、小学館、1996 年。

図 15　河村錠一郎編著、『オーブリー・ビアズリー――世紀末、異端の画家』河出書房新社、1998 年。

図 16　磯田光一編、『新潮日本文学アルバム 20　三島由紀夫』1983 年。新潮社、1997 年。

図 17　河村錠一郎編著、前掲書。

図 18　磯田編、前掲書。

図 19　三島由紀夫文学館

図 20　三島由紀夫文学館

図 21　磯田編、前掲書。

図 22　磯田編、前掲書。

図 23　Melissa Knox, *Oscar Wilde: A Long and Lovely Suicide*, New Haven: Yale UP, 1994.

282
●マ行
増田藤之助　109
「美術の個人主義――ヲスカル・ワイルドの論文抄訳」　109
松井須磨子　110
マハフィ、ジョン John Mahaffy　171
マラルメ、ステファヌ Stéphane Mallarmé　6, 91
「エロディアード」"Hérodiade"　91
村松剛　159
メーテルリンク、モーリス Maurice Maeterlinck　235, 242
モーパッサン、ギー・ド Guy de Maupassant　54
森鷗外　110
モリス、ウィリアム William Morris　14, 44
モロー、ギュスターヴ Gustave Moreau　98
●ヤ行
ユイスマンス、ジョリス＝カルル Joris-Karl Huysmans　6, 24, 37, 44, 50, 74
『さかしま』*À Rebours*　6, 7, 15, 37, 38, 74, 77, 99
横光利一　110
「淫月」　110
吉田健一　45
●ラ行
ラスキン、ジョン John Ruskin　13, 45, 253
ラスネール、ピエール・フランソワ Pierre François Lacenaire　82, 83
ラスベリー夫人 Mrs Lathbury　232, 241
ラファエル前派 Pre-Raphaelite Brotherhood　42, 44
ランボー、アルチュール Arthur Rimbaud　6
リケッツ、チャールズ Charles Ricketts　47, 262
ルイス、ピエール Pierre Louÿs　15
ルナン、エルネスト Ernest Renan　3, 5, 180, 202-204
『イエス伝』*Vie de Jésus*　3, 5, 180, 202-204
レヴァーソン、アダ Ada Leverson　282
ロイド、コンスタンス Constance Lloyd　37
ロス、ロバート Robert Ross　56, 252
●ワ行
和久田誠男　163
ワーグナー、ヴィルヘルム・リヒャルト Wilhelm Richard Wagner　76, 260
『タンホイザー』*Tannhäuser*　76, 279

『盲目物語』 135
チャタトン、トマス Thomas Chatterton 53, 54
ドールヴィリー、バルベー Barbey d'Aurevilly 49, 50
「ダンディ、ならびにジョージ・ブランメルについて」"Du Dandysme et de George Brummel" 49
ド・レ、ジル Gilles de Retz 267
●ナ行
ナイト、G・ウィルソン G. Wilson Knight 23
ニーチェ、フリードリヒ・ヴィルヘルム Friedrich Wilhelm Nietzsche 5, 8, 59, 60, 62, 258
『ツァラトゥストラはこう言った』*Also sprach Zarathustra* 60
『悲劇の誕生』*Die Geburt der Tragödie* 59
「自己批評の試み」"Versuch einer Selbstkritik" 59
ノックス、メリッサ Melissa Knox 239
ノルダウ、マックス Max Nordau 8, 9, 35, 54, 60, 77, 84, 95, 109, 164, 197, 214, 258
『退化』*Entartung* 8, 35, 109
●ハ行
ハイネ、ハインリヒ Heinrich Heine 91
『アッタ・トロール』*Atta Troll* 91
バタイユ、ジョルジュ Georges Bataille 161
ハーディング、レジナルド Reginald Harding 171
埴谷雄高 159
ハリス、フランク Frank Harris 57, 172
ハンソン、エリス Ellis Hanson 24
ビアズリー、オーブリー Aubrey Beardsley 7, 98
ビアボウム、マックス Max Beerbohm 50
ピエロ、ジャン Jean Pierrot 44
日夏耿之介 111
平岡梓 163
平田禿木 109
福田宏年 143
富士川義之 282, 292
ブランメル、ジョージ・ブライアン George Bryan Brummel 47-50
古林尚 155, 161
フレイザー、サー・ジェイムズ・ジョージ Sir James George Frazer 4
『金枝篇』*The Golden Bough* 4
フレイザー、ヒラリー Hilary Fraser 23, 233
フロベール、ギュスターヴ Gustave Flaubert 12, 91, 238
「エロディアス」"Hérodias" 91
『聖アントワーヌの誘惑』*La Tentaion de saint Antoine* 238
ペイター、ウォルター Walter Pater 13, 14, 37, 42-45, 74, 78, 152, 185, 206, 229
『ルネッサンス』*The Renaissance: Studies in Art and Poetry* 37, 43, 74, 78, 206
ベートーヴェン、ルドヴィッグ・ファン Ludwig van Beethoven 76
ペリカン、ヤロスラフ Jaroslav Pelikan 4
『イエス像の二千年』*Jesus through the Centuries* 4
ベンツ、エルンスト Ernst Bendz 91
坊城俊民 155
ボードレール、シャルル Charles Baudelaire 5-11, 21, 24, 33, 35-37, 44, 49, 50, 61, 110, 250-258, 260, 262, 275-280, 291
『悪の華』*Les Fleurs du Mal* 6, 7, 36, 250, 252, 256, 275
「或る禁断の書のための題詞」"Épigraphe pour un livre condamné" 252
「シテールへの旅」"Un voyage à Cythère" 250, 251, 259, 260, 277
「読者に」"Au Lecteur" 256
『現代生活の画家』*Le Peintre de la vie moderne* 49
『赤裸のこころ』*Mon cœur mis à nu* 253
『パリの憂鬱』*Le Spleen de Paris* 254
「貧者の目」"Les Yeux des pauvres" 254
「貧民を撲殺しよう！」"Assommons les pauvres!" 254
ホーフマンスタール、フーゴー・フォン Hugo von Hofmannsthal 55
ホランド、シリル Cyril Holland 206
ホランド、ヴィヴィアン Vyvyan Holland 206, 208
堀江珠喜 143
ボルヘス、ホルヘ・ルイス Jorge Luis Borges

磯田光一　150
岩野泡鳴　109, 110
　『悪魔主義の思想と文芸』　110
ウィロビー、ガイ Guy Willoughby　24
ヴェルレーヌ、ポール Paul Verlaine　6, 8
ウェンライト、トマス・グリフィス Thomas Griffiths Wainewright　29, 33, 35, 37-39, 41-47, 50-52, 56, 58, 59, 61, 62, 64, 65, 69, 71, 74, 79, 81, 83, 85-87, 115, 192, 200, 236, 246, 269, 292, 293
ウォード、ウィリアム William Ward　171
ウッドコック、ジョージ George Woodcock　23
エリオット、T. S.　Thomas Stearns Eliot　8-13, 21, 22, 164, 245, 256-258, 261, 275, 276, 280, 291, 292, 294, 295
　「アーノルドとペーター」"Arnold and Pater"　11
　「ボードレール」"Baudelaire"　9, 291
　「われらの時代におけるボードレール」"Baudelaire in Our Time"　10
エルマン、リチャード Richard Ellmann　1, 33, 63, 64, 172, 235, 265
奥野健男　119
●カ行
梶谷哲男　143
カーナハン、クールソン Coulson Kernahan　245
ガニエ、レジェニア Regenia Gagnier　65, 88
岸田今日子　116
キーツ、ジョン John Keats　42, 44, 45, 172
厨川白村　109
グレイ、ジョン John Gray　24
ゲーテ、ヨーハン・ヴォルフガング・フォン Johann Wolfgang von Goethe　111
コウルリッジ、サミュエル・テイラー Samuel Taylor Coleridge　5
コーエン、フィリップ・K　Philip K. Cohen　23
ゴーティエ、テオフィル Théophile Gautier　5, 6, 35-37, 50, 82
　『七宝とカメオ』*Émaux et camées*　36, 82
●サ行
先田進　116
サド公爵 Marquis de Sade　267
シェイクスピア、ウィリアム William Shakespeare　52, 56, 110
　『ソネット』*Sonnets*　52
ジェイムズ、ヘンリー Henry James　12
澁澤龍彦　115
島村抱月　110
清水文雄　119
シモンズ、アーサー Arthur Symons　7, 10, 15-17, 50, 61
　「文学におけるデカダン運動」"The Decadent Movement in Literature"　7
　「ポーズをとる芸術家――オスカー・ワイルド」"An Artist in Attitudes: Oscar Wilde"　15
ジャクソン、ホルブルック Holbrook Jackson　50
シャノン、チャールズ Charles Shannon　47
シュシャール、ロナルド Ronald Schuchard　24
シュトラウス、デヴィッド・フリードリヒ David Friedrich Strauss　3
　『イエス伝』*Das Leben Jesu*　3
ショーウォルター、エレーン Elaine Showalter　57
ショパン、フレデリック・フランソワ Frédéric François Chopin　76
スウィンバーン、アルジャノン・チャールズ Algernon Charles Swinburne　6
ゾラ、エミール Émile Zola　54
●タ行
ダーウィン、チャールズ・ロバート Charles Robert Darwin　3
　『種の起源』*On the Origin of Species*　3
ダウソン、アーネスト Ernest Dowson　7
ダグラス、アルフレッド Alfred Douglas　11, 57, 104, 152, 178, 249, 267-270, 278, 280, 281
　「その名を語れぬ愛」"Love that dare not speak its name"　57
ターナー、ジョセフ・マロード・ウィリアム Joseph Mallord William Turner　54
谷崎潤一郎　110, 135
　「麒麟」　110
　「饒太郎」　110
　「法成寺物語」　110

Bookbinding” 37
●タ行
「W. H. 氏の肖像」“The Portrait of Mr. W. H.” 52, 55-57, 61, 85, 90
『ドリアン・グレイの肖像』*The Picture of Dorian Gray* 1, 12, 15, 18, 30, 36, 55, 64, 65, 71, 75, 78, 80, 84, 89, 90, 98, 103, 104, 110, 116, 141, 143, 144, 151, 152, 159, 183, 190, 192, 210, 211, 230, 241, 246, 254, 269
●ハ行
『パデュア公爵夫人』*The Duchess of Padua* 243
●マ行
『真面目が肝心』*The Importance of Being Earnest* 249
「マーティン看守の場合：監獄生活の悲惨さ」“The Case of Warder Martin: Some Cruelties of Prison Life” 283
●ラ行
『理想の夫』*An Ideal Husband* 254
『レディング牢獄の唄』*The Ballad of Reading Gaol* 260, 282, 283, 285

Ⅱ．三島由紀夫の著作

●ア行
「アメリカ的デカダンス――カポーテ著河野一郎訳「遠い声　遠い部屋」」 115
「オスカア・ワイルド論」 20, 141, 157
●カ行
『仮面の告白』 149
「暁鐘聖歌」 117, 119
「基督降誕記」 119
『禁色』 141
『午後の曳航』 151
「これらの作品をおみせするについて」 119
●サ行
『サド公爵夫人』 121
『潮騒』 142, 157
「詩五篇――森たち、第五の喇叭、独白、星座、九官鳥」 119
「児童劇コロンブスの卵」 119
「屍人と宝」 121
『十五歳詩集』 123
「凶ごと」 123
「詩を書く少年」 156
●タ行
『太陽と鉄』 154
「デカダンス意識と生死観」 159
●ナ行
「二・二六事件と私」 149
「年頭のまよひ」 153
●ハ行
『花ざかりの森』 117
「東の博士たち」 119, 123, 130, 132-134, 136
「美について」 21
『豊饒の海』 111, 153, 163
●マ行
『三熊野詣』 144, 154
「孔雀」 143-145, 150, 151, 154, 158, 159, 246, 293
「メィミィ」 119
●ヤ行
「館　第一回」 135-137, 139
「館　第二回」 137, 139
●ラ行
「ラディゲに憑かれて――私の読書遍歴」 111
「路程」 117, 119, 121, 125, 128-130, 132, 133, 136
●ワ行
「わが魅せられたるもの」 134
「わが夢のサロメ」 133
「私の遍歴時代」 158

Ⅲ．その他の人物及び著作

●ア行
芥川龍之介 110
『サロメ』 110
アーノルド、マシュー Matthew Arnold 3, 4, 11, 13
『文化と無秩序』 *Culture and Anarchy* 3
アリューセン夫人 Mrs Allhusen 84
アルバート、ジョン John Albert 24, 174, 180, 293, 294
安藤勝一郎 109
イエィツ、W. B. William Butler Yeats 7, 17, 175, 194, 279
泉鏡花 110
「天守物語」 110

索　引

Ⅰ．オスカー・ワイルドの著作

●ア行
「イギリスの芸術復興」"The English Renaissance of Art"　14, 42
『意向集』*Intentions*　12, 29, 61
「嘘の衰退」"The Decay of Lying"　30, 52, 54, 55, 61, 68, 84, 170
「芸術家としての批評家」"The Critic as Artist"　19, 30, 40, 41, 44, 45, 58, 61, 68, 84, 141, 170, 197, 203, 273
「ペン、鉛筆と毒薬」"Pen, Pencil and Poison"　29, 30, 35, 37, 44-47, 50, 52, 55, 58, 61, 62, 64, 78, 81, 98, 115, 200, 247
●カ行
「監獄改革」"Prison Reform"　283
「芸術と職人」"Art and the Handicraftsman"　44
『幸福な王子とその他の童話』*The Happy Prince and Other Tales*　30, 78, 169, 181
「幸福な王子」"The Happy Prince"　55, 56, 159, 190, 192, 195, 196, 241
「ナイチンゲールと薔薇の花」"The Nightingale and the Rose"　181, 185, 189, 292
「わがままな大男」"The Selfish Giant"　185, 190, 294
『獄中記』*De Profundis*　1, 11, 159, 194, 196, 203, 243, 249, 251, 255, 266, 267, 269, 270, 274-276, 287
●サ行
『石榴の家』*A House of Pomegranates*　78, 192, 194
「漁師とその魂」"The Fisherman and His Soul"　194
「若い王」"The Young King"　78, 98, 190, 192, 196, 241
『サロメ』*Salomé*　1, 15, 21, 22, 30, 64, 89-91, 93, 96, 98, 110, 111, 113, 116, 117, 119, 121-124, 126-133, 135, 137, 139, 142, 143, 156, 157, 159, 162-164, 190, 231-233, 235, 238-240, 243, 245, 247, 269
「サロメの首切り」"The Decapitation of Salome"　235, 241
『散文詩』*Poems in Prose*　269, 270
「師」"The Master"　269
「善を行う者」"The Doer of Good"　195
「知恵を授ける者」"The Teacher of Wisdom"　269
『詩集』*Poems*　172, 173, 175, 260
「新しきヘレン」"The New Helen"　172
「イティスの歌」"The Burden of Itys"　172
「エロスの花園」"The Garden of Eros"　172
「エンディミオン」"Endymion"　172
「人性の歌」"Humanitad"　175, 181
「復活祭前の歌」"E Tenebris"　173
「社会主義下の人間の魂」"The Soul of Man under Socialism"　19, 44, 109, 170, 196, 197, 200, 202, 254, 273
「住宅装飾」"House Decoration"　14, 44
『スフインクス』*The Sphinx*　262, 269, 270
『聖娼婦』*La Sainte Courtisane or The Woman Covered with Jewels*　233
「装丁の美しさ」"The Beauties of

著者略歴

鈴木ふさ子（すずき　ふさこ）

1970 年、東京都生まれ。
青山学院大学文学部英米文学科卒業。
2003 年、フェリス女学院大学大学院人文科学研究科英米文学専攻博士課程修了。博士（文学）の学位を受く。
現在、日本大学講師。専攻は英文学、比較文学。

著書

『三島由紀夫　悪の華へ』アーツアンドクラフツ、2015 年。
（以下共著）
『映画で英詩入門』平凡社、2004 年。
『比較文学の世界』南雲堂、2005 年。
『フランケンシュタイン』ミネルヴァ書房、2006 年。
『ラヴレターを読む―愛の領分』大修館書店、2008 年。
『イギリス文化 55 のキーワード』ミネルヴァ書房、2009 年。
『映画で楽しむイギリスの歴史』金星堂、2010 年。
その他。

オスカー・ワイルドの曖昧性
――デカダンスとキリスト教的要素――　（検印廃止）

2005年3月25日　初版発行　2016年4月1日 第3刷発行

著　者　鈴木ふさ子
発行者　安居洋一
組　版　エディマン
印刷・製本　モリモト印刷

162-0065　東京都新宿区住吉町 8-9
発行所　開文社出版株式会社
TEL 03-3358-6288 FAX 03-3358-6287
www.kaibunsha.co.jp

ISBN978-4-87571-067-7　C3098